黄昏の橋

KazuMi
TakaHashi

高橋和巳

P+D
BOOKS
小学館

目次

何事の起りしやは明らかならず、
そのとき橋はたそがれてあればなり

第一章

一

道路からやや奥まった玄関の潜戸《くぐりど》から、甃石《しきいし》づたいに、軒のたれこめた勝手口の障子紙が淡く輝いているのがみえた。胸をつきさすように平和にみえた燈火は、しかし点滅することもなく、しばらくたたずむうちに、つるべ落しの落日のように色褪《いろあ》せていった。いや、それは燈火自体が輝きを失ったのではなく、たたずんでいる彼の内部に風が吹き抜けたにすぎなかった。

勝手口に向って左側は隣家と区切る低いコンクリート塀《べい》、右は今は活用されぬ離れと腰生垣《こしいけがき》が甃石に沿っている。やがて崩れるのをまつ老朽建築にふさわしく蒼《あお》い旻天《あきぞら》の影が屋根の上におちていた。甃石が濡れて光るのも、おそらく散水のためではないだろう。後手に潜戸を閉めて、時枝正和《ときえだ》は、さるすべりの樹のかたわら、外燈のない薄闇と、生垣のくちなしの葉に半ばおおわれた郵便箱を覗《のぞ》きこんだ。

——誰からも何もきてはいなかった。いや、むやみと音信のあろうはずのない郵便箱を往き返りに覗きこむのは単なる悪癖にすぎず、実際に来信を期待してする動作ではなかった。

「司書の講習がありましてね、おそくなりました」

携えていた書類カバンを下駄箱の端において、彼は控えの間の窓寄りにすえられた安楽椅子に腰かけていた婦人に言った。発散する醺臭《くんしゅう》をはばかって息をひそめた時枝の胸は、無意味な深酒に気味わるく高鳴った。そのとき二年間みなれた控えの間の丸窓が、奇妙に滑稽に思われたのは何故だったろうか。

「またお酒をおめしですね」くつろいだ時には四国弁をつかう下宿の主婦が丁寧に言った。

「いや」

誰を待っているのか、編物も持たず控えの間にいる婦人の素朴な顔立ちからぽろりと一つの表情が落ちた。街路を歩んでいたときには感じられなかった秋の風が、前栽《せんざい》に面した円形の窓から吹きこんできていた。道路ひとつ距てた家並みの彼方《かなた》は、古い神社の境内になっていて、風は揺落する樹木の香りがした。そのうえ、戦災を免がれた古都の家にだけある黴《かび》臭い畳のにおいがまざる。

「外はもう寒いでしょうに」

「ええ、川辺りは、すこし」と彼は言った。

たしかに彼が油をうっていた川堤の旗亭《きてい》では赤に白字の小旗が、窓から瞰下《みおろ》せる中洲の葦《あし》よりもはげしく吹きざらしに飜《ひるがえ》っていた。月給取りや日傭が酔って囃《はや》す流行歌は、亡国の歌のように寒々していたと思う。

「晩御飯は食べてきなすった？」

素早くすり抜けて自室に逃れようとした時枝にむけて婦人は言った。彼は置き忘れたカバンをぼんやりと振りかえった。忘れ物と彼とを見較べる婦人の目は、彼をいらいらさせる憐愍《れんびん》の瞳だった。そのとき、隣室の電話台のわきに立ち止り、しばらくの間、彼らのいる控えの間を窺《うかが》う人影のあるのを時枝は意識した。この家の、二人いる娘のうちの一人、おそらくは姉の方の、不運な出戻り娘に違いない。人影は障子越しに寸時たたずんで逡巡《しゅんじゅん》した。その影が揺れてみえたのは、しかし時枝が酔って横様に揺れていたからだろう。「ふん、いい気なもんね。毎晩、酔っぱらって帰ってきて……」人影はわざとらしい足音を残して奥へ去った。

「ちょっと待ってくださいよ」彼は額を拳《こぶし》で軽く打ちながら言った。

「どうかしなすった？」矢野駒は言った。

「いいや、つまりですね」

ときおり、彼は人に説明できない奇妙な幻覚におそわれる。神経質に空拭《からぶ》きされた玄関の扉、さすがにそれだけは磨くわけにもいかぬ古びた矢野章生なる標札を見たときなど、それがたしかに彼の下宿であるにもかかわらず、どうしても帰る家を間違ったという気がする。ネクタイを弛《ゆる》め、安心して入ってゆくと、まったく見知らぬ人間が恐ろしい面相をして出てきそうな気がする。いや、たとえ、相手が満面に微笑を浮べて出迎えても、ひょっと振返ると、目も鼻もないのっぺらぼうが笑っているかもしれぬ。爬虫類《はちゅうるい》の肌、焔《ほのお》のような二枚舌、不気味な怪物たちが中世の幻想画のように踊り狂う。背後を振返ってはならぬと命令されたオルフェウスの恐怖を、彼はそのとき理解する。

「何を考えてなさる？」婦人が椅子の肘当《ひじあ》てを小刻みに打った。

「いや、不規則な食事をとるもんだから、さっきから考えてるんだけど、晩御飯を食べたんだったかどうか忘れてしまってですね」時枝は苦笑した。「今日は土曜日でしたね。だから博物館の仕事は昼まで、……確か一時すぎには外に出てですね。それから司書資格の講習会があって……おかしいですか？」

　博物館の学芸員と図書館の司書は取得すべき科目の単位が違っている。彼はすでに学芸員の資格をもち現に博物館に勤めているのだからそれはいくぶん余計なことだった。だが上司に薦められ自分もある下心があって集中講義のかたちで行われる司書の講習をうけていた。むろん書籍やカードの分類法は博物館の巻物や器物の整理にもすぐ役立ちはする。しかしその講習会のあるなしにかかわらず、彼の帰宅の時間は、いつものことながらおそすぎた。しかも下宿の婦人が要求しているわけでもない弁明をくだくだしくつらねながら、悪酔いした彼の頭にはもはやその講習の内容も、それから解放されてのちの自分の行為にも確信がもてないのだった。

「お食《あ》がんなさい。折角、用意してあったんだから」矢野駒は立ちあがった。彼女は時枝の肩に手をおき、その肩越しに柱時計を眺めてから、台所へ立った。「お部屋でより、ここで食べてくださるでしょう。面倒だから」

仕方なく酔漢は「はあ」と答えた。そのときパン屋の広告の刻みこまれた柱時計の音が大きく甦《よみがえ》った。てれかくしに頭を掻《か》きながら、彼は、心温い饗応《きょうおう》、宿主の日頃の寛大な待遇を、不当にも胸苦しく感ずるいじけたエゴイズムと闘わねばならなかった。いつごろから鬱積したのか、いまにも爆発しそうな褐色の憤怒《ふんぬ》が胸のあたりいっぱいに詰っていた。いや、彼の憤怒には、そもそも、いつ、何故に、というはっきりした理由はなく、しかも爆発させようにもできぬ微温的な職場と、噴出させようにも機会のない密室を往還しているうちに、すでにその明瞭な輪郭すら失っていた。時折り、風の吹く夜など、砂丘の砂のように飛び散り、松の梢《こずえ》を蹴って消えたと思える時もある。しかし目醒《めざ》めれば、生活の波音とともにそれは蘇《よみがえ》る。まるで彼につき従う能のない影法師のように。

日々は張合いなく憂鬱にすぎ、その影法師だけが輪郭はぼやけながらも、全く消失することなく彼につきまとう。初めは確かに自己以外のものに憤っていたはずだった。だが、日々の職務にも忠実にはなれず、つまらぬ失敗を重ねているうちに、いつしかその影は彼自身を譴責《けんせき》するものに変ってしまったのだ。

彼は大学卒業後、すでに数種の職業を転々としていたが、現在の職場での孤立も責任は残念ながら彼の側にあった。上役の信頼を失い、同僚にも気味わるがられるようになったきっかけは、昨年の秋に起った。ある週日、彼は大和の古寺へ円山応挙《まるやまおうきょ》の掛軸の借款交渉に出張を命じられた。出発のさいは憂鬱どころか、ほとんど足が宙に浮いていたと思う。どこで観察したのか、瀕死《ひんし》の原爆被災者のように手首を折った異様にリアリスティクな亡霊の絵だった。軸の幅、添え地の絹質から、紙魚《しみ》の数まで精密に記録し、借用書を手渡し、急遽、その成果を伝えようとした彼は、帰りの駅であわてて、反対側の列車に飛び乗ってしまったのだ。失策の名にすらあたいしない瑣細《ささい》な過失にすぎない。彼もまた、一種浪漫的な気分で目的から遠ざかってゆく蜜柑畑《みかんばたけ》の風景を眺めていた。ところが、翌日にも、さらに三日、四日、五日たっても、彼は博物館の館長室に報告にあらわれなかった。上役の心配、そして彼自身の意図に反して、南畿のある河畔の木賃宿で、田舎女中を相手に、金銭のつづくかぎり大酒を呑んでいたのである。どうしてそんなことになったのか。釈明を求められても、彼にも答えられなかった。ただなんとなくそうなってしまったのだ。

乗り違えた列車に一時間ばかりぼんやり坐っていて、引きかえすべく降り立った駅のまぢかに素晴しく透明な川が流れていた。敢ていえば風景の魅惑、その川の水の碧《あお》さがいけなかったのだ。彼は川辺に立って暫《しばら》く釣人の竿《さお》さばきを見物し、そして樹々や山肌の輪郭が浮き彫りになる夕暮れの道を川に沿って遡《さかのぼ》った。その川沿いの道にもバスは通っていたが、それには乗らなかった。そして日の暮れるところに、ほんの二、三軒、山に抱擁されるように建っている鉱泉の宿があった。

交渉は失敗したわけではない。むしろ意外にスムースに進捗《しんちょく》したのだから、電話ででも報告しておけばよかったのだ。事実夕食に酒を添え、やがて際限なく盃を重ねながらも、時折り彼はそう思ってはいたのだ。出張先きで風邪をひいてしまったと言う方便でもいい。ともかく連絡さえすれば全き信用の失墜という最悪の事態はふせげたはずなのだ。だが彼は何らの手を打たず、馬鹿笑いをし、あるいは不意に涙ぐんだりして茫然と酔いつづけていたのだ。

むろんそのことで、ただちに退職を勧告されたというわけではない。展覧会そのものには何の支障もなかったのだから。しかし彼は自分の犯した行為を何とも説明できぬまま、ものの見事に上役の信用を失い、いつしか同僚にも心理的に疎外される位置に立った。

そして実は、説明しようのない失敗は、それがはじめてではなかった。

たとえば数年前、姉の房子が結婚した時もそうだった。彼は姉を愛しており、姉の結婚には何故か心はずまないものを覚えながらも、そうすれば姉が喜ぶだろうとわざわざ友人に頼んでモーニングを借り、早々と汽車の切符も買ってあった。早い目に駅までゆき、早すぎた時間を食堂でつぶしながら、ふと彼は幼少年期、物資が乏しくその絶対的な窮乏のゆえに家族の関係までがぎすぎすした時代、自分を献身的にかばってくれた姉のことを想い起していた。ふっと回想の世界にはまりこんだというだけのことだったのだ。だが、彼が現実に戻ったとき、予約してあった座席指定の列車はとっくに通過してしまっていた。それからの彼の数時間は悲愴《ひそう》だった。タクシーを飛ばして伊丹《いたみ》の飛行場にかけつけたのだが、日曜で大安という日の吉《よ》さのために空席はない。あるいはキャンセルがあるかもしれぬという係員の言葉を頼りに彼は次の便を苛々《いらいら》しながら待った。やっと飛行機に乗ったと思うと、しかし機内放送で名を呼ばれて予約者が駆けつけたからと席を奪われた。その時は、水中翼船が神戸から高松まで開通したばかりだった頃で、そのことを思い出して、再びタクシーで神戸まで彼は馳《は》せつけた。姉の結婚式の時間は刻々に迫り、彼は満員の水中翼船の中で人目もはばからずモーニングに着かえ、高松の埠頭《ふとう》に着くやいなや韋駄天走《いだてんばし》りに駆け出した。埠頭から駆けて五分ばかりの会場だったが、彼が駆け込んだとき、すでに宣誓式はすみ、披露宴に入っていて、途中、着がえのために姉は媒酌人につきそわれて絨毯敷《じゆうたんじ》きの廊下をむこうから歩いてくるところだった。顔面汗だらけになり、お祝の言葉もはけず肩で息をしている彼に、姉の方から「正和!」と呼びかけ、そして姉は白くお白いを塗った頰に大粒の涙を流した。

その時はともかくも顔はみせたのだから、父母や親類縁者の怒りは買わずにすんだ。しかしなぜ一列車はやく切符を買っておかなかったのか、なぜ一日早く休暇をとらなかったのか。あびせられる人々の質問には答えようがなかった。そして結局は滑稽なものとなってしまったモーニング姿をもてあまし、彼はついに祝いの感情を共有できぬままに、泥酔してしまったのだ。

この世には、なぜか彼が参加しそこねた法則がある。その法則だけが正義ではないだろうし、彼の方もそれを完全に了承しているわけではないにしろ、声を荒だてて対抗するほどの観念の富もみずからにない。だから、そうした人々の感情を逆撫《さかな》でにするようなことはすまいと常々、心がけてもいた。

人にはそれぞれ口外しえない苦渋というものがある。それは社会の正義や秩序一般などとは交換しえないにせよ、しえない故にその個人的な苦渋を威丈高《いたけだか》に主張はできない。彼にもまた些《いささ》かの苦しみが、訂正のできない過去の時間の闇のうちに埋めきれずくすぶってはいたのだが、しかしそれを癒《いや》す場として、すすんで黴のはえたような博物館の世界を選んだのであってみれば、仕事がつまらなくて怠けたとは言えなかった。いや、事実怠けたのではなく、どうでもいいと思っていたのでもない。ただ、何となく失策をおかしてしまうのだ。

「まあ、いいさ」時枝は癖になった私語をつぶやき、食事の間へおもむいた。

炊事場つづきの奥の風呂場から、家の子供らの華々しく騒ぐ声がきこえてきた。彼がときおりその復習や予習の手助けをしてやる中学生と小学校に通う兄弟である。上二人が女、下二人が男の子で、兄の方はいま高校受験に忙しく、そして二人とも手におえない甘ったれだった。

「先刻、お家から長距離電話がありましてね。電話口へは徳子が出たんだけれど」

質素な袷《あわせ》の襟《えり》をあわせながら、矢野駒はガス焜炉《こんろ》を覗きこんで言った。ともかく、不思議に落着いた態度で生活し、話す、婦人の顔にはそのときも微笑が浮べられていた。その平和な表情の裏にどうした経験が秘められているのか、時枝には理解できなかった。金銭欲、名誉欲、加うるにこれも難解ななにかの欲望にとらわれ、ほとんど帰宅もせずあちこち奔走している主人矢野章生から音信があるのかないのか、それも解らない。たぶん政治ゴロといわれるものの一員なのだろう。この古都の繁華街にあった出店も人手にわたり、正業が呉服商であったことは、家族の着ている、古びながらも趣味のいい衣裳にわずかに名残りを留めるにすぎない。矢野駒はしかしなにごともなかったように微笑していた。すでに二年を経た素人下宿住いであるから、盆や祭りには、共に馳走に団欒《だんらん》し、観劇をたのしんだこともある。昔話の二三は、そうした機会にきいてはいたが、やはり微笑の内容はわからなかった。

「近々、いちど家へは帰ろうとは思ってたんですけど。ただ……」

茶瓶《ちゃびん》は軽快な物音を立って沸騰しはじめていた。

「お家の方、昼間には博物館の方へもお電話をなすってみたんだそうですよ」矢野駒は言った。

「それに夕刻には、うちからもあちこちお探ししてみたんですよ。でも、あなたは一体どこにいるのか訳のわからない人だから」

「ははは」と彼は無意味に笑った。

「笑いごとじゃありませんよ」

一語一語区切るように矢野駒は言った。

採光の点からはまことに前近代的な台所の間は、下宿人用の飯台《はんだい》も片付けられていて、索漠としていた。便利なようで事実はあまり活用されない魔法瓶の前に、座蒲団が一山につまれている。その上に三毛猫が寝ていた。

「お母ちゃん、そっち水出したら、お風呂の方がでやへんで」風呂場から弟の方の甘え声がした。

「よし、よし」と婦人は声をかけた。

「お母さん、お風呂熱い、熱い」蒸気のためか、不必要なまでに湿りのある兄の方の声がつづいた。

「徳子、徳子、お風呂の加減をみてやって」

奥へ向って駒は声をかけた。だがこの家の出戻り娘の返事はなかった。「しようのない人ね、ほんとに」と言いながら、しかし婦人の目は、深酒の酔いに揺れている下宿人の方に向けられていた。いくらか、こみいった話があるふうだった。そして次に何かがあるという予想が、時枝を不機嫌にした。なにかの好意からでる忠告ならば、聴かずにおこうと彼は思った。道徳や善意などとは縁がないと傲慢に思いこんでいるわけではない。第一、そう思うにしろ、胃の粘膜を自家消化するような素寒貧《すかんぴん》では駄目なのだ。ある戯曲のヒロインが発狂して、「私はいままで、人様の慈悲によって生きてきました」と述懐するのを聞いたとき、不覚にも彼は舌を噛んで嗚咽《おえつ》したぐらいだ。今まで触れそこね、これからも錯誤しつづけるだろう、天界の散華《さんげ》のしたたりのように、暗い客席で彼は奇妙に寒々とした幻をみた。もっとも、それは翌日には忘れ、なにに胸を衝かれたのか理解できず、元のひねくれ者に彼は戻った。昨夜の感傷は今日の虚妄《きよもう》というわけだ。

「時枝さん」と矢野駒は改めて呼びかけた。

「家からの電話、なんでした?」彼は不規則に動悸する胸に手をあててみた。蠟《ろう》のように偏平な胸だった。手編みのチョッキの上からでも充分肋骨《ろっこつ》の並びが感触できる。望むなら、すぐさま自己憐愍の感慨にふけりうる無能な肉体である。

二階を下宿人の一人が歩くかすかな足音が聞えた。簾《すだれ》とりかえられてまだ間のない銀箔《ぎんぱく》の襖《ふすま》の山水が震えてみえた。下宿人の弁当日が記入された月暦は、事実、吹きこむ秋風に揺れていた。冬になればいたるところ隙間風のもれる襖と柱とのずれが、家全体の傾きを物語っている。

「水をあげましょうか」と矢野駒は言った。

「何かあったんですか、今日」

おそらくもう何年も化粧をしていない矢野駒のひそめられた眉毛のあたりは、快楽を断念した諦念《ていねん》の滑らかさで微妙に光っていた。更年期の肥満は、あらそいがたく軀《からだ》の節々にあらわれていたけれども、肉体は着物にではなく、その諦念に覆われ、一つの回想のように輪郭がぼやけていた。

「明日の朝にしましょうか、酔ってられるんだから」

「何度、禁酒の誓いをたてたかな」

「そうしましょうね、明日に」

「お袋、私の酒のこと言っとったでしょう」

「いいえ」

時枝は沈黙をおそれて、外からみれば美と伝統の殿堂のようにみえるだろう博物館にもある、錯綜した人間関係の憂鬱について語った。しかしそれは語りかける本人の態度が曖昧であってみれば、人に理解されようもない。自分を正義の立場において人を非難するなら、共感反感の差はあれ、主張そのものは伝わるだろう。しかし、彼はいつの頃からか、自分に正義があるものとしては何事も発想しなくなってしまっていた。そこに秘められた悲哀と憤怒がなくはないにせよ、そういう立場が存在するということ自体、彼に思い遣りをかけてくれるこの婦人にも通じはしないのだ。そして勢いの赴くところ、展示物を見学に来た外国の賓客を案内して食事をともにし、昼日中から酔っぱらってしまった同僚の失態を自分のことに仕立てた諧謔《かいぎゃく》にまで及んだ時、矢野駒の表情から物柔らかさが退いて消えた。

小さな朱塗りの食饌《しょくせん》が膝下《ひざもと》に据えられ、食慾をそそらぬ天ぷらと吸物が並べられた。時計がそのとき十一時を打った。下宿人にとってそれは門限を意味する。

無駄に流れてゆく時間を時枝は思い、そしてひそかにそれを哀惜する。

かつては時枝にも成し遂げたいと思う理想はあり、日々の苦痛がその目標との照応関係で意義付けられるように思えた心の中の鏡もあったのだ。心の中の鏡は、この世の悲惨や矛盾を映すにせよ、自己の欠陥を照し出すにせよ、それが現に立っている場所よりも前に掛っているかぎり意味がある。まどわしい人間関係も、それが自らの能力を試す試錬であり、価値的な素材であると感じられた時代——。だが今は彼は可能な限り人間関係から遠ざかり、ただ古く悲しげな仏像や磁器、すでに色褪《いろあ》せ、やがては滅びゆく巻物や掛軸とのみかかわろうとしている。それもそれら対象の、それぞれの時代に生臭く呼びかけた人間の喜怒哀楽の表現としてではなく、香《こう》のかおりがひととき部屋に心なごむ気配を漂わして消え、やがて滅びるゆえに哀惜する、そういう美として。かつては彫刻師がその良心と信仰心を鑿《のみ》の一ほり一ほりにこめた木像が、木目もあらわに古び、虫喰って、原型を失ってゆくその哀れさを彼は愛しているようなものだった。人間が彫り刻み爪あとを残したものから、人間臭さが消えてゆく過程、彼の衰弱した精神が対話するにはそれこそがふさわしい。

勝手口の戸が、人が肩ごとぶっつかるように鳴り、時枝は確かに笛の音のように悲しげな人声を聞いたように思った。

「誰か来たんじゃないですか」時枝は自分が箸《はし》をもったまま起きあがった。彼の頭にふれて電球が横様にゆれる。

「変におびえて、どうしたの」矢野駒の顔もそのときすでに二重に映っていた。障子の桟は汚れた魂の襞《ひだ》のように歪んでみえた。不吉な予感は、しかしただ時枝の悪酔いにしびれた神経のわざにすぎなかった。

「なにか郵便屋でもきたのかと思った」

「おかしな人ね。こんな夜おそく配達人がくるはずはないでしょ。それともなにか気にかかることがおありなの」

「いや、そうじゃなくて、本当は……」

時枝はその時、ある人が棺に入れられてこの家に運び込まれる妄想にとらわれていたのだ。

なぜ不意にそんな陰惨な空想にとらわれたのだろうか。

たとえ時枝が恐れていることが事実となり、その女性が死んだとしても、その遺骸が彼の下宿先に運び込まれてくるなどということはありえないのだ。にもかかわらず妄想の中では歌舞伎舞台の黒子《くろこ》のような男たちに担がれた棺の中に、たしかに一つの死体があり、そして靡爛《びらん》しはじめる肉体の臭気までがただようのだ。

「なにか子供みたいに怯《おび》えてみえる」矢野駒が言った。

「いいえ、なんでもないんですよ」

「気に掛るんでしたら、いま話しましょうか、お家からの電話」

「いや、それより潜戸を閉め忘れましたけど、鍵はどこでした？」

この家庭の習慣に従って、食後の合掌をすますと彼は立ちあがった。縁に腰掛け、茶を飲みながら彼を見ていた婦人が頭を横にふった。

「時枝さんは、天ぷらはお嫌い？」矢野駒は別なことを言った。

「すみません」彼は洗面台の前で裸で体操をしている子供たちに努力して微笑を送り、小声でおやすみを言った。

「時枝さん」と婦人が静かに呼びかけた。

「明日、はやい目に起して下さい」

矢野駒の視線をふり切るようにして背をむけ、深呼吸をした拍子に、彼は自分の呼気に酒気ではない、一種の腐敗臭のするのを嗅いだ。

二

一カ月ほど前、家から郵送してきた下着のなかにひそませてあった手紙では、父の病気診断の結果は思わしくないとのことだった。理由は解らないが〈無弦琴《むげんきん》〉という中国の隠者の逸話をあらわす言葉を思い出すと、不思議にその顔の浮ぶ父について、母はその心配をつづっていた。面と向うと、細々した事実ばかり語る母は、手紙では自分の気苦労をいろいろ言葉をかえてつらねているだけだった。遠方にいるというだけで妙に威儀を正してしまい、気安さを失うとみえる。母の心労の内容はまったく推察するより仕方がなかった。恐らく電話は、父の病気か、もしかすると少し以前から婚家でもめている姉の身の処し方に関する相談に違いない。しかし、そのどちらにせよ、相談を受けたからと言って、彼に解決の手段があるというわけのものでもなかった。

仮りに姉の身になにか不運がふりかかっているにせよ、姉はすでに他家の人であり、もはや昔、食に飢えた彼のために、スカートをひるがえして駆け、農家の真桑瓜《まくわうり》を盗んできて笑いながら二つに割って与えたお転婆娘ではない。骨肉の感情も、それが生活を潤す年齢と、もはや手の届かなくなる季節のめぐりとがある。人が成人になるということは、それぞれの楽園を喪《うしな》うことであり、今たとえ顔を合わせたとしても姉の肉体と心に刻まれた快楽や苦労は彼とは無縁であろう。共通の話題すら、おそらくはないだろう。

しかしやはり気に懸るものがあり、この前不注意に看過した意味が母の手紙に含まれていたのかと思い、彼はあちこちに酔った体をぶっつけながら探してみた。机の抽斗《ひきだし》、書架の本の間、違い棚の手文庫……。

主屋《おもや》の二階から、予備校に通う下宿人の歌声が聞えてきた。三人いる下宿人のうち、二階の四畳半に寄宿する梶《かじ》という少年は、通常もっとも早く起床する。だから、宵の就寝時間ももっとも早く、週末いがいは、時枝が帰宅する時刻には、たいがい電灯は消えていた。しかし極端な音楽ずきで、特に浪漫派の作品が放送される日には夜半近くまで起きて耳をすましている。声がわりして決して美声とはいえぬ予備校生の歌声は、その時間を待つのか、あるいは、もう終った放送の感激の余韻なのかもしれなかった。何度も同じ言葉のくりかえされるのは、音楽には没趣味な時枝の知らぬ讃美歌風の歌詞だった。

目的の手紙は見あたらなかった。

「まあ、いいだろう」と時枝はふたたび言った。

六畳の部屋は、東側だけが障子になっていた。西は書架を兼ねる違い棚と床の間。南北は古くたびれた襖に閉ざされ、それぞれ蔵前の廊下と無人の三畳の間に通ずる。中庭に面する障子は、腰板と硝子《ガラス》と障子紙とでできていて、独立に開閉できる硝子の部分から、中庭に灯火を受けて揺らぐ八つ手の樹がみえた。その向うにもかなりな植込みがあるのだが姿はみえず、見えぬままに聞える葉擦れの音が、いくらか彼の気持をやわらげた。

二階の歌声の響きぐあいは、梶少年が窓際に腰をおろして中庭を見おろしていることを示していた。階下からは手摺《てすり》しかみえないけれども、二階からはその気になれば、時枝の机の上の乱雑な書物やノート、そしてパン屑《くず》もみおろせるはずだった。

彼はしばらくの間、硝子障子に映る殊更に歪められた酔顔と対面していた。胡坐《あぐら》をかいている彼の背後には、一つの本箱とわずかばかりの美術書、そして読みすてられた雑誌類の堆《やま》があるはずだった。しかしそれらの調度類は半透明な鏡には映らなかった。茫漠と光っている硝子の平面には、蛇腹《じゃばら》の電気スタンドに輝《てら》し出される、親密な、そして見知らぬ影絵だけである。方向を見失ったまま、いつしか頬に窪《くぼ》みを刻んでしまった三十男の渋面は、凡庸な不遇意識にふくれあがっていた。映っている像に輝きのないのは、外側から硝子をおおった埃《ほこり》のせいかもしれないが、些細な過去の蹉跌《さてつ》に足をとられ、情熱を賭《と》すべき目標を失った者のかげの薄さを見た、と彼は思った。

「おれの所為《せい》じゃない」

前後の脈絡もなく呟《つぶや》く自分の声を時枝は聞いた。酒に酔って独りになると、きまってぶつぶつ私語する癖がついていた。叫びだしたくなるような恥しい思い出や許し難い過去の行為などがふっと脳裡《のうり》をかけぬけるとき、彼はその断片を口に出してしまう。

「別段、裏切ったというわけじゃないんだから……」

道傍《みちばた》にぶったおれて、なお私語している惨めな日傭いのように、自分が哀れに呟いていることが彼には解っていた。にもかかわらず呟きはとまらないのだった。

「あれはもともと狂言自殺だったんだ……」

何のことが気に掛っているのかは、自分にはごまかしようもなく解っていた。

かつて彼はある高等学校の歴史科を担当する教諭だったことがあった。そして勤めて二年目から教職員組合の分会長をも兼ねた。若い世間知らずな、しかしひとかどの叡智《えいち》を身につけているつもりだった幸福な時代。いや自負心はともかくとして、一教員として彼は決して無能というわけではなかった。一二年勤めてすぐさま大学の研究室にひき抜かれてゆくほどの英才ではなかったにせよ、問題意識もなくただ年代と事件を羅列するという教員ではなかったはずだった。天成のちゃらんぽらんさは放課後に銭湯へ行き、会議に出るのを忘れたりする過失に既にきざしはじめていたにせよ、彼は自信をもっており、事実、彼の授業に目を光らせる数人の生徒はどのクラスにもいた。また当時、彼が教員組合の執行部委員に選ばれていたのも、人々の嫌がる仕事の順番が廻ってきたというだけではなく、ある種の整理能力が買われたからのはずだった。特別な野心や権勢欲は縁のない性格だったが、筋を通すすべは知っていた。彼には解っていたのだ。特別な天賦の才に恵まれているわけではない者にとって、大切なのは、狭いながらもそこが生活の場である、各人の生活圏であり、そこでの関係性の充実であり、小さな誠実の蓄積であることを。だから彼は政府の教育方針の大幅な転換につれて様々に起る問題、偏向教師とみなされた者の配置転換の阻止や教科書の自由選択に加わってくる圧力の排除等々、に真摯《しんし》に闘った。それは一日のうちの、もっとも充実した時間を過す職場の問題であり、現実に生徒に接している者の良心にゆだねられるべき自由の領域だった。そうした時、反対のためには、彼もいくぶん大仰な論理は用いてはいたけれども、教育の場からはみ出して、自分たちの勢力を誇示するつもりは彼個人にはなかった。だが、ある時、人事問題の紛糾から、物理科の助手だった女性が散乱する試験管の中で服毒自殺をはかるという事件が起った。そのとき大幅な配置転換がおこなわれようとし、組合はそれを最少限度にくいとめたのだが、正式の教員資格をもたない雇員にまでは手がまわらず、その女性の望まない庶務課への配置転換を組合としても諒承《りようしよう》してしまったのだ。より多くの者の利益を生かすために、一時、一歩後退せねばならないことが、錯綜した利害社会にはある。むろん、その人の生活権は守り通したのだ。教育委員会や校長の意志には整理の意図があったのは事実だったが、ともかくもそれはくいとめた。

だが、彼はその時、人はただパンのみを求めるものではなく、どんなに小さくとも各人にはかけがいのない抱負というものがあり、どんなに小さな職務にもそれに賭ける人の愛着というものがあることを一瞬忘れていた。彼が日頃もっとも嫌った多数者のための少数の犠牲という政治の方式を、こともあろうに、最も弱い地位にいる人に彼自身がおしつけてしまったのだった。ひどい矛盾であり落度だった。

その女性高崎公江は、彼のところへ個人的にも会いに来た。しかしそれがその人にとっては大問題であることに気付かず、時枝は組合も諒承決定したことであり、問題を蒸し返すのは他の成果を台無しにするからと、逆に相手を説得したのだ。彼女は頑としてもとの職場を動かなかった。校長が説得し、組合側もなだめすかし、いつしか、双方から圧力をかけるような状態にすらなった。だが彼女は勇敢だった。たったひとり、頑《かた》くなに頑張り、さる組合幹部と校長との学閥関係からくる受験参考書作りにからむリベート問題をもあばきたてて、そして服毒した。発見がはやく幸い命はとりとめたが、学校全体、そして組合もまた、内側から受けた衝撃は大きかった。

しかもいっそう困ったことは、その女性が一命はとりとめたものの不意にふやけたように無気力な人間に変ってしまったのだったが、彼女が入院した病院への見舞いに通った数週の間に、時枝は思ってもいなかった言葉を、その人からかけられ、そして……

厚顔無恥、脂ぎった顔で対立する相手と同じ悪を身につけて堂々たる俗物に自己を完成させるか、つまりはそれが恐らくはこの世の正義である正義の側につくか、否かの、その時が選択の境目だった。国家社会の大問題に較べれば、これは些細なことだが、些細なことから人の運命は分岐する。そして、彼は思い出すたびに跳びあがらねばいたたまれない自分のつまらなさを思い知った。しょせん正義の側には立てなかった。

二階から流れおちる歌声は、なんども同じ節をくりかえしていた。声は反復をとやかくいう配慮を無視して、くりかえされるたびに少年の抒情《じょじょう》が一層加わるようだった。

「やかましいぞ!」不意に、理由もない怒りにかられ、彼はとびあがって障子を開け放った。二階の歌声は一瞬停止し、しかし再びまえより低く続けられた。物ごとを反復することによって生れる抒情が我慢ならないのだ。野良犬のように荒い呼吸をしながら彼は蒲団を敷き、服のまま寝そべった。抑制していた酔いは急速に頭をしびれさせ、彼は展転としながら、ほとんど一個の物体と化していった。しかし途中で、彼は憤然と起きあがった。解説風の美術研究書とノートを、枕もとにおき、しかし形式をととのえただけでその方はみず、彼は守銭奴のように指折り数えはじめた。何を数えているのか、彼も、映っている硝子の像もそれは知らなかった。

第二章

一

　裏の水銀がはげ落ちてほとんど硝子とかわらぬ鏡の吊された洗面場で顔を洗いながら、時枝正和は、背後に背を注視している人物の視線を感じて振りかえった。排水口がいたんでいて、廊下に水がにじみ出し、スリッパのない時枝の足先にも湿気がふれる。

「どうぞ」彼は洗面具を抱えて風呂場の入口の方へ身をそらせた。本当は鬚《ひげ》も剃りたかったのだが、この下宿は彼ひとりの住いではなかった。

　二階には予備校生の梶少年の四畳半ともう一つ、六畳の部屋がある。物干台に登る際にはつきぬけねばならぬその部屋の住人は、極端に几帳面な性格らしいことが、部屋の模様から解った。名は文磨、姓は辻といった。山陰の出身、真宗の寺の長男である。絣《かすり》の着物の裾を柔道着のようにはだけ、日本手拭を帯につったまま、辻は振返った時枝にうなずいてみせた。

「今日はまた馬鹿に早いんですな」と辻は言った。

「今日から一念発起して真面目人間になろうと思いましてね……」

事の真相は宿酔《ふつかよい》の日には却って朝早く目がさめてしまうというにすぎなかった。むきだしの人間の対面をきらう時枝には、挨拶も冗談めかしてしか言えないのだ。

「どうせ三日坊主だろうけどね。君の決心は」寝汗が浮き出た褐色の頬を綻《ほころ》ばせもせず辻文磨は言った。「しかしいま鬚を剃りかけてたんだろう」

「かまわんですよ、僕は。もう終ったんだから」自分の洗面具を急いで片付けようとして、時枝は自分の爪がまた異様にのびてしまっていることに気付いた。この間切ったところなのだが、爪や髪ばかりがいやに早くのびる。

「今日は霜でも降りてるんじゃないかな外は。少し寒いですな」しばらくの間をおいて辻は言った。

「さあどうぞ、空きましたよ」

「いや」辻は一歩退き、勝手口の方へ新聞を取りにいった。辻は時枝とは同じ大学の卒業生だった。現在は仏教系の女学校の社会科の教員をしており、かたわら翻訳の下請けで生計を補っていた。正業よりも副業の方が得意らしく、彼はその方の話題を好んだ。卒業年次から言うと時枝より二年先輩にあたる。山陰の出身者特有の唇をあまり動かさないでものを言う癖があったが、声には低い読経《どきょう》のリズムのような張りがあった。いずれは父のあとを継ぐのだろうが、決して坊主臭いものの考え方をするわけではなく、新聞や週刊誌をにぎわす社会の諸現象については時枝よりは健康で、そして俗っぽい関心をもっていた。たとえば選挙の際にも、時枝が縁側に茫然と坐って投票日をやりすごすのに比して、彼は矢野駒をも説得し誘って投票にゆくといったところがある。何党を支持するのか、時枝は別段きいてみたこともないが、街並みそのものには凡《およ》そ変化のないこの古都の住民が、選挙のたびに意外に多く革新勢力を支持するその一員だったろうか。時には彼の方から政治や経済の問題について話しかけることもあり、そしてその口調はおおむねまっとうだった。もっとも言論と行為の区別は心得ており、また勤め先が宗教法人経営の学校だから、かつて時枝がそれに関係したこの地方の教職員組合の分裂や派閥抗争、そして果しない泥仕合については、具体的には何も知らないようだった。また矢野家に下宿するようになったのも時枝よりは日は新しく、この下宿の内でも時枝をめぐってあった下宿人同士のもめごとについても彼は関知していない。尤《もっと》も、それもまた極く些細なことで、およそ思想や名分にかかわる問題ではなかったのだけれども。

——昔、といっても二年ばかり前、時枝がそれまでの職場だけではなく生活環境そのものを変えたくて、あらたにこの矢野家に移り住んだばかりのころ、いま時枝のいる部屋にはある私大に通う商科の学生が寄寓《きぐう》しており、時枝は襖一つへだてた三畳の部屋にいた。事件の原因は、強いて求めれば、咳《せき》ばらいもつつぬけになる襖一つをへだてただけの生活の気ずつなさにあったのだが、当時は主人の矢野章生も時おりは家にいて二階は家人が使っていた。いや仮りに空いていたとしても教員はやめてしまったものの次の職はまだ決まらず、失業保険だけが頼りだった時枝には贅沢《ぜいたく》は言えなかった。その隣室の学生橋本某は大阪の船舶部品会社社長の息子で、その生活は時枝の学生時代からは想像もできぬ富裕なものだった。登校の際の服と宵の外出の服も区別されており、趣味の楽器や友人たちを招待してする遊びも、学生の域をこえていた。しかし時枝の側だけが苛々していたわけでもないだろう。馬のあわないのは相関的なものだろうし、たぶん橋本の方も四六時中、襖一つ距てた隣室に失業者がごろごろしていることに我慢がならなかったにちがいない。

隣室に客人があったりするとき、時枝はできるだけ散歩に出るようにはしていたが、しかし元来、深夜型の時枝とラグビーの選手でもあった橋本の健康な生活のリズムそのものが食い違っていた。

互いに干渉しあわない黙契の中で、しかし一つだけ時枝の側から犯していたことがあった。というのは、橋本は書物を買うにも、古本屋をあさったりせず、電話で本屋に申し込むという方法をとっていたが、書物の自由な購入だけではなく、日々の新聞も、英字新聞やスポーツ新聞など三種類をとっていた。三畳の方の時枝は、早朝いったん目を醒ますと、一種の習性でかならず郵便箱をのぞきにゆき、なにも通信がないと――ないのは当然であり、彼は知友にろくに転居通知も出しておらず、かりに来信があったとしても配達時間は午前十一時ごろに大体きまっている——その新聞を持って入り、あわただしく盗み読みしてから元通りにたたんでおいておく習慣だった。隣室の学生は、久しいあいだ廊下に新聞をとりこんでおくのは矢野駒の配慮だと思っていたらしい。ところが冬のある日、自分の部屋に新聞を持ち込み、床の中で読みながら、時枝はまたうとうとと眠ってしまったらしかった。朝食のとき橋本が新聞のことを駒にたずねたのだそうだが、駒としては新聞の休日か配達夫が偶然入れ忘れたのだろうと返事したのも当然だった。時枝は伴に食事すべき時間にはまだ怠惰な冬の朝のまどろみの中にいたのだ。そして、時枝がふと目醒めてすでに橋本が起きてしまったのに気付いておりながら隣室の障子の前に新聞をこっそりとかえしておいたのがいけなかった。食事の間から帰ってきた学生は、しばらく不思議がり、やがて真相を察知するとがらりと時枝の部屋の障子を開けた。「起きてもらいたい」彼は時枝の枕許に仁王立ちになって怒った。日頃の鬱憤が一度に堰《せき》を切ったのだ。時枝のつもりとしては、褒《ほ》めたこととは言えぬまでも、かつて経験した寮生活がそうであったように、休憩室に新聞雑誌が置いてあれば誰の所有であろうとページをくってみることぐらいは許されるはずだと思っていたのだ。横から覗き込んだからといって、活字が消えてなくなるわけでもない。だが時代はもはや戦後ではなく、敗戦後の窮乏期に成長した時枝が身につけてしまっていた感覚はもう通用しない。また若い橋本には、自分の孤塁をおかされまいとする、育ちの良さ、潔癖さがあった。

「なんとか言ったらどうなんですか。これは僕がとってる新聞ですよ。僕が読んでしまって棄てたものなら、その新聞の上に頭垢《ふけ》をおとそうと、爪を切ろうと、そりゃ勝手ですよ。でも僕より先に……失礼じゃないですか」

スポーツで鍛えた肉体は下から見あげると堂々として立派だった。

「お酒を飲む金はあっても、自分の新聞をとる金もないんですか」

時枝は黙っていた。もっとも争うつもりはなく、寝巻の襟をあわせながら蒲団の上に坐って頭を下げた。

「黙って頭を下げているだけじゃ解らない。今日一日だけのことなのか、今までもずっとこんなことをしていたのか言ってもらいたい」年下の学生が時枝を見おろして言う。

「妙に坐蒲団の汚れが早いような気がしてたけど、僕が学校へ行ってる間に、あんたが勝手に使ってたりしてたんじゃないの」

矢野駒が物音を聞きつけて来てくれ、仲裁に入ろうとしたけれども、それは相手の怒りに一層火をそそいだだけだった。

「まったく油断も隙もならんぜ。煙草ぐらいならともかく、襖一つあければ、机の抽出しにはお金も入ってるんだからな」

「そんな風にまでおっしゃっちゃ……」駒が言った。

「私は人に非難されたり、あらぬ疑いをかけられたりするのには慣れています。何と思って下さっても結構です」とその時、時枝は言った。

「それじゃ謝ったことにならんな」

「まあ、堪忍してあげて頂戴。時枝さんも悪気があってしたことじゃないんでしょうし、お隣り合わせで、こうして……」駒が言った。

「偶然となり合わせたからと言って友達であるとは限りません」

時枝は敷布の汚れを恥じつつ黙って頭を下げつづけ、その学生は日頃の嫌悪を隠そうともせず時枝を罵《ののし》りつづけ、そしていいつのった言葉の激しさが和解をさまたげたのか、それとも機会があれば下宿を出るつもりだったのか、その後数日して彼は部屋をひきはらった。より便利な、そして鍵をとざせば孤立できるアパートかマンションがみつかったのだったろう。

筋から言えばあるいは時枝の方から出るべきだったかもしれぬ。少くとも諍《いさか》いあってのち隣室の者が出たのと前後して、彼も矢野家を辞すべきだったろう。聴き正してみた訳ではないが、矢野家の生活への補いには、橋本某がいた方がより意味があることはあきらかだったのだから。いや幾分まの抜けた間隔をおいてからにせよ事実彼はその月末にその旨を婦人に申し出た。だがそのとき矢野駒は「あなたはしばらくこの家にいなさい」とむしろ強くたしなめるように言った。「そりゃね、あの時にはなんて人だろうと思いましたよ。いえ、新聞をどうのこうのという事じゃなく、一言ね、やあ、すまないと謝まればすんだことを、頭は下げているものの妙に頑くなに黙っていて、口をきいたかと思うと、何と思ってくれてもいいだなんて。――素人下宿をはじめてから、随分といろんな方をお世話しましたけれど、こんな変な人は初めて。あの日、橋本さんがラグビーの球を持って登校されてから、お茶を持ってお部屋へうかがった時も、ほかに適当な下宿を探してあげましょうかとお薦めするつもりだった。でもね、ほんの二三時間のうちに、あなたはげっそりとやつれて、指を口につめて子供みたいに泣いてた。これまであなたがどういう経験をしてこられたのか、わたしは知りません。でも、うまくは言えないけど、ふっと橋本さんの方に出ていただこうという気になった。あなたはいま、独りぼっちになってはいけません。わたしには温い御飯を食べて戴くことぐらいしか出来ませんけれど、しばらくはこの家にいらっしゃい」

人から好意をかけられると、したり顔に受けてしまう自己に嫌悪しながらも、時枝はその時その下宿の婦人の思い遣りに甘えた。彼にとって住いそのものは何処であっても同じことだが、確かに当時、彼の心中には嵐が吹いており、感情的にはほとんど死とすれすれのところをさまよっていた。そして自己を鞭打《むちう》ちながらも、自己自身のみによる自己変革というものは、ほとんど奇蹟《きせき》を望むに等しいことを彼は知ってしまっていたのだ。人間が堕落するにせよ向上するにせよ、完全に孤立してはなにもできないのであって、ちょっとした他者の視線でもいい、ある関係性のうちに、その回復の契機がひそむ。それまでの彼に覚えのあるのはただひたすら堕落する側の経験にすぎなかったが、その経験を通して逆に彼は小さいものながら人生の機微にふれてはいた。

鬚を剃りおわって食事の間にゆくと、梶少年はすでに神妙に食卓に向って正坐していた。少年は矢野駒の遠縁にあたるということだったが、そのつもりでみれば皮膚の感じが似ていなくもない。「お早うございます」と少年は礼儀正しく言った。矢野徳子が台所で湯気の舞う鍋《なべ》に顔を伏せて中を覗き込んでいる。

「日曜に限って朝が早いのね」矢野徳子が辻文麿と同じようなことを言った。なにが不満なのか、矢野徳子はいつもぴりぴり緊張していて、整った容姿からは予想できない度ぎつい言葉を人にあびせることも少くなかった。この世に生きて、不満は誰しものことであり、時枝にもいささかおぼえはあるわけだが、女性の心理はまた一段と複雑なのだろうか。何かの不満に苛々しており且《か》つ自分を虐《さいな》むタイプの人物であることは見ぬけても、いったい何を考え何を悲しんでいるのかは時枝には理解できない。

「今日はお閑《ひま》なら……いや、お閑でなくてもあの洗面所の排水管をなおしていただきますよ」

矢野徳子は時枝に向って言った。

「どうしてですか」時枝は首をかしげた。「そりゃ御依頼とあれば土方仕事でも何でもやらないことはありませんけれど」

「たしかに、あそこは最近すこし水はけが悪いようですな」辻がその洗面所から、唾をあちこちに撒き散らしそうな咳をしながらやってきた。

「僕も手伝いましょうか」梶少年が言った。

「いいえ、あれは時枝さんの責任ですからね」

「なぜ」時枝は鬚剃りあとの、しかしまだ脂の浮いているように感ずる自分の頬を撫でた。その時には相手の皮肉の意味はわかっていたのだが、皮肉を投げ返すには惜しい朝の気分だった。

「昨夜は珍らしくそうじゃなかったみたいだったけど、時枝さんが何度も何度も洗面所で嘔吐《へど》をはくから、排水管がつまってしまったのよ。あなたの責任よ」

「本当ですか」梶少年は驚ろいたように言った。

「まさか」と辻が笑った。

「嘘なんか言いません。嘘だと思ったら御本人にきいてごらんになって」諧謔の域をこえて矢野徳子が言った。

時枝は悲しくなった。安酒に溺れて二三度失態を重ねたことは事実だったが、まさかそれで排水管が詰ったわけではない。責任を云々《うんぬん》するならむしろ雑巾がけした汚水を、表に棄てにゆく労をいとうて洗面場に流すこともある矢野徳子のせいだろう。しかし、そんなことより、珍らしく寛大な気分になりかけている朝の気分を、こわされたことがこたえた。

ふっふっと、何かの秘密でも愉しむように徳子が含み笑いした。

「じっさい、どういう気でしょうね。我ながらよく飲みますね」その場を取りつくろうように時枝は言った。

辻が敏感に、時枝と徳子を見較べた。辻文麿がその時何を感じ取ったかは知らない。そのまさぐるような視線を避けてそっぽ向きながら、この居心地のいい宿とも、いずれは別れねばならないなと時枝は思った。

「あの時の、恰好ったら、なかった……」徳子が歌うように言う。

「もう勘弁して下さい」

そう何度もそんな醜態を示したわけではなくとも確かに一度は、その現場を彼女に見られてはいた。何時《いつ》のことだったろう。深夜に帰宅して床にもぐり込みながらも、安酒の悪酔いは消えず、時枝は冷え冷えする厠《かわや》に長い間ひとりはいつくばり、しかもそののち洗面所で口をすすごうとしてまたあげてしまったのだ。その部分だけ電灯のともされた洗面所はタイルだけが悪夢の名残りのように鈍く光っていたと思う。彼はしばらく洗面器にとび散った自分の嘔吐物《おうとぶつ》と向いあっていた。体は言うことをきかず、しかし意識だけは冴えていて、彼は鏡の中の自分の像を見ながら、鏡の前で踊り狂って死んだという鸞《らん》の物語を思い出していた。それからなんとなく彼は嘔吐の一片をつまんで眺め入っていたのだ。その時、「なにかひどく頑張ってるのね」と不意に背後で声がした。鏡の中をすかすと、寝巻の上に重ねた羽織の前を合わせながら矢野徳子が軽蔑の目を彼にそそいでいた。あわてて水道の栓をひねったのだが、醜態を糊塗《こと》するのにはおそすぎた。「いつまでも頑張ってないで、どいて下さいよ」と彼女は言った。「いや頑張ってるわけじゃないんだが……」体の自由がきかず、早く手洗いのそばから離れねば、と思いながらも、あたかもすねて邪魔でもするように時枝は厠の扉の前にのびてしまったのだ。彼の横わった下はちょうど炭や煉炭の入れてあるはめ板になっていて、その板が秘事のようにきしんだ。「出ていって下さい。あなたみたいな人。家の者が迷惑をします」その通りだと思いながら時枝は誰に対してともなく猛然と腹を立てた。「家中に悪臭を撒き散らしておいて」「あなたに関係はない」放っておいてほしいと時枝は言った。「あなたに関係はない」放っておいて、誰にも関係がない。よくそんなことが……」「貴女《あなた》などに見えやせんのだ、なにも」

いわば深夜の茶番劇のようなものだったが、時枝が下宿人にすぎない以上、何度皮肉られても仕方のないことだった。ただその時は、文字通り行きずりの者同士のように、一方の侮蔑と一方の拒否とが一瞬すれちがったにすぎなかったのだが、時がたつにつれて、何か秘密の共有のようになってしまったのがやり切れなかった。もうこれ以上人間関係のこじれるのは沢山なのだ。

「やむをえません。今日は勤労奉仕をしましょう」と時枝はできるだけ平静に言った。

「勤労奉仕じゃなくて、懲役だわよ」

「なにを騒いでるの、徳子」

奥で家族の給仕をしていたのだろう、矢野駒が盆を持ってあらわれた。駒は長女と入れかわって鍋の煮たち具合を確かめた。

「そうそう、今朝はパンではなくて、餅雑煮《もちぞうに》の御馳走なんですよ。梶さんのお里からの御布施」矢野駒が汁の味見をしながら一同にほほえみかけた。

「味噌汁は宿酔にはいいんですってね」矢野徳子が言った。

「無駄口をきいてないで、恵子たちの方にお茶を持っていってあげて。皆さんのお給仕はわたしがする」徳子のお尻をおしあげるようにして駒がうながした。不承不承にこの家の長女は台所から食事の間にあがる。

「本当に親切な下宿だわよ。いまどきこんな賄付《まかないつ》きの下宿なんて探そうたってありゃしない」

父の方に似て広い額に皺を寄せて徳子は駒から茶瓶を受けとると奥に上っていった。食事の間から廊下に出る敷居のところで、なおも彼女は立ちどまり、「来月からは部屋代は値上げですよ」と小さく舌を出した。

「本当に困った人ですよ」駒は苦笑した。

どこの家でもこの時刻には家族が食卓を囲んで食事をしてるのだろうな、と時枝は思った。不意の抒情は響きのない音楽のように彼の内部にひろまる。幸、不幸も、苦悩も愉悦も、そして生甲斐なるあの無定形の価値も、おそらくは味噌汁の香りや、食器の触れる音のうちから生れるのだろう。そしてもし本当にそれがあるのなら、狭い生活圏の中に埋もれていいのだ。

「なにか新聞に載ってます?」矢野駒が辻文麿に声をかけた。食事中、新聞に顔を埋めるのは給仕をする側としてはいい気持のものではないのだろう。だが辻は婦人の含蓄を理解しそこねたようだった。

「あい変らず、学生諸君が激しいデモをやってますね」辻はまともに答えた。「逮捕者が六十五人も出たと書いてある」

「大変ですね」矢野駒も辻の言葉をまともに受けて眉をひそめた。そういうつもりで話しかけたのではなかったのだろう。だが恵子というこの家の二女も、下宿人のまえには殆んど顔を見せないが、大学に通っていて、そして時折りはデモにも参加する一員だった。

「わたしには解らないんだけど、時枝さん。あんな風にヘルメットをかぶって棍棒《こんぼう》を持たないと駄目なものなの」

「いや、私には人様を批判したりする資格などありません」時枝に特定の考えのないわけではなかったが、ことは食事時の交歓を超えるものだった。

「時枝君なんかは、しかし学生時代には相当やった方じゃないのかね?」辻が言った。「隠してもね。なんとなくそういう臭いがするぜ、臭いが」

「僕は博物館の学芸員ですよ。骨董《こっとう》相手に生きるような人間なんですよ。もともと」時枝は嘘を言った。「無節操、無思想、無情熱……黴みたいなもんだな、いわば」

「情熱もなにもなくて、人は苦しんだり自棄《やけ》をおこしたりはしないものでしょうよ」矢野駒が言う。

「私たちの時代とは様相が違ってきたことは事実ですね」と辻文麿が自答した。「世の中はむしろ僕たちの頃の方が殺伐で、敗戦色もまた濃厚に残していたが、最近のような激しい、公然たる直接行動はとらなかったな。それを許す雰囲気もなかったろう、大学の中でも外でも。今は生活水準としては一般的に上昇していて、しかも学生運動は激化している。従来の社会運動の動機とは違ったものが出てきたんだな、きっと。少くとも後めたさから出る行動ではないね」

「うちの恵子なども何を考えてるのやら。男の児ならともかく、女の児が……」

「御心配はいりませんよ。妙な服装して睡眠薬遊びなどしてるんなら、ともかく」あたりさわりのないことを時枝は言った。

「たまには美術館や博物館へつれてってやって下さい」

「そりゃいつでも御案内はしますけれど。でも多分、話されないだけで、そういうこともきっとしてられますよ。近頃のデモに出たり、学内で運動してる学生諸君は、よくは知りませんけど、政治青年タイプという決まりきった鋳型にはまってないでしょう。この間も市電の中で論争するのを聞いてましたけど、丁度芝居を見にゆく予定があって、神戸のアメリカ領事館だったかに坐り込みに行くのに参加できないといってるんですね。それが実に素直で、堂々と主張してるんですね。そしてそれを受ける方も、一しきり説得しておいて、そうか、じゃ、この次は頼む、と割とあっさりしてるんですよ。いいなと思いましたね。昔、われわれの時代には薦める方にも薦められる方にもあんなことはありえなかった」

「やはり君は身に覚えがあるんじゃないか」と辻文麿が敏感に言った。

「いや、それは、ただ、一般的に、昔は、と言っただけだ」

「そうむげに否定せずともいいさ」

「梶さんも大学に入られたらやはり学生運動家になるの?」矢野駒は細かい気配りで梶少年にも話しかけた。

「ぼく、まだ、わかりません」

「まあ、まず入学することが大事だわな」辻が言った。

「失望するだろうけど、入ってみれば」時枝が重ねていった。

「そんな、冷水をあびせるようなこと言うもんじゃありません」

「大学か」無意味に時枝は言った。

「さあ、それより、さめないうちにお代りをいかが」

梶少年が黙ってお椀をさし出し、辻がおくればせに、梶少年の郷里からの贈物をほめた。

奥の間から、姉妹が短くいさかう声がした。だが、下宿人の手前をはばかってだろう、それは一語ずつの短いやりとりだけで、すぐ途絶えた。つい、耳をすましかけた自分から逃れるように、時枝もまた梶少年に礼を言った。

「手搗《てつ》きのお餅というのは、美味《おい》しいもんですね、本当に」

それはお世辞ではなく、本当に、荒れた胃袋をまるで保護するような、こまやかな歯ざわりだったのだ。

二

昨夜、家からかかったという電話の内容は何だったのだろうか。結局ききそびれたまま時枝は机の前に坐った。

もっとも彼は最近、なぜかまとまった著述はほとんど読めなくなっていた。学生時代やみくもに新しい認識を欲したとき、書物費にさく金銭の余裕はなく、いま独り暮しで多少の教養費も自由になるはずの時期には、研究書はもちろん翻訳の小説一つ読む気力がなかった。現在辛うじて彼の興味をつないでいるのは鈴木春信の錦絵や蜀山人《しょくさんじん》の狂歌、風来山人《ふうらいさんじん》の戯文《ぎぶん》、そして江戸時代の笑話《しょうわ》や川柳《せんりゅう》のたぐいだけだった。浮世草子ももう長いものは読めない。

ぱらぱらと和綴《わとじ》の笑話集をめくり、偶然ひらいた頁の小話《こばなし》に目をさらす。

「雪の夜中、小便つまりて目さめ、起て立出《たちいで》、雨戸明《あけ》にかかった所、氷ついていかな事明《あか》ず。仕方なければ、敷居へかがんで小便たれかけ、扠明《さてあけ》て見れば、氷とけてぐゎらりとあいたり。『よし』と言って出た所が何も用なし」

一瞬の神経のくすぐりに、時枝はひとり痴呆のように笑う。大義名分を武士階級に独占されていた時代の町人の、八方破れな才智が彼には身近かなものに感ぜられる。威儀を正したもの、権威ありげなものを、裏側からつき崩す機智から漂い出る、虚無的で頽廃《たいはい》的なものの中に、ほんの刹那《せつな》のものながら、かすかな慰めをうるのだ。またたとえば蜀山人が唐詩選にある裴迪《はいてき》の「鹿柴《ろくさい》」の詩をもじった狂詩——。もとの詩は静謐《せいひつ》な自然美と隠遁《いんとん》的な境地を「日夕寒山《にっせきかんざん》を見、便《すなわ》ち独往の客《かく》と為《な》る。知らず松林の事、但《た》だ麏麚《きんか》の跡有り」とうたうのだが、蜀山人はそれを、「屁臭《へくさ》い」ともじり倒しておよそ下品な日常性に還元してしまう。

一夕飲燗曝　一夕　燗曝《かんざまし》を飲み
便為腹張客　便ち腹張りの客と為る
不知透屁音　透屁《すかしべ》の音を知らざりしも
但有遺失跡　但《ただ》し遺失《うんこ》の跡有り

こうした自棄《やけ》くその諧謔が、どういう心の状態から出てくるのか、彼には解るような気がするのだ。国家社会を統治し体制を維持する思想、あるいはそれに反抗し変革しようとする思想、そのどちらにも自らの精神をあずけることの出来なかった人間がいつの世にもおり、やがて大義名分や身の潔白といった幻影をあっさりと捨て去ったすね者がその中からあらわれる。才能を浪費し、情熱を蕩尽《とうじん》し、肩を怒らした正義や真実とはおさらばして、道化の舞をまう。悲しくもない葬儀に人が渋面をしておれば、へっへっと笑い、野暮な人間の御大臣振りにはひいーっと羞恥《しゅうち》の叫びをあげ、道学者の厳粛な講話をもじりたおす。ことさらな叛逆心のためでもなく、そうしないではいられないのだ。

もっとも、それはすべて生活よりは一段低い余暇の芸であり、気分のやや爽かな朝に、机の前に正坐して読むものではない。時枝はひそかな慰みの書を閉ざし、机の上に粉雪のようにつもった埃を無意味になでた。

数カ月前から書こうとしておりながらほとんど表題と数枚の序文だけで行き詰っている論文

も机と同じ厚みで埃をかぶっている。これまでの彼の行為がそうだったように、それも意図だけのものとしてついえ去るだろう。テーマは鈴木春信の浮世絵についてであったが、彼によって考案された多色摺《たしよくずり》の版画技法とその美人画の構図の独創性は把《とら》えているつもりでありながら、いっこうに筆は進まない。大学時代は別に美学の専攻ではなく、歴史学科に籍を置いていた。ただ専攻が日本文化史であったから、美術研究にはいささかのハンディキャップはあるにしても浮世絵がその粋《すい》を競う江戸時代の文化の諸相や庶民生活について相当な予備知識がないわけではなかった。それに現に国立の博物館に勤務していて内外の美術品に接する日常が、そのハンディキャップを補うはずだった。学芸員はそれぞれに専門の研究分野を持っていて、論文を学術雑誌に発表することは一つの業績にもなったが、その論文は誰に慫慂《しようよう》されたわけでもない。

ただ気のむくままに準備し書きはじめたものだった。そして今の時枝にとって、その気のむくままということが、すがりつく最後の糸だった。対象が浮世絵であり、絵の素材が、あるいは丑《うし》の刻詣《ときまい》りする女であり、洗濯し、恋文を読み、舟遊びをし、風呂に入り、髪を洗う江戸時代の美人風俗であるゆえに、人は多分、閑な好事家《こうずか》の閑つぶしとみなすことだろう。とりわけ嘗《か》つての友人たちは、自分自身の穢《けが》れをみせつけられでもしたように顔をしかめるだろうことは解っていた。人にどう思われようとかまいはしないけれども、意味が実を結ぶか否かにも自信をもてないままに、友人にも博物館の同僚にもまだそのことは洩らしてはいなかった。しかし、彼が一たびの挫折ののちにはまり込んでしまった無感動《アパテイア》の状態のもとで、義務感や職業意識をはなれて、彼の衰弱した関心をそそった、それが最初の対象だった。やや類型的な美人たちの顔、しかし画面全体に温い気配のただよう極彩色。版画の中の女性たちは、洗濯物や衝立《ついた》てや小川の流れや鏡台のまえで、それ自体が一つの美として自足していた。過剰な意義を求めも押しつけもせず、崇高であろうとも高貴であろうともせず、豊満で綺麗だった。そしてそれで充分であり、時枝がまったくの精神的廃人として呆けてしまわないための契機としてもそれは充分生かしうるはずだった。

友との会話の中で、あるいは独りする夜の独語に〈精神〉と言い、〈思想〉と言っていても、人が精神たる可能の場はそうむやみとあちこちにころがっているわけではない。書物の世界の理想、若年の根拠なき思い込みからすれば、人は生き働き選択するかぎり、常に精神ではあっても、群集の足音のような日常のなかで、そうした信仰はすでに惨めに、いやほとんど愉快に瓦解《がかい》していた。時枝にとっては、もはや華々しい行為も自分には期待できないゆえに、その小さな確認と表現が残された最後の自己救済であるような幻想があった。大学の卒業論文のおりは、題材こそ百姓一揆と宗教という、よりアクチュアルなものだったとはいえ、内面的には、必修単元や締切期間の逼迫《ひっぱく》をまえに、東奔西走し、書きあげたのちの解放が最大の目的だった。

そのころ彼は論文いがいのことで多忙だったし、証書獲得の手段と化した論文に精神もくそもなかったのだ。だが卒業して数年を経、いささかは此の世の塵《ちり》にもまみれ、また一たびは進んでこの世の抗争にも加担してのち、ふりかえってみれば、こうした孤独な手段にしか自己を支える道は残っていなかったのだ。もとよりすべての人間に論文を書くべき義務などはない。理想としては思想は読書や自己確認の表現であるよりも、日々の生活から滲み出る芳醇《ほうじゅん》な酒の上澄みのようなものであるべきだということも知っている。しかし、何が因《いん》で何が果《か》か、その鶏卵の順は問いえないにせよ、これまでの彼の周囲で起ったことどもは、なにひとつまとまった意味に結実しなかった。彼の性格に欠陥があるのか、この世の仕組がおかしいのか、それともただ単に不運なだけなのか。彼が情熱的になるとき、きまって人を傷つけてしまい、彼の心にはりさけんばかりの思いのある時、彼は無視された。そして残ったのは回復の見込みのないある女性との関係のもつれと、たとえ顔をあわせても何も言うことはなく、ただ道傍の土塊《つちくれ》を見、垂葉《たれは》の露を見、索漠たる逢瀬《おうせ》ののちに疲れはてて下宿へ帰ってゆく自己自身だけだった。いずれにせよ対人的な関係、社会的な関係における彼の心は燃えつきていた。いま書きかけている論文がまとまっても、その収穫が、学問的な卓越を誇りうる期待は、おそらく善なる意志が、物質的な報酬にめぐまれるのと同様の乏しい確率しかないだろう。それは分っていた。多分結果は、夥《おびただ》しい研究書目類やその参照欄に一行をとどめる程度で終るだろう。だがそれぐらいしか、彼にはすることがなかったのだ。

中庭に面した廊下で、ばたばたと埃をはたく音がした。目をあげると、矢野徳子が髪を手拭いで、口をマスクで、手をゴム手袋で、まるで癩院《らいいん》の看護婦のように武装して掃除をはじめていた。三人の下宿人がそろって部屋にいる日曜日は、清掃日と決められている。まだ蒲団もあげていなかった時枝はあわてて立ちあがった。

「あわてて蒲団をたたんだりしなくってもいいのよ」ずかずかと廊下を歩んできて矢野徳子は障子を開け放った。

「あんまり部屋を散らかしときますとね、酔っぱらいだと思われる」散らかっていた肌着まで彼は蒲団に畳み込んだ。あわてて重い荷物をもったためか、そのとき不意に胃が痛み出した。しくしくとやりきれず、しかも一種懐かしい胃の痛み……。

「面倒ならそう言って下さっていいのよ。このお部屋はあなたのお部屋なんだから」

「いやしかし、皆さんと同じようにしましょう」

「でも、本当は掃除なんかしたって仕方がないわね」

「なぜ?」

「泥足で歩きまわる人がいるんだから」

彼は叩《はたき》のたてる埃に追いたてられて廊下に出た。高い空に、半透明な真綿雲が散っており、彼はその空の色に誘われて煙草をふかした。

「昨夜、家からの電話を受けて下さったそうですね」

語りかけながら、下駄をつっかけて時枝は四坪ばかりの中庭に降りた。石の飾り灯籠《どうろう》と柿の樹のあいだに蜘蛛の巣がはられ、熊蜂のような色の蜘蛛が真中にたむろしていた。

中庭には水甕《みずがめ》を少し大きくした程度にすぎないながら堀もそなわっていて金魚が泳いでいる。そしてその小さな水面にも秋の光が落ちていた。

矢野徳子はヒステリックな箒《ほうき》の使いようをしていた。顔は寝不足か、それとも貧血でナイロン色に蒼ざめてみえる。自分が絶えず苛々しているだけではなく、強引に苛立ちを人に感染させる女性だったが、だからと言って、時枝にとって向いあっているのが全く不愉快というわけでもなかった。

「あの電話は……」

「聞えてますよ、一度おっしゃれば」と徳子は言った。

「で、何か言ってましたか」

「ふん」と彼女は言った。「電話はお家からだけじゃありませんでしたよ」

「誰からですか……」

彼女は嫂《あね》さんかぶりにしていた手拭で眉のあたりを拭った。目許のあたりだけがやや赤らんでいて、全体的には厭世《えんせい》的にみえる顔が、その時、時枝には美しく見えた。

「戸外の掃除が終ったら、母がお茶を持ってくるでしょう。母から聴いて下さい」

「なるほど」

「もったい振って話を長びかせてるわけじゃないんですよ、って。これも母が言ってました」

時枝は石灯籠のそばの蜘蛛の巣をはらいおとそうかどうかと迷っていた。二階からも掃除の物音が聞える。二階の分担は次女の恵子に決められているようだったが、辻文麿も梶少年も自分で部屋を片付けるまめなところがあったから、恵子の役割は雑巾バケツを二階にもってあがる程度のようだった。梶少年の部屋から次女の恵子の顔がのぞき、「大きな蜘蛛ですのね」と声をかけた。時枝が煙草の煙を巣にふきかけるのを見て言ったのだ。毒々しい色の蜘蛛は狼狽《ろうばい》し、長い銀色の尾をひいて地面におちた。

矢野恵子は黒っぽいスラックスを穿《は》き、コールテンのジャンパーを無造作に着ていた。切れ目の長い目がひき緊って空に注がれている。妹の方は母親似だったが、街で偶然にあっても軽く目礼するだけで、ほとんど口をきかなかった。その昂然《こうぜん》としてみえる姿勢に、純粋な年齢にありがちなこととはいえ、なにか無理をしているなと感ずることがあったが、恐らくその無理の理由は矢野駒の心配する交友関係にあるのではなく、広い家の半ばに下宿人を置かねばならなくしたこの家の事情自体にあるのだろう。もっともそんな事は分っていても言うべきことではない。

「恵子さんの学校の学生寮問題というのは片付きましたか」と時枝は言った。相手はその問に は答えず、「その蜘蛛の巣ははらわないんですか」と問いかえした。

「いや、蜘蛛というのはですね。殺すのなら別ですが、巣をとりはらっても、すぐまた同じ処に巣をつくるもんですよ。おいといてやりましょう」と彼は言った。

「時枝さんは蜘蛛がお好きなんですか」恵子の横に箒を持った梶少年が並んで言った。

「こんなの、好きな奴はいないさ」

「僕も嫌いだな。あの厠にもいつもいるでしょ。あの灰色の大きな蜘蛛、なんとかして下さいよ」

昨夜、時枝が酔っぱらって怒鳴った声は二階にまで到《とど》かなかったのだろうか。応答する時枝の気まずさに比して、梶少年は奇妙に上機嫌だった。

しばらくして、玄関の掃除が終ったのか、矢野駒が普段着の襟のあたりに手をあてた姿勢で出てきた。その母親の姿とともに、さっと二階の窓から次女の姿が消えた。

「こっちはひどくゆっくりのようね」と駒は笑った。

「そこでのうのうと煙草を吸ってる礼儀知らずの人が、全然手伝おうとしないんだから」時枝や辻に向うときとは、やや違った声音《こわね》で徳子が言った。この前は手伝おうとした時枝に邪魔になるから中庭にでもいらっしゃいといったのは当の本人のはずだった。

「もう徳子から、あらかたお聞きになったでしょう。もうじきまたお電話があるでしょうけれど」駒が言った。

「はあ」と時枝は言った。

実はまだ何も聞いてはいないのだ。

「ともかく、ここの掃除のすむまで、奥へいらっしゃい。今日はうそうそと寒いでしょう。今日から奥の間は掘炬燵《ほりごたつ》を入れたんですよ」

「いいえ、ここでいいですよ」時枝は動かなかった。

矢野駒はしばらく菩薩顔《ぼさつがお》をひそめて、徳子が荒々しく塵を中庭にはき出すのを見ていた。駒は自然光のもとでみると、その瞳の色素が少し薄く、栗色だった。その栗色の瞳が娘の姿からそらされて中庭の秋草の上をさまようとき、矢野駒の表情に弱い感情が走ったようだった。風に吹かれる黄麦の波のように、それはしかしすぐさま過ぎさった。

「時枝さん」と駒は言った。「この前の連休にもあなたは帰ってないでしょう。やはりね、一度休暇をいただいてお家へ帰っていらっしゃい」

「といっても」

「お勤め、休めないの」

「有給休暇というのがあることはありますけれど」

「じゃ、それを戴いたらいい。なにも怠けてするんじゃないんだから」

「しかし、そんなに悪いんですか、親仁《おやじ》」

「いいえね。あなたが別に胸騒ぎもせず、そういう風にのんきにいられるんなら、大丈夫なんでしょ。でも、近頃お手紙も書いてないんでしょ」

「僕はぐうたら息子なんでさ、どうせ」

時枝は狭い中庭の植込みにも迫る秋の零落をぼんやりと眺めていた。ふたたび煙草を吸うためにポケットから煙草の箱をとりだした拍子に南京豆《ナンキンまめ》の噛《かじ》り残しと夥しい渋皮が出てきて、駒と徳子が声をあわせて笑った。

二階の窓が閉ざされ、時枝もまた掃除のおわった自室に戻った。

「あなたが可愛いんですよ、お母さんは。遠く離れてて、時おり無茶なことをしでかすあなたが気懸りで仕様がないんですよ。写真を見たって解る、あなたのお姉さんの方が、ずっとしっかりして見える」

「その姉のことを何か言ってませんでしたか」

「ええ、そのお姉さんのことでも、何かお話があるといってらした」

その口吻《こうふん》から母はうろたえて、下宿の婦人にまで何か家庭の事情を洩らしたらしいことを感じたが、相手が礼節を守って直接聞かせようとしている以上、それ以上は追究できなかった。

「どういうことだったんです、結局。お袋がまさか文学少女みたいに漫然と高松から電話したわけじゃないんでしょ」

「お父さんが丁度、松山に保養にゆかれて、そのあとで、なんとなくお電話なすったようだけど、手術をなさるのに、お母さんは反対で味方が欲しいんでしょう。お姉さんもお母さんの信仰よりゃ、お医者さまに傾いてなさるって。あなたは気が弱くって、意外と信心深い者の気持も解りなさること、お母さんは知ってなさるんですよ。きっと」

「おやじ、保養に行ったりする金があるのかな」

「そんな事いうもんじゃありません」駒が言った。「それに信心深いってこと恥じゃないんだから、仏教だって天理教だって……。お母さんにはこの前たずねて下さったとき一度お会いしただけだけれど、私もね、今日お手紙さしあげようと思ってた」

「四国弁で書いてやって下さい。お袋がよろこぶ」

「私ね、徳子のすぐ下の男の児を、お医者にかけたとき、どうしても手術をする気にはなれなかったものでしたよ。主人が何を言ってるって言うもんだから、腹膜の手術をしたら、お腹が太鼓みたいに膨れあがって、人様の子みたいになって……」

「お母さん。やめときなさいよ、みっともない」もう傍《そば》には居ないのかと思っていた徳子が廊下から大きな声をかけた。母というものは離れていれば懐かしいけれども、近くにいれば煩わしいものだから、彼女が苛立つのにも理由はあるのだろう。時枝はしかし、目の前の他者《よそ》の母子とも、郷里の母とも関係なく、ぼんやりともの思いにふけった。私はいま、本当は誰とも交わりたくはないのだが……、と。

「お姉さんも会いたがってらっしゃるんでしょうよ。お勤めのほうなら、届けをお書きになっとけばわたしが届けといてあげますよ」

「有難うございます」謝罪するように時枝は頭を下げた。

「もうすぐお家から電話があるでしょうけれど、その気がありなさるならすぐにでも帰ってあげるといい。そして二三日お父さんのいってらっしゃる温泉にも寄って骨休めしてきたら。いいとこなんでしょう」

「そんな風に言われると、僕の方が一ぺんに疲れが出てぺしゃんこになってしまう、本当に」

彼の心は事実少し動いていた。ほとんど不当な矢野駒の優しさが逆に彼の孤独感を煽《あお》ったのだ。彼の孤独感は肉親と顔を会わせて直ぐに癒えるようなものではないけれども、慢性の疲労感の中に逼塞《ひっそく》する気分の多少の転換にはなるだろう。彼は不運が襲いつつあるらしい家のことを他事《よそごと》のようにしか思わぬ冷い自分の感情に自己嫌悪しながらも、休暇をとるだけではなく、どうせ埋れて過すのなら、地方都市の小さな図書館の司書として生涯を過してもいいと思いはじめていた。
「でも、洗面所の排水管は直しておいて下さいよ」と徳子が言った。

第三章

一

珍らしく電線に雀が数羽とまっていた。いやそれは南に帰りおくれた燕《つばめ》だったろうか。近眼の時枝正和にははっきりとは確められず、ただ動かぬ鳥の影の彼方に、低い古都の甍《いらか》の波がみえ、その上に白い雲がゆっくりと移動するのがみえた。

「いいお天気」容易にこぬバスをともに待ちながら、矢野恵子が呟《つぶや》くように言った。

事実、空は快晴だった。都市を囲繞《いにょう》する丘陵はいつもより距離近くせり出したように輝き、肌に心良い風は、もう何事も起りようはずがないほど平和だった。少くとも今日一日の平穏は、間違いなく保証するだろう。

いつもの時枝の出勤時刻は、同宿の辻文麿の出勤、梶少年や矢野恵子の登校時間とも食違っていて、めったに一緒に家を出ることはなかった。博物館の開館は十時、むろん学芸員は九時には出勤するのが建前だが、事務員や雇員とは違って幾分の自由が黙認されており、それに博物館は下宿から歩いて十分とはかからない近くにあった。

彼はいつも一番しんがりにあたふたと駆け出す。だから矢野家の朝は、まだ小学生の末っ児の宏也が駆け出してから、最後に下宿人の時枝が口をもぐもぐさせながら駆け出すまでの凡そ二時間、息つくひまもないわけだ。

今日は、一時間目が休講なのか、偶然、玄関先で次女の恵子と時枝はかちあった。蹲《うずくま》って自分の靴を磨いていた時枝が、人の気配に目をあげると、すらりとのびた健康な脚が目の前の上りかまちにあった。女子学生にも浸透しているミニスカートが、その健康さを惜しみなく示している。自分の視線にうろたえて尻餅をついてしまった時枝に向って、「今日も二日酔いなんですか」と恵子が言った。

「ああ、いやいや、まあそんなところです」立ちあがって一張羅の洋服の埃をはたいていると、台所に通ずる暖簾を頭でおして矢野駒が出てきた。前垂れで濡れた手を拭いながら、駒はやや口調をあらためて、

「帰られたら、お母さんにくれぐれも宜しく。この間送っていただいたかいこ、ろは本当においしかった」と言った。

運悪く玄関のコンクリートは濡れていて、時枝のズボンは埃で汚れただけではなく湿ってしまったらしかった。彼はそれを隠すために後ずさりに戸口を出、後ずさりに甃石《しきいし》を歩まねばな

らなかった。

「それから、途中、寄り道なんかしちゃいけませんよ」と駒が笑った。

「は、いやいや、どうも……」

何を言われても時枝は相手に後を見られないように後ずさるだけだった。

「なんなら、恵子、駅まで荷物を持ってあげたらいい」

「いやいや、こんなの、軽いもんです。何も入ってやせんのですよ」

例によって潜戸をくぐる際に理由なく、くちなしの生垣に半ば隠れた郵便箱を覗き込み、もう一度礼をして顔をあげた時、矢野駒の背後に和服姿の徳子が立っていて、声を出さずに口の型だけで何か言ってみせた。すぐ目をそらせたために確認はできなかったが、多分それは、BAKAと言ったはずだった。罵られておきながら、なんとなくこころ和む見送りを受けて時枝はバスの停留所まで恵子と同道したのだ。ボストンバッグで濡れた尻のあたりをカバーする不自然な姿勢で……。

「何時間ぐらいかかるんですの」恵子がバスの乗る方向に顔をそらせたまま言った。尋ねている言葉に意味があるわけではなく、黙って並んで立っているのが、要するに具合が悪いのだろう。

「乗物によりますがね。汽車でもいいし、船でもいいし、水中翼船もあるし、飛行機でも帰れますから」

「何で帰られますの」

あいかわらずそっぽ向いたまま、矢野恵子が言った。

「さあ、どうしますか。行きあたりばったりでしてね」

わずか数時間の行程、それも行楽の旅ではなく母や姉の愚痴を聞きに帰る帰省にすぎないのだが、勤めの場をはなれることができるというだけのことで、時枝の心は自由だった。いつもは重い荷物をかつぐように前こごみに博物館に向けて歩く大道路を、今日は時間におわれることもなく、逆の側の歩道にたたずんでバスを待つ。街路樹は風に白っぽい葉裏を輝かせ、収塵《しゅうじん》車《しゃ》のくるのを待てずに焼く小さな焚火《たきび》の煙が古都にふさわしいのどかさで舞う。四日間、正式の休暇届も昨日出しおえて、宿酔の日に風邪といつわって欠勤するときのような後めたさはない。上司には父の病気をほとんど危篤に近く誇張して語ったのは事実だが、別段それは罪というほどのものではないだろう。

「それより恵子さんの学校へゆくバスはこの方向だったかな?」ふと気付いて時枝は言った。

実は時枝には帰省の前に会っておかねばならない人がいて、出来ることなら独りになりたかったのだが、玄関を出る際のいきさつでやむをえなかったのだ。

「いえ、ちょっと寄り道するもんですから」恵子にとっても時枝との同道はむしろ迷惑らしかった。どうするかな、と時枝は考えた。しかしそれではと勝手な方向に歩み出すわけにもいかず、また時枝の予定していた用件があまり人に知られたくない内容であることが却って障害になった。一年に二週間余、権利として要求しうる有給休暇とはいえ、父の病いを理由に届けを出しておきながら真すぐ郷里に帰らなかったということは、やはりあまり自慢にはなるまい。いや、その内密の用件が、無条件に心はずむものなら、ちょっと寄り道しますのでと人にも言えなくもないのだろうが、困ったことに時枝の用件は、人目を避けるものでありながら、決して愉快なものでもなかったのだ。

「まあ、いいさ」と時枝は呟いた。

「え、何か言われました?」恵子が言った。

「いや、別に……それよりバスは遅いですね。なんでしたら、タクシーで送ったげましょうか」

まあいいさと常套句《じようとうく》を呟き、成ゆき次第と決心することで時枝は、内密な用件へのこだわりから逃れることができた。

いままで気付かなかったのだが、切れ目の長い恵子の顔が、やや寝不足のようにはれぼったく見えた。

「寄り道するって、デモにでも行くんですか」と時枝は冗談を言った。

「……………」

「女子大の講義って面白いですか」

「……………」

それからは何を語りかけても相手が答えないことで、不意に時枝は、すでに二年間、同じ屋根の下に住みながら、ほとんど挨拶の域を超えて話しあったことのない、この少女の内面をいくらかなりとも覗き込んでみたい気になりかけていた。うかうかと歳月を過しているうちに、時枝ももう青年ではなくなり、人との交際を避けた生活をしていて、現在の学生たちが何を考えているのか、彼には分らなくなっていた。矢野恵子は黙ってバス停の時刻表示板と腕時計を照らしあわせる。

時枝と恵子を先頭にして十人余りの人が、特別並ぶというのでもなく、しかし前後の順はつけてバスを待っていた。道路の向い側には、清水焼《きよみずやき》の陶器を売る店が数軒おきにならんでいる。時枝の目には、朝日に輝くショーウインドウの中の紺や朱の色彩が色盲検査図のように乱れて見え、それが茶碗なのか花瓶なのか、形状は定かではなかった。いったい、これで商売が成立つのだろうか。今も買う人の姿はみえなかった。いまが朝だからではない。時枝は博物館への往還、あるいは銭湯へ行ったり散歩に出たりする時にも、時折り、通訳づれで外人観光客が飾窓を覗き込んでいるのを見かけはしたが、実際に人がその数多い陶器店の中に入って品物を買っているのを見たことはなかった。そして今度目をあげて、向う側の電柱の並びと、その電柱と電柱をつなぐ五線の譜をみたとき、そこにはもう小鳥の姿はなかった。

「ともかくタクシーをとめましょう。送ってあげますよ」

時枝は相手の承諾を待たず、二三の書物しか入っていない黒革のボストン・バッグを振りあげて自動車をとめた。乗車拒否は幸いこの古都にはまだ伝播《でんぱ》していない。小型のタクシーが、バス停の標柱を少しはずして停車した。

一種の役割分担の法則が兄弟姉妹の性格形成に作用するのだろうか。その硬い表情にもかかわらず、恵子は意外と、自分からは強くなにも主張せず、むしろ忍耐するか拒絶するか無視するかといった受身な反応の区別によって自己を保つ資質のようだった。人の顔をみればのべつ喋っていて、しかもその言葉にその時々の感情の気紛れな莿《とげ》を含ませる姉の徳子と二六時中顔をあわせているうちに、その硬い甲羅が身についてしまったのだろう。真面目すぎる者が、自己保存のためにまとう虚無主義すらが、既に萌《きざ》しはじめているようだった。

用事のあるという彼女の学校ではない別の学校へ送るはずの自動車の中で、「どうせ今日中に郷里に帰ればいいんだから、よかったらちょっと珈琲《コーヒー》でも飲みますか」と時枝は誘った。彼女は硬い表情のまま、しかし簡単にうなずき「用件の方はいいんですか」と却って時枝の方が心配すると、「かまいません」と平然と答えた。

珈琲は本当は時枝の胃にはあわないのだが、「珈琲でも」と誘ったときの言葉にこだわって、百貨店の地下にある喫茶室で時枝はコーヒーを飲んだ。矢野恵子は迷惑がっているのか、喜んでいるのか、空いてしまった世代の疎隔そのまま時枝にはその表情は読みとれなかった。

「姉に土産でも買って帰ろうと思うんだが、どういうものがいいかな」

「さあ、財布か帯どめがいいじゃないかしら」

「あとでちょっと選んでみてくれますか」

「徳子姉さんに頼んどけばよかったのに。姉さんは百貨店をふらつくのが大好きなんだから、なんならここから電話したげましょうか」

「いやいや、結構です」

「もっとも、姉に頼むと、四国に帰ってから時枝さんのお姉さんにこっちの方のを頼まなければならなくなるかな。悪循環ね」

ふっふと矢野恵子は笑い、男のように、短髪の髪を後にかきあげた。

喫茶室は意外に混んでいた。徹夜でもしたのか蒼白《あおじろ》い顔の若者の集団や、新聞に目をおとしてブラック・コーヒーをたのしむ上品な紳士もいる。

矢野恵子は幾分はれぼったい顔を横にかたむけてコーヒーを楽しんでいる。それが生活のリズムの一節でもあるように自然だった。

「煙草、いただいていいかしら」

言ったときには、時枝がテーブルの上に置いた煙草に彼女の手はのびていた。その喫い方も、茶を飲んだり、議論したりする時に喫いなれている身振りだった。駒が、たまには美術館にでもつれていってやってくれと言っていたのを思い出して、時枝は絵はなにがお好きですかと訊《き》いてみた。

「さあ、モジリアニかな」と男の児のような口調で矢野恵子は言った。

「少し意外ですね。どういうところがお好きなんですか」

「あの緑色の隈取《くまど》りの線が、なんとなく。あの首のひょろ長い瘦っぽちの女なんて、現実にいれば厭でしょうけど」

「なるほど」

恵子の好みはナルシシズムに発するものではなさそうだ。

「時枝さんは？」

「そうですね。絵じゃなくて彫刻の方ですがね。鎌倉リアリズムの作品に空也上人《くうやしようにん》の像というのがあるでしょう。康勝《こうしよう》という人の作ですけどね。以前しばらく博物館に並べてましたから御存知でしょう。鹿の角をつけた杖をついて、ぼろぼろの緇衣《しえ》を着て……念仏をとなえる口から、小さな阿弥陀仏《あみだぶつ》がとびだしてる彫刻です。皺だらけの顔は、絶望的な眼が、光ってるんじゃなくて空洞のように空しく空いて虚空に注がれてる。むろん木刻だから、そうならざるを得ないせいもありますけど……」

空也上人の像に胸うたれたことのあるのは事実だったが、実はそれは学生時代のことだった。いまは博物館に勤務していても常設の展示物の前は百貨店のマネキン人形の間をかいくぐるように通るにすぎなかった。中国宋《そう》代の青磁器も、朝鮮のやや泥臭い民芸磁器も、いまは何の感興もそそらない。実際にそれらが用いられていた生活の空間を離れ、博物館のガラスの陳列ケースに閉じこめられた姿が、ときおりふと哀れになるだけだった。物質にももし物質の痛みがあるとすれば、それは日常の場で不注意に破壊されることにあるのではなく、自然の法則に逆って、人間をミイラ化するように、恒久化し保存しようとすることにむしろあるだろう。滅びる自由すら失った美とは、はたして一体、何なのか。

時枝の関心は、康慶《こうけい》や運慶その子の康勝らの深刻な写実、雄健な気概のあらわれる鎌倉リアリズムから、いつしか平安時代の密教美術へと移った。その嗜好の転換は、彼自身にはなぜそうなったのか跡づけることのできる心の推移と対応していたが、彼がかつて信奉していた一つの観念形態、その性急な美学への適用から言えば、その嗜好の変化は一種の堕落とみられるものであり、事実旧友にもそう非難されたりしたことがあって、その頃から彼は自分の本心をあまり人にあかさなくなった。たとえば有名な千手観音一つにしても、密教に混入したヒンズー教の形象的遺骸などではなく、恐ろしい人間の悶えや、精神の悪魔性への自覚が蛇のようにくねる手に象徴されていることが、ある時、不意に解ったのだが、それが解ったとき、性来臆病ながらももっていた青年期の行動性を彼はまったく失っていた。さらに、やがては瞋恚《しんい》や憤怒、悲哀や懐疑の想念を凝集した密教彫刻と対面するのが耐えられないもう一つの変化がおとずれた。そしてその変化にも、彼自身には自覚できる理由があった。つまり、悲しい祈願にせよ、どろどろした情念にせよ、悪魔的な想像にせよ、それが一つの客観的な形に対象化されたものとして、眺める余裕を失ったのだ。その美醜を評価すべき対象ではなく、避けがたくそこへたどりつく彼自身の姿のように思われたのだ。たとえば人が亡霊を恐れるにも二つの種類がある。子供たちが、夜の厠《かわや》や河辺の柳のあたりにふわっと漂い出すものとして恐れる亡霊は、それがいかに恐ろしい形相をしていようと、いわば他者であり、恐れの対象である。だがいつしか人は、その亡霊が自己の存在の可能的な姿ではないかと思う時がくる。その時、世俗的には亡霊の存在など信じない知慧は身につけているだろうが、恐怖は内在化され消えないものとなる。おどろな密教美術との関係は、そのようにして失われた。もう見たいとは思わなかった。そして今は……

矢野恵子が時枝にどんな美術が好きかと尋ねかえしたのは、ちょっとした対話の礼儀にすぎなかったろう。なにも美術の嗜好の変化に託して心情告白することを求めているわけではない。

しかし、時枝にとっては、それが目下の専門の作業であるゆえに、誰の絵画を、どの彫刻を好むかということが、普通の人よりは大きな意味をもった。だいたい、その人がどうした美意識の持主かでその美意識と相関している性格や倫理観がどういうものかがわかるのだ。

恵子の側にはまだそれほどの眼力はないだろう。しかし、美意識のあり方によって、その人が到達している境地がわかると自負する以上、彼の側が嘘をついてはならなかった。康勝の空也上人へのかつての傾倒が事実にせよ、その後の感性の推移を無視して言うことは、思想の領域で言えば、ある時期に傾倒した一つの思想を、転向してのちなお自らの信条だと偽わるに等しい。

矢野恵子とはほとんど初対面に等しくまた年齢にひらきはあっても、もし目下の会話を胸襟《きょうきん》をひらくきっかけにしたいのなら、いま時枝が心惹かれているのは浮世絵の様式美であるとはっきり言うべきだった。リアリズムに対する関心も持続していないわけではないが、それは信仰と懐疑に打ちひしがれ、他者の救済どころか自己自身に耐ええぬ空也上人の絶望的表情ではなく、男女の抱擁にのけぞって目をほそめている、浮世絵師たちの秘画のそれであることを語るべきだったろう。それが女学生相手の会話にはふさわしくなくとも、取りつくろった会話よりはまだしもいい。しかし時枝にはその勇気はなく儀礼的な口調で恵子の学校生活の感想や共通の話題である矢野徳子の性格へと話題を導いた。

矢野恵子の学校でいま問題になっている学生寮問題というのは愉快だった。寮の待遇が悪いというのではなく、寮生規定や舎監の監視が問題になっているのでもなかった。いわば管理運営権をめぐって学生側と学校側が対立していて、聞いてみると、むしろ学生側の方が主導権を握っているのだった。学生寮の増築に伴って、寮の収容人員が増えたのだが、その新寮の募集と選考を寮生が自主的に行い、かつ既にその人々を入寮させてしまったのだが、それが学校側を怒らせた。理事会は教授の陪席しなかった入寮選考を認めず、新寮生の退去を求め、且つ現に入っている学生を書類上は寮生とは認めないために、寮費その他が宙に浮いて受けとり手がないのだという。

「おかしな話。現にそこに学生が生活してるのに、そこは空き家で、ただ臨時に、旧寮生が友人を泊めているにすぎないというわけ。幽霊屋敷みたいなものね」

「どうせよというわけですか、理事会は」

「教授会では、寮生名簿も提出されてるし、寮費も納入してるんだから、今回は事後承諾でいいじゃないかという意見もあるんだそうです。従来も実質上、寮の運営は自主的にやってきたんです。私は寮生じゃありませんけど、このことは学生の自治活動全体に関係するんです。いろんな大学で次々問題がおこるでしょう。理事会は恐怖していて、この機会に自治活動をしめあげようとしてるのね。理事会は、もし学生が自治を押し通すなら寮の食堂従業員や営繕費を一切ひきあげるといきまいてるのです。理事会は裁判所に仮処分の申請をしてでも新寮生を追い出すつもりらしいんですけど、それで、うちの自治会と同じ系列になる大学の自治会に行って、弁護士さんの紹介をしてもらおうと思ってたんです、今日。ついでだからお願いするわ、時枝さん。どなたか弁護士さんを御存知ないかしら。こういう問題をあつかってくれる」

「弁護士ですか」

自分の方から話をひき出しておきながら、時枝は後悔した。彼の学生時代の友人に弁護士がいないわけではない。また彼が高等学校の教員だったころ、実際に事件の法律的処理を組合から依頼し、力を尽してもらった弁護士もいた。紹介の労をとるのは易いことなのだが、それは間接に、彼が埋没させ、独り埋葬したがっている彼の過去を招魂することになりそうだった。その過去に、あばかれて立場に窮するほどの悪事が秘められているわけではない。せいぜい、何もせず、なしえなかった彼の無能があきらかになる程度にすぎまい。しかし兵隊帰りのインテリが、兵士時代、とりわけ内務班の生活の全体を、思い起すこと自体を嫌悪するような心理というものもまたあるのだ。自分が特別悪いことをしたから思い出したくないのではない。ともかく触れられること自体が耐え難いのだ。

「ほかの大学だと、先輩後輩関係をたどれば必ず弁護士さんはいるんでしょうけど、私たちの学校は、女子ばかりでしょ。名簿をくってみても、家裁の調停員ぐらいしかいないのね」

「知ってることは知ってますけどね」にえきらぬ口調で時枝は言った。母への土産物に予定していた金銭を、なにかこの少女の喜ぶ表情のために浪費してもいいような気になっていた浮わついた感情は冷えてしまっていた。人々の交わりから脱れたがりながら、人と淡く交わっていたい虫の良さが、いつも時枝を窮地においこむ。そして、度し難い安請合いの精神がまた彼には備っているのだ。

「御迷惑ですか」

言葉は時枝の心次第という意味ながら、押しつけるような気配をみせて、矢野恵子は言った。家ではその素振りは隠しておりながらも、事が彼女の関心に近づくと、彼女もまたまぎれもない学生運動家の一人だった。すでに相当深入りしているな、と時枝は思った。

時枝は、学生時代、政治青年たちの屯《たむ》ろするボックスに、痩せぎすな他校の女子学生までが連日のように詰めていたのを思い出した。彼女たちは申しあわせたように粘土色の顔色をしていて、この矢野恵子のような健康な肢体はもってはいなかったが、目を熱っぽくうるませ、顎《あご》を少しうわむけ、何か意地を張っている表情は共通していた。

「一度、本当は真面目にお尋ねしてみたかったんだけど、時枝さんは、現代の学生運動についてどう思ってられるんですか？」

「いや、どう思っていると言われても……」

「ごまかさないで、卑怯《ひきょう》です」

「………」

多くの市民がそうだろうように、新聞や雑誌を賑わす学校紛争に対する時枝の反応は、ふーん、やってるなといった程度の無責任なものだったが、直接、運動の従事者に面と向うと、自分の顔が歪み拡大して映る凹凸鏡を前にしているような複雑な感情が起った。人々はもっぱらその集団行動としての矯激《きょうげき》さや、独特のイントネーションで語りかける指導者の論理の大仰さをあげつらう。だが政治運動を生涯の業として職業化するつもりの少数者をのぞいて、個々の参加者の胸には意外と慎ましく孤独な風の吹いているものであることを、時枝は知っていたからだ。意義付けしたいのは、運動そのものの名分であるよりも、自らの孤独なのだ。

学生達の運動に縦の連繋がなく、卒業者がほとんど関与しないのも、学生の身分が自由であり、職についたものに閑がないからではない。多くは孤独の意義付けに成功しないままに社会に押し出され、そしてその青春の時期にあった峻烈《しゅんれつ》な孤独感そのものを失うことによっている。孤独感の消滅するほどに幸福な進路を与えられ、幸福な家庭を獲得するからではない。その孤独感は一つの象徴にすぎない本質的な、存在論的な問いかけの志向と感受性を失うのである。それは論理では必ずしもつなげられない一つの欠落であり溝《みぞ》である。そして今現にその本質的感受性をもてあましている者には、それを既に失い、失っただけではなく嘗《か》つて孤独であったこと自体を恥じている者がはっきりと解るのだ。たとえ微笑して近づいてきても、そうした人物はもはや自分たちとの関わりもないのだということが。

矢野恵子にも直観的にそうしたことは解っているはずだった。彼女が下宿人とは殆ど言葉を交わさないのは、また別な理由があるにせよ、彼女もまともな知性の持主である限りは、自分や自分たちにとって必要なのは生半可な味方や共感者などではなく、自分や自分たちの孤絶を徹底的に思い知らさせる敵であり、あるいは別な次元で生き、全く無関心な人々であることぐらいは解っているはずだった。

である以上は、時枝のがわも、心情理解、行動批判、といった蝙蝠《こうもり》めいた態度などとるべきではなかった。むしろ徹底した無理解を表明する方が、何ものかに奉仕したい心情と大仰で単純な情勢論との短絡にかっとなっている彼女のためであり、そして仮面紳士、逃亡奴隷である自分自身のためだろう。だが、彼はいつものことながら、きっぱりとイエス・ノウを口にすることによって脱落するニュアンスにこだわり、自分が矢野恵子、あるいは矢野恵子的な存在に対して感ずる愛憎共存的感情を伝えたいとあせった。

「おかしなもんでしてね」時枝は言った。「先日、一年間フランスに留学していてノイローゼになって帰ってきた友人がいましてね。面白い話をしてました。彼が留学したばかりの頃、パリの町角である人とぶっつかり合ったんだそうです。相手が『痛い……』と言ったもんで、彼は『やあ、日本の方ですね』とほほ笑みかけたんだそうです。すると相手は、眼鏡をかけた黄色っぽい、典型的な日本人の顔をこわばらせてですね、顔の前で手を振りながら、ジュ・ネ・パ・ジャポネと叫んで駆け去ったというんですね。そんなに日本人にみられたくないのなら、ぶっつかった時もフランス語で驚きやがれって、友人は酒を飲みながら愚痴ってましたがね。実際、そういうことはよくあるんだそうです」

「………」

「同じ顔色、同じ言葉、同じ屈辱、同じ狡猾《こうかつ》と孤独さを身につけてる者同士が、却って激しく反撥しあい、面をそむけあう。哀れな心理ですけどね。多分、忘れたがってる劣等感を想い出させられたり、せっかく身につけた仮面を瞬間的にはがれるような気がするんでしょうね。哀れな心理ですけどね」

「なにをおっしゃりたいんですか」

「いや、つまりですね……」

時枝の比喩は拙《つたな》く、飛躍しすぎていて通じなかった。

「お役に立つんなら、ここででも紹介状は書きますよ」時枝は慌ててつけ加えた。

「じゃ、お願いしますわ。いますぐ」

矢野恵子の目がはじめて若々しく輝いた。時枝はやむなく名刺をとり出し、暫く大学時代の、学科は異なりながらもある研究会を共にした友人のうち、法律を専攻し、いまは小さいながら既に弁護士として独立している笠原匡の顔を思い浮べ、しばらく躊躇した。高校教員時代、組合から依頼した弁護士の方がいいような気もしたが、単に事件の依頼者と代理人の関係では、さほど金銭的報酬の期待できぬ相談事の紹介には気がひけた。それに、時枝の方は覚えていても、弁護士の方が顔を合わせればともかく、覚えていないおそれもあった。逡巡の末、結局同文の紹介状を二通書いた。

「どちらも、あなた方の考え方を理解してくれるはずの立場の人ですがね。どちらがいいかな。まあ当ってみられるといい。この笠原匡というのは、学生時代の友人です。彼の方が気楽は気楽でしょうね」

「アリガト」矢野恵子は、粗末な赤いカバンをとって立ちあがった。「ここのコーヒー代、わたしが奢ったげる」

紹介状が意外な収穫であり、その収穫を早く報告したい誰かがいるのか、彼女はさっさとレジに代金を払うと、あっけにとられている時枝を残して立ち去った。

いや一旦自動扉が閉ざされて、蒼い硝子《ガラス》の向うに姿が消えてから、ふたたび矢野恵子は片手をポケットにつっ込んだ姿勢でそそくさと喫茶室に戻ってきた。時枝は、彼女に依頼した姉への土産の選択の件を思い出してくれたのかと思った。

「あの忘れましたけど、寄り道しないで、まっすぐ郷里にお帰りなさいって、母がそう念をおしときなさいって」

時枝の不在中にしばしばかかってくる電話によって、時間が指定されればのこのこ、喜びもなく出てゆかねばならぬ人間関係のもつれに足をとられていることを矢野駒は感づいているのだろう。

矢野恵子はとんとんと無意味に二三度足踏みすると、くるりと背を向け、もう時枝の存在も彼の視線も意識にないように、レジストラーに軽く頭を下げて出ていった。

そのあざやかな立ち去り様に、時枝は感嘆し、その次に妙にとり残されたような淋しさを味わった。彼が個人的な苦渋に逼塞し、過去の過失に足をとられて足掻《あが》いているうちに、たしかに、彼は何物かから取り残されたのだ。体には合わないコーヒーを無理して飲んだからか、胃が痛み、体全体がぐったりとしてしまった。

バス停で、道路を距った電線に小鳥のとまっているのを見た時の爽快感はもはやなく、郷里に帰ることまでが億劫になったほどだった。

二

「どうしたのかね」時枝はいらいらして言った。

高速道路を出て、スレート屋根にトタン塀の灰色の工場街がしばらく続き、赤い危険灯に道路の半ばを封鎖された工事区間で手間どり、やっと飛行場に近づいたころ、タクシーは完全に停車してしまった。舗装のまだ完全ではない、埃っぽい道路に車が何十台も数珠《じゅず》つなぎになってとまっている。

時間にはまだ幾分の余裕はあったけれども、もうあたりは黄昏《たそが》れはじめていた。西日が真向からタクシーの中に射し込んでくる。飛行場に近いこのあたりには高い建物はなく、荒れはてた感じの農地が低い家並と半ばしていた。道路わきの柳の街路樹もまだ植えられたばかりで支え木にしなだれかかっている。時枝は運転台の計器類と並んでいる時計と自分の腕時計とをあわせ、手帳を出してもう一度、飛行機の時間を確めた。

「どこかほかに道はないの?」時枝は言ってみたが、運転手は片肘《かたひじ》を窓外に出した姿勢のまま不機嫌に黙りこくっていた。バックミラーには、顎の張った頬の無精髯《ぶしょうひげ》しか映らず、運転手の表情はわからない。時刻に多少の余裕はあっても、飛行場へは、二、三十分前には着いていなければ切符は買えないし、それに高松行は、伊丹—羽田間のように、ひんぴんと、便があるわけではない。背後にクラクションの音がし、振返ると、後にも西日を受けて前方の特殊ガラスを光らせたタクシーの隊列ができてしまっていた。引きかえそうにも、もう身動きはとれなかった。最初は客を無視して煙草を吸っていた運転手も、ようやく苛立ち出し、舌打ちをし、

二、三度無闇にクラクションを鳴らした。
「なにか、交通事故でもあったのかな」

運転手が時枝の意を体してラジオのスイッチを入れた。最初けたたましいゴーゴー踊りの曲が流れ、ダイヤルを切り換えると、落語が放送されていた。

〈寄り道〉などしなければよかったのだ。時枝は後悔した。

執拗な電話の連絡があり、時折りは応じて無意味な会見をせねばならない相手にもせよ、なにも帰省の前の時間を割くことはなかったのだ。なんとなくスタートしそこねて、いましばらく時間つぶしの相手が欲しかったのなら、恵子が冗談にまぎらせて薦めたように、むしろ矢野家に電話して徳子でも呼び出すべきだった。聞けるのは皮肉ばかりにせよ、出てきて、母や姉への土産物を選ぶために百貨店の陳列ケースを物色する労はいとわなかったろう。そして、相手が徳子なら、同じ時間の空費にもせよ、その時間全体を存在しなかったものとして抹殺せねば気のすまないような不愉快な目にあわずにすんだのだ。

出発前という外側からの時間の制限があれば、義務的な高崎公江との会見も、うまく切りあげられるだろうと打算したのが間違いだった。なるほど、辛うじて切りあげることは出来たが、こじれた関係が何一つ整理できたわけではなく、久しぶりの帰省にまで、持って帰りたくない憂鬱が荷物になって増えただけだった。汚れた感情を、宇高《うこう》連絡船の上から眺められる海の波や点在する島嶼《とうしょ》の影で浄化することも考えたが、その時にはもう汽車を使い、連絡船に乗りかえていては、その日のうちには帰れない時刻になってしまっていた。かつて姉の房子の結婚式に遅参した時そのまま、時枝は高速道路を、伊丹の飛行場にむけて走らねばならなかった。しかも、その自動車が、飛行場まぢかでストップしたまま動かない。

「畜生、糞《ふん》づまりけ」運転手は前の扉を荒々しく開けて外へ出ていった。

一、二度、自動車でこの飛行場に来たことはあったが時枝はこの附近の地理には不案内だった。高速道路を出てからの時間と、周囲の風景から、飛行場に近いのは解るのだが、果して歩いてゆける距離まできているのかどうかは確信がもてない。もし歩いて十分以内なら歩いて行こう、と時枝は思った。

運転手は二、三台前のタクシーの運転手仲間に話しかけ、巨大なコカコーラの看板の出ている道沿いの食品店に首をつっこんで、話をきいていた。単なる交通ラッシュではなく、やはり何か事件があったらしかった。

「お客さん、どうしますか」運転手が帰ってきて言った。

「何があったのかね」

「デモらしいですよ。遠まわりすればもう一つ道はあるけどさ。廻り道してみても空港のターミナルへはどうせ入れそうにないな」

「何のデモなのかな」

「そんなことは知らんさ」

時枝は今朝大あわてに読んだ新聞の紙面に、この飛行場へのデモを予告するような記事はなかったかと考えてみたが、なにも思い出せなかった。

「ここから、歩いてゆけばどのくらいかかるのかな」時枝は言った。

「さあ、歩いてみたことはないが、急いでゆけば、まあ二十分もあればいけるかな」

「この道を真すぐ行けばいいんですか」

「いや、真すぐゆくと、万国博までに完成するはずの広い道路に出るよ。頑固に立ちのかない家があったりして、道路の中にぐっと家がはみでたりしてる、広い道だ。それを右手にゆくと、もう飛行場は見える。もっともターミナルまでは大分距離はあるがね。何という橋だったか、石橋があるからさ、道路の幅は広いんだがその橋だけはまだ昔のまま二車線の橋だからすぐ解る。そこを渡って左へ折れると、もうすぐだ」

運転手も附近の町名は知らないらしく、右、左という指示だけだった。だが却って具体的なその指示が解りやすく、時枝はそこで料金を支払った。

下宿からまっすぐ帰っておれば、今ごろは郷里の家の木風呂の芳《かお》りをかいでくつろぎ、風鈴の音を聞きながら縁側でビールを飲んでいられるはずだった。彼はちらりと年々体が縮んでゆくように思える母の顔を思い浮べ、その母と架空の対話をした。

「元気かや」と母は目を細めて言うはずだった。

「ああ」と恐らく彼はそっけなくいうだろう。

姉を嫁がせ、父が病んで、行き先不安な母は内心彼に郷里で生活してもらいたがっている。戦後の時代風潮は母も知っていて、息子の重荷にはなるまいと心掛けながらも、父の病いが癌《がん》であることは察していて、その気遣いを、独りでは荷《にな》いきれないのだ。いや、父の病いが何であれ、時枝はいつまでも、下宿ずまいなどしていてはいけなかった。

帰省のたびにそうするように、母は食後のテーブルに、彼女が苦心して人に頼み、選んでおいた見合の相手の写真をおずおずと並べてみせることだろう。

「なんだこの出目金、こんな目玉で四六時中睨《にら》みすえられていてはかなわんよ。あのね、お母さん、わしゃかなわんよ」例によって写真の粗《あら》を探しては、時枝は冗談を言うだろう。その時の、失望し、自分の無駄骨折りに細い目をしばたく母の顔すらが、はっきり浮んでいた。

――まあ、しかし、今度は出来るだけ、あなたを悲しませないようにはするつもりですよ。

時枝は、架空の母に微笑みかけておいて、ボストンバッグを背負うようにして、道を歩みだした。

夥しい自動車の列だった。諦めたように運転台に寝そべり窓から穢《よご》れた素足をなげ出していた。

るダンプカーの運転者もあり、車の外に出て前の硝子を拭いている者もいる。多くは飛行場に行く人なのだろう、赤電話のある煙草屋の前には自動車から降り立って、航空会社と連絡をとろうとする人々が鈴なりになっていた。

最後の二十分を歩かねばならないのなら、電車で来ても同じことだった。野球のボールがグラウンドの小石にはじかれて思い掛けない方向にそれるように、何故か時枝の行動には、不運や逸脱がつきまとう。根本には身を要なきものに思いなす頽廃あってのことだから、誰を責めるわけにもいかなかったが、物理的に腹が立ってくるのはどうしようもない。飛行場へのデモといえば、恐らく学生団体が主体なのだろうが、せめてそう予告しておいてくれればいい。大いに迷惑だぞ、くそったれ！

後で解ったことだが、時枝が博物館の古美術の黴くさい臭いの中に身を沈めようとし、新聞を手にとっても、まず囲碁か将棋欄に目を注ぎ、政治や経済にはまるで無関心だったから知らなかっただけで、事柄の性質上、予告こそありえね、彼の社会感覚が正常ならその日の事態はある程度予想できたはずだったのだ。

むろん時枝とても、日本の繁栄が民族的なエネルギーや勤勉さなど公明正大な要素からのみ築かれたのではないことは知っていた。他国の不幸をよそめに利鞘《りざや》をかせぎ、やがてより直接的な武器の製造や修理へとなだれていったのが、朝鮮戦争からベトナム戦争への過程に重なることも知っていた。だが、しかし自分をこの世の正義の選手とは幻想しえなくなっていらい、多くの庶民とともに、見ず、聞かず、言わぬ三猿《さんえん》の図が彼の基本的態度となった。栄誉は望まぬかわりに不当な責任も背負いたくはなかった。社会の大問題に対してだけではない。結婚、家庭、子女の養育というこの世の秩序の基礎にすら、彼は臆病であり、たとえYシャツの襟が穢れ、下着のボタンがはずれれば自分でつけねばならぬ不便をしのんでも、自分をアウト・ロウの存在に位置づけていたかったのだ。身を要なきものと思いなすことの悲哀や憂愁が、人とは何であるかの認識において、決して権力者や華々しき行為者のそれより浅いとはいえぬ。むろん、それが社会公認のものとならなくてもよかった。思いを籠め、耐えしのび、悲哀しているのは彼であり、その感じとった幾ばくかの価値を独り抱いたまま死んでいっても、かまわなかったのだ。

あたりには、大都市の郊外の、無目標な文明に酸蝕《さんしょく》されてゆくあわれな自然しかなかった。街路樹の葉々は、秋の深まりによってではなく、自動車の排気ガスにちぢれてしおれ、道傍の雑草には、車輪のまきあげる砂塵《さじん》が分厚く積っている。新建材の、一見華やかな、しかし安っぽい建物も、ほとんど禿山《はげやま》に近く削りとられた背後の丘陵の荒廃にふさわしい。溝《どぶ》は干あがって水音なく、黄昏はただ空にだけしかなかった。いや、その空すら、煤煙《ばいえん》とも層雲とも区別のつかぬ汚れに天辺《てっぺん》を覆われて全体として褐色味がかって夕陽を籠めている。

大道路に出るあたりには警官の姿が見えた。しきりに警笛を吹きならし、飛行場にむけて走ってくる車を、未完成なグリーンベルトを踏み荒して元に戻させている。逆戻りさせられながらも、意外に、タクシーをおりて歩こうとする人の姿はなかった。自動車がすでに人間存在の殻となり、そこから出れば裸の宿借《やどか》りのように、不安で生きてはいけぬかのように、人々は一瞬、うらめしげに警官の顔を仰ぎみながらも、そのままのろのろと逆戻りしていった。

「何かあったんですか?」

不見識にも時枝は道端に、腰に手をあてて立っていた男に声をかけた。にが虫を嚙みつぶしたような顔を和らげようともせず、その人はそっぽをむいた。薄い紺色の、くたびれた背広、頑丈な体軀《たいく》と鋭い眼付きは、私服警官のものだった。声をかけてから彼はそれに気付き、自分のひそかな隠遁《いんとん》も、いまや堂に入ったかと独り苦笑した。それはどちらかといえば贅沢な感情だった。自ら欲して世間との交わりを断っておいて、いまさらそれを感慨することはないのだから。

だが、彼が警官に問い掛けたのをそばで見ていた人がいて、歩み去ろうとする時枝に追いついた。

「もう一時間も前からもめてんだよ」工員風の浅黒い顔の青年だった。「一時間ほど前に、この道をデモ隊が通っていったんだがね。千二、三百人はいたかな。デモ隊は一たん解散したんだがね、学生だけが残った」

「この飛行場から、誰か使節でも飛び立つんですか」

「なんだ、うといんだな、あんたは。飛行場わきに米軍の軍用輸送機を修理してる××工場ってのがあるだろ」

「そんなものがあったんですか」わざととぼけたのではなく、彼は本当に知らなかったのだ。

「三派系ってのかな、青や赤や白のヘルメットをかぶった学生が、その工場を包囲してるんだ。学生は勇敢だな」鼻が少しへしゃげているその青年はひどく昂奮《こうふん》している様子だった。

「それにひきかえ、労働者はいま、この道をすたこらさっさと逃げていった。二十メートルほどあとを、機動隊員がえっこらえっこら、追いかけてるんだ。まるで鬼ごっこじゃないか」

逃げることは何も悪いことじゃない、と内心時枝は思った。目的がデモであり、逃げねばデモ隊が傷つくと判断されれば、逃げることがむしろ上計というものだ。それにしても、しきりに話しかけるこの青年が、その軍需工場の近くにおらず、こんな処に立っていること自体、彼も逃げるデモ隊とともに、ここまで一緒に走ってきたことを意味する。事実、つっかけを履いた彼の足は埃だらけだった。弥次馬根性もいいところだ。デモ隊の逃走を罵るのも、期待していた乱闘が起らなかったからにすぎまい。

左手の方に低い金網の柵がみえ、その向うの平坦な広がりに、二、三機の飛行機の翼が銀色に光っているのが見えた。

時枝は上着を脱いで腕にかけ、それもまた邪魔になって、ボストンバッグの中にねじこんだ。ターミナルのあたりも混乱しているとすれば、定期便の出発時間もおくれることだろう。それが今の時枝の頼みだった。

歩むにつれて、戸外に立っている人の姿が多くなった。二階の窓から身を乗り出している人、屋根の上に乗っている者までいる。新聞社の旗をひらめかした車が、通行止めの線をやぶって時枝を追いぬき、白い救急車がけたたましくサイレンを鳴らしながらそのあとに続く。

「あんたは飛行場へ行くのかい?」時枝のあとを追いながら、先刻の青年がいった。

幾分うるさくなって、時枝は生返事を返しただけだった。

「この道を歩いていったって、ターミナルへは行けないと思うよ」

「他に道はありますか」振返って時枝は言った。

「ないね。——どうしても、飛行場へ入りたいんなら、少し元に戻って、さっき柵の見えた処からもぐりこむより仕様がないな」

「しかし、柵があるでしょう」

「むろん乗りこえるんさ」

それも一理とは思ったが、私服警官がごろごろしている中で、柵を乗りこえるほどの蛮勇はない。それに、この男が肩ぐるまでもしてくれぬのでない限り、時枝の力では柵は乗りこえられないだろう。

いつだったか、夜友人の宅を訪れるべく、郊外電車に乗り、降り立った駅の改札口を経過するのが面倒で、急傾斜の堤を駆けあがり、柵を乗りこえようとして失敗したことがある。足をすべらせて、線路までころげおちてしまったのだ。駅員は無賃乗車か煙管《きせる》乗車かと疑ったらしかったが、彼は切符はちゃんと持っていた。なぜそんな馬鹿なことをしたのか、駅長は彼の高校教諭の身分証明書を見ながらあきれ、彼の方は腕や足の擦り傷の痛みに耐えながら、説明に苦慮せねばならなかった。改札口から出ると、非常な廻り道になることは事実だったが、正直な気持は、むしろ、少年時代の兵隊ごっこのように、なにか小さな冒険をしてみたかったのだと思う。しかし、そんな心理の通用するはずはなく、結局、柵など作るから、乗りこえたくなるんだと彼は強弁し、ますます、駅員に油をしぼられることになっただけだった。それも人間心理の一面には違いなかろうが、世間にとって大事なのは心情や気分ではない。要するに、あまり変ったことはしない方がいいのだ。

道路が急にせばまって、運転手の言った橋のたもとらしいあたりまで着いた時、時刻はもう、飛行機の出る十分前になってしまっていた。しかも、そこには整然たる警官隊の隊列があって、それ以上道は進めなかった。警官隊は時枝の位置からは後向きだったが、ざっくりした濃紺の服に頑丈な編上靴をはき、前にプラスチックの防石面のあるヘルメットをかぶって待機していた。放水車が一台、その機動隊の背後にひかえている。時おり新聞雑誌で写真はみるけれども、間近に機動隊の隊列を見るのは、大学を卒業していらいはじめてだった。その武装は見事な進歩をとげていた。最初にひらめいたのは犇《ひしめ》く戦車という印象だった。警官隊はみな時枝には背中を向けている。それでいて、無言の威圧感は伝わってくる。昔行軍帰りの兵士が隊列を組んで歩むのを時折り見たものだが、旧陸軍の兵士たちの場合は、どことなく疲れており、軍服の上にもにじんだ汗や、その顎をつき出した表情などに、なお庶民の表情が生きていた。およそ冴《さ》えないカーキ色の服、汗と革の臭いもむしろ泥臭くあわれだった。

だが機動隊の隊列は、黄昏れの中にじっと後手に手を組んだまま動かず、およそ生活の次元と異った法則、いわば機械の法則に従うもののように冷たく異様だった。

見ただけで、疲れている時枝の神経はちかちかと震え、彼は放置されたままの農地へ踏み込んで、川下の方へ進路をずらせていった。ばらばらとある人家に遮《さえぎ》られながらも、水道管か、ガス管か、向う側へ渡れそうなものが架《かか》っているのが見えたからだった。

彼はやはり帰省せねばならない。高松の家だけなら、一日おくれてもよかったが、父が松山に保養に行っており、そこへも立ち寄るとすれば、いま飛行機にのれても、すでに駆け足なのだ。本当は、その時ひき返せばよかったのだが、彼は出発前に無駄にした時間の空白にこだわった。

このあたりも飛行場拡張区域になっているのか、農地は荒れはてていた。ただ川縁がすぐ農地に続くのではなく、堤沿いに家が建っていて、川縁に出るには人家と人家の間の、屎尿《しにょう》のくみ取り道らしいせまい道路を歩かねばならなかった。目測をあやまって、一人一人は通れる板が渡っているガス管はもう少し先だった。だがそこまで行くには瞭《あき》らかに人家の裏庭を通り抜けねばならない。川と人家との間の幅は狭くとも塀で囲まれていればいいのだが、塀のない家もあって、裏から人の家を覗き込むことになりかねない。どうしようかと迷っている時、対岸の道をぱらぱらとのがれてくるヘルメットにジーパン姿の学生の姿がみえた。五人に一人は棍《こん》棒《ぼう》を持っていたのだが、もうそれは重荷にすぎず、学生たちは前こごみの姿勢でジグザグに逃げる。片側は泥川、片側は人家。人家に飛び込む者もいたが、多くの家はすでに雨戸をとざしていた。

米軍軍用機の修理工場はどこにあるのだろうか。十人、十五人、三十人、学生が逃げてくる。川の対岸には、右手の橋のほうにかけては道路なのだが、左手に製材所らしい工場が川に乗り出すように建っていて、逃げる学生の姿は見えても、その先で何が起っているのかは見えない。

時枝はぼんやりもの思いに耽《ふ》けるように、川面《かわも》に視線をおとした。魚一匹住めそうにない溝《どぶ》川《がわ》。どちらに向けて水は流れるのか、油の花が落陽に輝き、七彩に変色する。製材所の材木が浮び、野菜屑《やさいくず》や猫の死骸がそのあいだに漂う。風呂屋の排水口のような臭いが胸を塞ぐ。時枝には、二律背反する感覚があって、極端に汚れたものにも、美しい花や雪や海の波と同様に、なぜか心をそそられる。彼は溝川に映る空の影に視線をそそぎながら、そのとき、なぜかこれ以上穢れようのない溝川の穢さと悪臭に感動していた。

不意に「引け！　引け！」と叫ぶ声がし、目をあげると、数十人の敗走する学生にむけて棍棒をふりあげておどりかかる機動隊の姿がみえた。「引け！」という命令と、おどりかかる動作と、この現実の矛盾そのまま、時枝はほんの目先の対岸の道路に、頭をかかえたままうずくまり、倒れる学生の姿を見た。機動隊の主力は路傍の負傷者を無視して、逃げる学生の一団に突進してゆく。

時折、踏みとどまって、棍棒をふりあげて躍りかかる学生がいたが、棍棒が盾にはじける鈍い音がした次の瞬間、その逃げおくれた学生は数人の機動隊員に包囲され、そしてその包囲が狭まったとき、学生の姿は見えなくなっていた。

逃げていった学生達は橋の中央部で立往生していた。いつの間にか、先刻機動隊の背後にひかえていた放水車が前面に出ているのが見えた。追う機動隊と待機した機動隊で、学生たちははさみ打ちになっていた。時折り、石が虚空を飛び、そのうちの幾つかが、溝川に吸い込まれるように落ちた。

傍観の位置に甘えて、対岸と、彼方の橋の上の乱闘を、にやにや笑いながら見ていそうな自分に気付いて、時枝は視線をそらせた。喊声《かんせい》と怒声。マイクで何かを呼びかける声がし、弥次馬の無責任なけしかけの声がみだれ飛ぶ。彼は、まだ子供だった敗戦期、焼あとをひとりぶらついていた時に感じた内側から湧きあがる怒りと悲しみを思い出した。目の前で、棍棒が振りあげられ、人が血を流して倒れるのを見ながら、なぜ、ほとんど人影のない、瓦礫と雑草の廃墟を幻想したのだろうか。

彼は、その日の帰省をあきらめて、乱闘を背にひきかえした。人ならば、偶然行きあわせた機会を生かし、写真の一枚もとるかもしれぬ。事実彼は小型の写真機はボストンバッグに入れていた。あるいは、人ならば無責任な声援の声をとばし、目撃した何ごとかを、後にとくとくと語るために、その乱闘の場により接近し、事がおわるまで傍観しているだろう。だが、彼は、そのどちらの気にもなれず、従来無駄にしてきた時間の上に、今ひとつ無駄な時間を重ねた寒々した感慨とともに、もと来た人家と人家のあいだの狭い道路にひきかえした。

そのひきかえす瞬間、彼は落陽を受けて赤く輝くクレーンの列と、今にも崩れおちそうな石橋の欄干を見、そして、一人の人間が頭をおさえたまま、溝川に転落していくのを確かに見、そして、その学生が何故血まみれになって転落したのかをも見た。だが、時枝がその時したことは、首を二三度横に振って、自分の見た情景の中から人間の姿を消すことだけだった。あたかも、橋もクレーンも、工場のスレート屋根も、廃墟の遺跡でもあるかのように。

第四章

一

家には姉の房子だけではなく、母方の叔父の斎藤多門も来ていて賑かだった。

「昨日帰ってくるというのでやってきて、昨日も夕食を御馳走になってしまった。えらい得をしたぞ」

叔父はすでに食膳の前にあぐらをかいて酒を飲んでいた。叔父はこの地方都市で金物の問屋を商っていて、羽振りがよく今や地方名士の一員だったが、それゆえに多忙の身のはずだった。内心は一度無駄足をふまされたことを怒っているのだろう。しかし父方の叔父ではないので、父が家にいる間はそう顔をみせるわけではなく、時枝正和を叱りつけることができるほど親しいわけではない。

「下宿へ電話してみたら、朝早くお出になりましたというし。途中、用事があったのなら、そう言い置いて出てくればお母さんも心配しないですむのに。交通事故でもあったのかと思って……」

姉の房子が言った。「私は心配はせんけどね。どうせ正和のことだから、帰る家も忘れて呑んだくれてたに決ってるんだから」

母はしかし何も小言はいわず、茶をくんで出し、時枝が縁側に出てぼんやりつっ立つと、袷《あわせ》の着物を入れた乱れ箱をもってきた。父親ゆずりの茶色の大縞である。

姉の結婚のとき以来帰っていないから、この縁側に立つのももうまる二年ぶりだった。広くはない庭だったが、母の丹念な手入れが、目立たぬながら、植込みの樹々のたたずまいに認められた。南天はすでに小粒の実をつけて色づきはじめており、柿は鮮明な柿色を部厚い葉の茂みの隙からもらしている。苔《こけ》のうえに二、三枚、柿の枯葉が落ちていたが、苔に箒《ほうき》のあとはない。雑草を抜くのも、枯葉を拾うのも、一つ一つ、母が手で集めるのだ。何かの思いを籠めて、庭の飛石に蹲《うずくま》り、一枚一枚、苔の上の枯葉をエプロンに拾いあつめていく母の姿がみえるようだった。二年間見ないうちに竹垣にまつわらせた薔薇の蔓《つる》は大分のびたようだった。ゆるやかに歪曲しながら横へ横へと蔓は匍《は》っている。本来なら、家の外側に匍わせるべきなのだろうが、家の向きの関係で垣の外側にはあまり日があたらない。

「そこにあった金燈籠《かなどうろう》はどうしたの？」と時枝は言った。

昔、父が骨董屋から買ってきたもので、全部が赤錆びており、むしろ目ざわりなものだった。

だが、どんなものにせよ、長年一つ処にあったものが、消えてなくなると妙に侘《わび》しい。

「勤めていたころの病気と違うて、お父さんの病院通いにもお金がかさむし、叔父さんにひきとって戴いたきに」と母が後から着物を着せかけながら、言った。

「おや、叔父さんとこの会社は屑金物もあつかうようになったんですか」と彼は振返って言った。

「冗談言うな。ポンプや耕耘機《こううんき》はあつかっても屑物はあつかわん」叔父は世馴れていて、笑ってすませたが、確めるまでもなく、時枝家はこの叔父から相当な借金をしており、何も担保のない心理的負担を軽減するために、たいして価値もない置物を、価額以上に叔父がひきとったのだろう。瞬間の想像で、その程度のことを見抜く知慧は彼にもあるわけだが、正面切って礼を言うのは照れくさいのだ。この貧弱な庭にすら似合わなかった赤錆びた金燈籠は、最近四階建てのビルを建て、二階以上を貸事務所にし、一階全部を農耕機具の展示場と事務所にしたという、叔父の豪壮な家の庭の片隅にいっそう惨めに縮《ちぢま》っていることだろう。もっとも、時枝は敗戦後、戦災にあい、ここにも浮浪者の群れた駅近くのバラックで、釘や鋲《びょう》など、小物の金物をあつかい、注文があればリュックサックを担って懸命に商っていた叔父の姿を知っているので、現在の斎藤家の豊かさを悪しざまに思う気持はなかった。時枝の家の没落には、個人の能力を越える時勢がからんでいたが、叔父はたしかに努力と才覚によって現在の安楽を築いたのだから。事務所をおとずれればいまは「社長さん」と呼ばれているはずだが、物腰はあい変らず商人風にやわらかだった。市の二、三の名誉職にもついているはずだったが、腰は必要以上にひくい。もっともそれは性格というよりは、彼の知慧かもしれない。

「わしが先によばれてしまったけど、先に風呂に入ったら、どうや」と多門が言った。

わざわざ時枝の帰省を、親類の代表者が来て待っているということは、父の病気のおもわしくない証拠だった。食卓について後も、久しぶりの母の手料理を味わいながら、ただ笑い話の間に盃をかわすということにならないだろう。時枝は縁をかねる廊下の板が雨洩りのために三、四カ所、ニスがはげているのを見、そのつきあたりの本箱に、大学を受験する以前の彼の書物が背を日に焼かれながらまだ並んでいるのをぼんやりと見た。本箱には内側からカーテンがかかっているのだが、その半びらきの状態も、以前に彼がひいたそのままのようだった。つまらない語学の参考書類がならんでいる。幼時期は食糧難、思春期は胸くその悪い受験勉強、青春期は結局は身につかなかった観念への奉仕、そして……

「あんな本はみな焼いてしまってくれと頼んどいたでしょう、この前」

現在の自分を反省するのが厭で、不意の怒りを母に移して、彼は言った。この前、その同じ言葉を母に投げかけたとき、答は、「お前が結婚して子供が出来たら、また使うかもしれないから」という悠長な返事だった。すさまじい消費文化の進行から母は落伍して、父の着物を子が着、それをまた仕立てなおして孫につたえる古風な生活感情の中にひっそりと蹲っている。敗戦後の筍《たけのこ》生活の記憶からも、まだ解放されてはいないようだった。どんな品物でも棄てたり焼いたりすることが、母には出来ない。しかし、母の態度がいかに現代ばなれしているにせよ、以前のように自信をもって彼に説かないのが哀れだった。母の心はあきらかに弱っていた。そういえば、家の中に漂っている匂い、象徴的な雰囲気ではなく、どこの家にも具体的に漂っている匂いに、ほこりっぽく貧乏くさいものが混っていた。

昔、大学時代、下宿を転々としていたとき、彼はある未亡人の家の二階にいたことがある。その人はお化怪《ばけ》のように皺だらけの顔にお白粉《しろい》を塗りたくり、必要以上に身づくろいにも凝っていたが、それでも外から帰って戸口を開ける一瞬、名状しがたい貧困の匂いが鼻をついたものだった。経済上の貧困だけでなく、生の目標を見失った人間が、なすところなく蟄居《ちっきょ》する場所に避けがたく漂う臭い。いま、懐しかるべき家に漂う匂いは、その停滞の香りに似ていた。その時、風呂場の方から姉の声がし、彼は叔父に目礼して風呂場へ行った。二、三日のうちに急に肌寒くなって、彼は久しぶりの郷里の風に震えながら、疲れた体を湯にひたした。旅の疲れではなく、実際、彼は疲れていた。

「元気だったん?」尻あがりの声で姉が風呂の焚口《たきぐち》から言った。

「うん、まあ」

想像していた風呂槽《ふろおけ》の香りはしないので彼は失望した。無沙汰を続けながら、想像の中で、彼は古里を美化していたとみえる。

「この前流産してから、まだ次の児はできないの」風呂の窓越しに彼は言った。窓の外は低い崖になっていて、濡れた岩に一、二本、名の知れぬ草が生えている。その岩の湿りをみて、はじめて彼は帰ってきたと実感した。

「女は子供を生む道具とは違うんよ」と姉が言った。

「こりゃまた失礼しました」

風呂の中で、彼は唇すれすれにつかり、その湯を独りふきあげたが、姉は笑わなかった。母からの手紙では、流産はただの不注意からのものではなく、子宮外妊娠であり、そしてその手術の際に腫瘍が発見され、それも切り取ったのだということだった。はっきりとは書かれてはいなかったが、姉にはもう子供を宿す能力がないのかもしれなかった。彼は黙りこみ、それに従って姉も、確かに焚口にいる気配がしながら、もう声をかけなかった。ぱちぱちと藁《わら》の燃える音だけがする。久しぶりにあって、壁をはさんで対峙し、ともに藁のやける音に耳を傾ける。黙っていても、なにかが通じておればいいのだが、そのあまりにも日本的な姉弟の対面は、事実上、またディス・コミュニケイションのかたちでもあった。

汗を拭きながら彼が食卓につくと、先に奥の間にもどり叔父の給仕をしていた房子がテレビを消した。

「つけといてくれよ。ニュースを見たいんだから」

「いまはニュースの時間じゃないんじゃけ」と、姉は言った。強いて快活そうな口調を弄するのだが、その時、はじめて直視した姉の顔、いやその目尻には色濃い生活の疲れが宿っていた。人の欠点や癖に敏感で、誰彼の噂をしてはころげるように笑っていたかつての姉ではもうなかった。女学校時代には映画館からの帰り道、つけてきた挙動のあやしい青年を、振り向きざまにバッグで殴りつけ、相手の目許に怪我をさせて逆に医療費を支払わされた武勇伝も、もう人は本当にはしないだろう。

「しかし、姉さん、今頃ごろごろしていていいのかな。旦那の帰ってくるころだろ」

「亭主は出張」と姉は簡単に言った。

「滄海《そうかい》変じて桑田《そうでん》と化し、出張変じて蒸発となる」口から出まかせを言って、時枝はテレビの上の新聞を手にとった。

彼は昨日から新聞をみておらず、彼の帰省を一日遅らせることになった飛行場わきの事件の報道を読みたかったのだ。母はテレビの番組のほかには紙面に注意ははらわないらしく、番組表が第一面になっていた。膝の上にナフキンを置くようにして、彼は新聞紙をひろげ、叔父のさし出す盃を受けながら視線をおとした。

果して第一面にもその記事はでていた。人が一人死んだからだった。

記事はおよそこうだった。

「大阪国際空港の軍事使用および××産業伊丹工場における米軍軍用機修理に反対する反代々木系全学連の学生、反戦青年委員会、べ平連などは×月×日午後四時に大阪府豊中市《とよなかし》××公園から空港までデモ行進を行った。デモには約千三百人が参加したが、黒旗をかかげた少数の一団と角材をもった学生百余人が突如××産業伊丹工場の正門に殺到、ビラを撒きながら構内に侵入し、一時守衛室を占拠した。だが、構内の防御扉《ほうぎょとびら》にはばまれて工場乱入は果さず、待機中の機動隊に押しもどされ、そこで十数人が逮捕された。他の学生はジグザグデモや坐りこみを繰返しながら徐々に退却、さきの千人余のデモ隊と合流しようとした。だがデモの本隊は空港わきで機動隊と小ぜりあいのすえ、予定コースをかえて市役所方面に後退しており、逃げおくれた学生八十余人とアナーキストの一団は××橋で機動隊のはさみうちにあった。学生たちは空港拡張工事場の石をポケットにしのばせていて激しく投石。機動隊は防御網と放水車で対抗、午後八時までに学生六十八人が、凶器準備集合罪、公務執行妨害罪、建造物侵入罪、道路交通法違反などの現行犯で逮捕された。なお、乱闘のさい××橋より溝川に転落した数名の学生のうち一名が死亡。死因は投石の直撃による頭蓋骨折ないしは転落時に××製材所の浮木に激突したかのどちらかとみられている。死体はおって大阪大学医学部で解剖にふせられる。（十五面に関連記事）」

すぐ横に覆面をした学生達が角材をふりかざして機動隊とわたりあっている写真が掲載されていた。しかし写真は不明瞭でヘルメットにしるされた文字も読み取れず、またカラー写真ではないから、ヘルメットの色も色別できなかった。そばに頑丈な金網が見えるのは、飛行機修理工場の防禦扉だろうか。時枝が見た石橋や溝川、対岸にあった製材所は映っていなかった。

関連記事を読むべく、ページをくろうとした時枝に向けて、「新聞はあとにせんけや」と四国弁で母がたしなめた。たしかに、彼が食卓につくのを待っていて、前菜にしか手をつけていない叔父に対してそれは失礼だった。不承不承に新聞から目をはなし、しかし彼は「おかしいな」と呟いた。——死因は投石による頭蓋骨折ないしは転落時の衝撃——もし、死んだのが、彼が偶然、目撃した、あの墜落者だとすれば、それは確かに奇妙だった。いや、あの現場では、たとえ誤って同志打ちを演じたとしてももはや人を死に到らしめるほどの大きな投石はなかったはずだった。油の浮いた溝川は重油のように淀み、そこにほとんど波紋もなく、時おり、ぼすと、吸いこまれるように小石が散っていただけだった。夕陽が溝川にも反映し、その微妙な色彩の変化は、映す川そのものが、なにもかものみ尽す底なし沼のように淀んでいるゆえに、一層不思議に鮮かだった。周囲を覆っていた叫喚は早くも記憶から脱落し、時枝の脳裡にある川のイメージは、死の世界のように静かだった。あの転落者は、血の色であたりの水を僅かにそめながら、水遊びをする赤児のようにぱたぱたと腕で水面をたたきながらしばらくもがいていた。二、三人の学生が助けようとして、堤沿いに走り、あるいは水面にはとどかない角材を堤上からさし出してみたりしていた。

だが時枝は、小児が井戸におちれば何人も馳けよるという惻隠《そくいん》の情すらなく、そのとき踵《きびす》をひるがえしたのだった。いや、一瞬、助けねばと彼も思ったはずだったが、跳び込むためには水が穢れすぎており、折悪しく帰省のための一張羅を彼は着ていた。半歳分のボーナスが、その洋服にはかかっている。いい恰好をして、飛び込んで助けたりするにはその洋服は高価すぎたのだ。それに、大美談など実演するまでもなく、あの転落者は、もがきながらも製材所の捨てた浮木になんとか手をのばしたはずだった。

浮木にすがりながらも、結局は力尽きて、泥に没したのだろうか。いや、新聞には溺死とは書いてないし、石橋から川に転落したのは他にも数人あったと書いてある。死んだのは時枝の目撃した、最初の転落者とはかぎらず、仮りにその人物だったとしても、溺死ではなかったのだ。

「なにを考えこんでいるの」と姉の房子が時枝の顔を覗き込むようにして言った。

「新聞になにか載ってるのかい」と叔父がやや不興げに言った。

「近ごろは、事故が多いですね」と時枝はごまかした。

商人の叔父と学生運動の意義や賛否について論争するつもりはなかった。それにいま新聞にのっている場面を彼が目撃したことを喋《しゃべ》れば、朝早く下宿を出ておきながら、なぜ夕刻までうろうろしていたのか、汽車で帰れば半額ですむのを、なぜ飛行機を使う贅沢をするのか、そっちの方に母や姉の質問が集中するだろう。

抑圧することで却って関心のうずくのを覚えながら、彼は目を細く閉ざして酒を飲んだ。そして困ったことに、人の生死、政治動向のいかんにかかわらず、肌寒い秋の夕の酒は美味だった。「あなたは一口お酒を飲むと人が変る」と矢野駒が彼を評するのは正しい。一口飲むことで、そのときも彼の気分は覿面《てきめん》に変った。胃にしみわたるような酒の感覚を味わいながら、次の瞬間、彼がこだわったのは、彼が傍観した事件のことではなく、輪郭定めがたい憂愁の念であり、齢わかく身にまとった諦念《ていねん》と、そこはかとない自己憐愍《れんびん》だけだった。縁側の方から風呂あがりの肌から汗を奪ってゆく幸福な風が吹き、食卓の上からは、無辜《むこ》な少年期の回想を誘うしいその匂いがただよう。いまの瞬間、時枝にはそれだけで充分だった。疲れて世間とは無関係を表明したがる神経に、酒精《アルコール》の麻痺作用が撫でさするように忍びよってゆく。

「あいかわらず酒はやっとるのかい」彼の返盃《へんぱい》を受けて叔父は言った。普段は、えへへ、えへへと意味もなく笑う癖があるのだが、今日は叔父はあまり笑わなかった。

「ええ、まあ」と彼は答えた。

「まあ、よう飲める年齢じゃろうて。飲めるうちは健康なんやから結構やけど、女には気をつけにゃいかんぞ」

「はは」と時枝は無意味に笑った。

「どんなにひどい宿酔でも、酒の気は一日寝れば抜けるが、女の失敗は尾をひくからな。世の中の人はいろいろ言うが、男が骨ぬきになるのは、いつの場合でも女のためだからな」

「それはあんたのことじゃないかえ」と菜のわけぎを運んできた母が言った。

「いや、わしは子供も大きいし、頭の毛も薄い。女房が心配するほど亭主もてもせずだ。だが正和はまだ若い。金で片のつく遊び方なら、かまわんけど、せっかく大学まで出ておいて、変な女をつれて帰ってきちゃ、泣くのは母さんだ」叔父は後半、母の方に向って言った。金で片のつくという言葉に時枝はひっかかり、しかし相手の粗野な言葉を怒るでもなく、瞬間、高崎公江の腫れっぽたい顔を思い浮べていた。どんな人間関係も金銭に還元できるという叔父の自信は厭味だったが、もしそうならその方がはるかに気楽かもしれぬ。

「少し痩せたみたいだね」と母は言った。「下宿はちゃんとしてくれてるのかえ。足らんのならお米でも、めりけん粉でも送ってあげるきに」

「お母さん、なに言ってるのよ。いまどき」房子が、けたたましく笑った。その笑い声はしかし天真爛漫なものではなく、里芋のにがりが喉にひっかかりでもしたように不自然だった。

「ああ、下宿のおばさんが、この前のかんころが美味《おい》しかったと礼を言ってた」と時枝は伝言を思い出して伝えた。

「いい人のようで、よかったね」

「でも、この間、私が電話したとき、若い女の人が出たけど、下宿には娘さんがいるの？」姉が言った。

「まあ、姉さんも一杯、どうぞ」と時枝は姉の前に盃を置いた。

「娘さんは若い人？」

「二人いるんだけどね。上の人は姉さんと同い齢。下はまだ女子大生」

「ふーん。近頃、全然手紙もくれないわけだ」

「気性の激しい点はよく似てるよ。実際、僕は女運には恵まれんなあ」

姉は後に手をまわし、彼の尻をつねったが、そのつねり方が妙に生々しくて、彼はどきりとした。

「それはそうと」叔父が居ずまいを正した。ちらっと見まわした時枝の視線に、母の表情が強《こわ》張《ば》り、姉が視線を宙に浮かせるのがみえた。壁一つ距て、垣根一つ越えれば何の関係もないことながら、彼にとっては逃れられない責任がいま彼に課せられる。彼は本能的に体を斜めにずらせ、そして、そうしてしまった自分を限りなく嫌悪した。

「お母さんからの手紙でもう解ってるだろうけれども、義兄《にい》さんの病気は思わしゅうない」叔父の多門は姉のことを、時枝を主格にして母と呼び、時枝の父を自分の立場から義兄と呼んだ。

「なにを思ったのか、八十八カ寺の巡礼に出たいと言い出したのを、やっとのことでひきとめて、温泉へ行ってもらった。近くに放射線療法のいい病院もあるということでね」

いつだったか、歌舞伎の俳優が引退してから四国の八十八カ寺をめぐり、帰途の船上から入水自殺したことがあった。病気で気の弱った父の心に、その俳優の行為がなにかの暗示になったのかもしれない。そういうことを思い付く感傷性も、みっともないからとひきとめられて思いとどまる俗物性も、ともに時枝には近しいものだった。青春の一時期、自意識過剰に苦しみはじめていらい、ほとんど考えてみなかった父のことが、不意にたまらなく哀れになった。長年、意識の表層からその像を閉めだし、彼が超越したつもりになっていた家族の連帯の、その哀れさの感情が蘇生したのだった。

「お父さんが行きたがってたのなら、行かせてあげればよかった」と彼は言った。

「独りでは徳島県の寺も廻りきれんさ。いやそれにもお母さんがついて行かにゃならんだろ。この家をからっぽにしておくこともできんしね」

家など、仮りに空巣が入ったところで何ほどのこともない、と彼は危うく言いかけた。西《さい》行《ぎょう》のように、あるいは芭蕉《ばしょう》のように、月日は百代の過客《かかく》ときめ込んでも本当はかまわないのだが、そんなことを言えば、そうでなくても失っている信用を更におとすことになるだけだった。江戸時代の百姓だけではない。この現代でも、庶民には漂泊の自由などありはしないのだから。

それはそうと、と同じ言葉を叔父と時枝が同時に言った。

「医者は何と言ってるの？」時枝は母をふりかえった。

「お母さんにははっきりとは言わなかった」と叔父が横から言った。「しかし、義兄さんもはっきり自覚はしている。自覚はしていても、そうではないんじゃないかとも思いたい。そう言っちゃなんだけれども、あの理屈屋の義兄さんが、四国遍路を考えるのも、よくよくせっぱつまってのことだろう」

「漫然と旅をするんじゃなくて、本気に願をかけて巡礼するつもりだったの？」

「手術の仕方は発達はしてるとはいっても、この病気は本人にも自覚できるようになったときには、もう手遅れだ。ここの病院は外科摘出が専門らしいが、その医者は手遅れだと、わしにははっきりと言った」

「なんと言ったかな、そう、マイトマイシンとかいう内服薬もあるはずだがな」

「それも、むろんのんだ上でのことだ」

「なにひとつ悪いことなどしなかった人なのに」母が涙ぐむ。

「明日にでもお父さんのところへ行ってもらうとして、お父さんには言えないが、正和にも心を決めてもらわにゃならん」

「なにをですか」と敢て時枝は言った。血色のよい叔父の顔は酒気に上気し、唇が酒に濡れて好色そうにみえる。理由もなく彼は腹を立てていた。

「お父さんはお前のことを心配してるんだよ」と母が言った。

「勤めを三度も四度もかえるからよ」姉の房子が言った。

「勤めは性《たち》に合わにゃ変えたっていい。男がこの世の中を渡っていくには、いつの時代でも苦労はあるわさ。ただ、正和ももう三十だろ。住むのはなにも高松でなくていいが、時枝の家をちゃんと継いでいってもらわにゃいかん」

〈家〉――なにか死語でも聞くように時枝の心は空《うつ》ろだった。我が身一つを保つことも出来ず、家も一族もない。

「高松へ帰っておいでよ、正和」と姉が言った。「帰ってきさえすれば、仕事は叔父さんがみつけてくださるって」

「金物問屋の番頭になるわけか」時枝は冗談を言った。「算盤《そろばん》は間違うわ、品物の届け先は間違う。伝票一つきるのに、今日は一体何日だったかなと、そのたびに新聞の日付けを確めにゃならん。使いものにはならんですよ」

「なにもわしの処で働いてもらおうなんて、言ってやせんよ」

「本当言うと、何処か温泉旅館の番頭なら、なってもいいけどね。駅へ小旗を持って客を出迎えにゆくぐらいのことなら出来るから。いや、昔から、それが僕の理想だったような気がする」

「なにをつまらん御託を並べてるの。もっと真面目になれーっ」姉が金切声をあげた。

後日なお相談せねばならぬことがあるから、父を見舞ったあと、今度は家へ来てくれと、叔父が言い残して帰り、姉の房子も夫が出張中といえ家をあけるわけにはいかず帰ってから、母は彼女の信ずる天理教の祭壇の前でしばらく祈っていた。息子に遠慮して小さく祈禱《きとう》の言葉をつぶやき、目立たず手振りをする。

彼はしばらく酔った振りをして畳の上に寝そべり、薄目をあけて、大きな白木の祭壇、その前の母の後姿を見ていた。母の信仰には特別な偶像はないが、このように、どうにもならぬ祈りを籠められれば、どんな絢爛《けんらん》たる仏像もたちまち黝《くろず》んで色あせることだろう。そして、もはや人々の懊悩《おうのう》と無縁のものとして寺院の奥深く死蔵されるにいたったとき、それは〈美〉の対象となり、国宝や重要文化財と化す。自分の職業が生産的なものではないという秘かな劣等感とはまた別に、より本質的な空しさを、ふと時枝は感じた。ほんの僅かの社会的な失敗に、大仰に傷つき、以後は美的なものにのみかかわろうとした自己の内面の動きが、その時あまりにも一人よがりで愚かに思われた。美の救済、それもしょせんは青臭い観念の遊戯にすぎなかったのではないか。いま、あたかも野の石仏のように小さく蹲り、しかも石のように清浄にはなれず、何ごとかを祈っている母の後姿にすら、その観念は対抗できない。

「叔父さんは、ああ言ったけど、お父さんが本当にその気なら、お遍路についていってもいいんだよ」と祭壇の方をむいたまま、母は言った。母の帰依《きえ》する新興宗教は、廃仏毀釈《はいぶつきしゃく》をやみくもに要請する不寛容なものではないようだったが、母としては、その宗教の聖地のある大和の方へ父をともないたいのだろう。

「思い付きでしょうよ、お父さんの」先刻とは別なことを時枝は言った。「お父さんはええ恰好しいだから、手甲脚絆《てっこうきゃはん》で白装束など、ようしやせん」自分の性格をそのまま言えば、父の批評になる便利さが、家族にはある。

「なんといったって、お前だけが頼りなんだから。——明日は疲れてるだろうけど、お父さんに会ってきてつかよ。お父さんも本当は家に帰りたがってるんだろうから、つれて帰ってきてつかっさい」母は依然として祭壇に面したままだった。「うん」と彼は生返事をした。

「一度には、何もかも話せないけれども、房子の方も、うまくいっとらんでな。そうでなうても気がめいってるお父さんの気分をこわしちゃいかんけん、表沙汰にはしないよう房子には待たしてはあるけれど」

「薄々は感じてたがね。――どうもあの旦那は第一印象からして虫が好かなかった。ああいう几帳面で、謹厳で、真面目な人間は好かんな、どうも」

「そんなことを言うもんじゃないよ。相性が悪かっただけだろうし」

「相性ね」いい言葉だと彼は感歎した。

おかしなもので、いつものように、母が見合写真をもち出して、詰めよらないのが、その時彼には少し不服だった。

「本当にお前だけが頼りなんだから」と再び母が同じ言葉を繰返した。

家の天井の、古びて処々にしみのある杉板を見あげながら、この家は滅びるな、と他人ごとのように彼は思った。世間は天下泰平、昭和元禄とはやし立て、事実、服装も考え方も豪奢華《ごうしゃ》美になり、家々は電気洗濯機や冷蔵庫、色彩テレビや自家用車をととのえてレジャーにうつつをぬかしているが、泰平の世にも徐々に社会淘汰は進行している。彼自身の江戸期の爛熟《らんじゅく》した文化や美術への興味も、あるいは不知不識《ふちふしき》裡に、時代風潮に感化されてのことかもしれなかったが、しかし、時枝の一家はなぜか、時代の波に乗りそこねたようだった。社会の片隅で、誰に注目されることもなく、孤独な苦しみにさいなまれながら、父は死に、姉は女の幸福にみはなされてゆくだろう。

「もう寝るよ」と彼は言い、二階へあがった。

冠婚葬祭に親類縁者が集うのも、人類の長い生活史の生み出した知慧なのだろう。我が喜びにだけではなく、身近な者の不幸にも、人は昂奮し、その昂奮は独りでは悪魔的な高まりを見せてしまうのだ。なま半かに飲んだ酒に眠りそこね、旅館のようによそよそしい蒲団に寝がえりをくりかえしながら、時枝は、父の疾病をなにかの事件のように感じている自分に気付かせられた。それは事件には違いなかったが、眠れないのは、我が心の痛むゆえではなく、それが事件であり、事件にまき込まれそうな予感のせいだった。冷たい心、さめきった心……日々美術に接し、芸術の保存と解説を職としながら、彼の心には、すべて芸術のいとなみにたずさわる者の必須の条件である心の温さに欠けていた。いや、芸術にただ横ざまから触れて、しかもそれを職業化して馴れ狎《したし》むことによって、芸術と生活の区分を見失い、現実の病者とルオーのピエロの絵とを混同する精神の袋小路にはまり込んだのかもしれなかった。そう、彼は確かに、胸中の父の像を、じっと見ていたのだ。それがあたかも、一つの作品ででもあるかのように、鑑賞してしまっていたのだ。その瞬間の彼の心は、あたかも己が娘の裸形《らぎょう》を見ながら、秘画のデッサンをしたというある浮世絵師のそれのように、悪魔だった。

二

列車の中で買った週刊誌にも、伊丹飛行場わきの乱闘の記事は出ていた。グラビアのページは、ほとんど全部その事件の報道写真にあてられている。乱闘場面を背景にヘルメットを斜めにかぶり石を搬《はこ》んでいた女子学生が誰かに呼ばれて振返ったスナップ。あるいは放水車に押し落されそうに数人の学生が橋の欄干にしがみつき、石の欄干が一つはずれて一人が真逆様に落下するショット。催涙弾を発射すべく機関銃のように筒をかまえている機動隊員。さらに血を流して同僚に脇をすけられている警官や、塀にへばりついたようになってホールド・アップしている学生。そしてその写真の片隅に、あたかも幻想的なシャガールの絵の片隅に思い掛けない滑稽な人物が描かれるように電柱にのぼり蝉《せみ》のようにへばりついている弥次馬が小さくとらえられていたりした。

新聞記者とりわけ写真班の活躍は、職業意識に燃えてみごとだった。そのカメラのアングルには、単に報道に奉仕するだけではない、技巧的な撮影技術すら認められる。撮りまくった数多くのフィルムの中から、偶然の巧緻《こうち》に恵まれた場面を選んだのだろうが、それにしても、その写真が真に迫っていればいるほど、なにか奇妙だった。同類の事件はこれまでも数多く起っているのだから、今にしてはじめて報道のあり方の奇妙さを覚えるのはむしろ時枝の迂闊《うかつ》さを意味するのかもしれない。しかし、機動隊の後姿を見ただけで震えあがり、川に架せられたガス管を渡ろうとして、彼が触れた情景はこう鮮明ではなかった。また目撃したのも事件のほんの一部分にすぎなかった。こんなに様々の場面を、こんなに色々の角度からとらえうるということ自体が、人間わざではないような、ある不思議さをかきたてる。骨董品の真贋《しんがん》鑑別を依頼されたりする時にも、作者に関する知識や、紙や布の時代考証よりも先に、ふっと浮ぶ最初の直観というものがある。「おかしいな」と思った時、それは大概は贋物《にせもの》なのだ。そして、その「おかしい」と感じさせる理由は、多くの場合、あまりにももっともらしく、あまりにも本物的でありすぎることにある。相手は写真機のことであり、そこに映し出された像に本物も贋物もない。それは確かに事実の一部であり、とどめられた時間のある瞬間にはちがいない。だが、時枝はどうしても「おかしい」という疑問をぬぐいきれず、グラビアのページを試しつすかし見つした。そして、写真そのものを疑いえぬとすれば、要するに彼に違和感を感じさせたのは撮影者のあり方かもしれぬと、彼は思いあたった。そう、考えてみれば、事件のおこるのを予知して装備を整えて待機し、人が血を流せばその傷口にカメラを近づけ、人が橋上から転落すれば、その橋桁《はしげた》と水面との僅かの空間に浮ぶ人体を瞬間的に撮影する。それ自体がすでに、おかしい。しかもさらにその人々は、中立であることを自他ともに許され、それに安住し乱闘そのものを僅かなりとも阻止しようともせず、その事件の原因についても思弁しようとしない。

それがスポーツの報道ならわかる。たとえば相撲の優勝のかかった千秋楽の一戦に、横綱同士の体がからみあい、土俵際で大きく足を蹴《け》りあげて倒れようとする姿を、動かぬ印画紙の上に定着することはその写真家の名誉だろう。それが、微妙な一瞬、桟敷《さじき》の観客の肉眼にもとらええぬような一瞬であればあるほど腕自慢にもなるだろう。だが仮りに、いま二人の男が大道で棍棒をもってわたりあっている時、懼《おそ》れもなく近寄ってレンズを向ければ、それがもし暴力団同士の争いなら、その写真班員は彼らの勝負の決着よりも先に双方からたたきのめされるはずだった。そしてもし、それをたたきのめさないのなら、その喧嘩は八百長である。でなくとも、報道されることを予定した演技を含む争いとみなければならぬ。

学生たちは自分たちの襲撃する場所を予告し、あるいは自分たちの行動をすすんで新聞記者に知らせるという。とすれば報道をあてにすることも事実には違いなかろうが、しかし、人が血を流し、溝川に転落し、あるいは命を絶たれること自体が、演出であるとは思えない。すべてを対社会的な効果に還元するのが政治的思考の常套手段とはいえ、人がそうした思考に慣らされ、そうした発想しかありえないように錯覚すること自体がやはり間違っている。

時枝自身も偶然の経過とはいえ、先に傍観者であり、次にはそれに背を向けた拒絶者の一員であるゆえに、表立って文句をつけるべき大義名分はない。及ばずながらやめろとも叫ばず、どちらかに加勢もしなかった。いや、もともと大義名分など彼にはありはしないし、欲してもいない。しかし、それにしても新聞が論評し、世の識者がそれぞれの政治的立場から、デモ隊の〈武装〉を弁護したり罵倒したりし、あるいはその背後の世界情勢まで解説してくれるのとは全く異った次元で、彼はなにかがおかしいと呟やかねばならなかった。偶然、目撃せねば、そうは感じなかったろう。だが不運にも彼は目撃してしまったのであり、である以上、彼にとれる態度は、何事もなかったものとして完全に忘却するか、でなければ感じた疑惑を焦点の定まらないままながらも持ち続けるより方法はなかった。無力な人間の無力な疑惑。しかし、無力とはいえ、もはや政治の領域のみのことではないと思われる。時枝はもともと有力であろうなどとは金輪際《こんりんざい》望みはしない性格だから、有益無益は拘《こだ》わりはしないが、その疑惑は、彼の感受性の鋭鈍・真偽にかかわることだった。なにかおかしい。なにかが間違っている。日本趣味にかぶれた外人が羽織の襟をおらずに着、祭りの提灯を部屋の中で灯すことのように、彼の感受性にひっかかる。そしてそう感ずることで、同じ週刊誌に特集されている、この事件をどう見なすかのアンケートに答えた文化人の解答が、すべて恐ろしくよそよそしく滑稽に見えた。

ある大学教授はこう答えていた。他の人の解答からみればおそらく電話での問いあわせに、電話で答えたのだろうが、大学教授の解答だけは、みごとに講壇調だった。

「拙劣な政治のアクションとレアクションの表現が、また尊い一人の生命を奪った。戦後の民主主義はその自主的なルールを確立しないままに、はやくも議会制への不信を生んでしまったようにみえる。責任はいうまでもなく、経済的利益にのみ忠実であって、国民感情を政治に反映しようとしない政府のあり方にあるが、一部学生の行動にも目にあまるものがある。かつて私は私の勤務する大学の構内で、学生同士が棍棒をふるってわたりあい、守衛や教職員にも罵《のの》りつつおどりかかる場に出合って以来、一部学生の過激な行動には同情しないことにしている。政治の貧困ここに窮まれりというべきだろう。一人の尊い生命の喪失が、政府の施策に反省をうながすとともに、一部学生の行動のあり方の反省の契機になることを切に望んでいる」と。

つづいてある女性評論家はこう言っていた。

「いったい何てことでしょう。学生の任務は学校で勉強し、学問を身につけ、次の時代の文化文明の担い手になることじゃありませんか。授業料値上げ問題や、学生会館の運営の問題で、自分たちの意向を反映させようと運動するのならわかります。それはそれぞれの学校の内部の問題ですから。自分たち自身のことだから。でも理性と論理で社会に奉仕するはずの知識人の卵が、暴力団まがいの服装をして、自分の方から警官におどりかかったり、法的に認められている建造物に侵入したりするのは許せません。学生だからといって甘やかすのは反対です。秩序を乱す人はどしどし取り締るべきです。警察官も同じ世代の青年なんですし、どちらかといえばもっと恵まれない人々なのです」

その女性は少年保護観察官をかねていて、少年鑑別所を出所した未成年犯罪者の、事後指導を行っている人であり、時枝のおぼろげな記憶では、その出身は確か戦前の代表的な財閥の令嬢のはずだった。

「僧兵の時代がやってきましたな」とある政治評論家は答えていた。しばしばテレビの討論会番組などにも顔を出すので、そのだみ声は聞いたことがあり、談話体の文章からその人物の咳ばらいまで聞えてきそうだった。「昔、比叡山に僧兵がたてこもって、時おり強訴《ごうそ》のために京の都に神輿をかついで大挙おりてきた時代がありましたな。彼らが信仰上の聖地を根城にしているために、皇室も公卿もいろいろ譲歩せざるをえなかったもんだが、いまは丁度学校が比叡山になり、学生が僧兵になっとるわけだ。学を抛《なげ》すて刀兵を横たえ、方袍《ほうほう》（袈裟《けさ》）を脱ぎて甲冑《かっちゅう》を被《き》る、湌霞《さんか》の窓、これがために戦場と化し、臥雲《がうん》の栖《すみか》、それによりて軍陣となりたり、というやつだ。学校は治外法権の場じゃねえんだが、自治の伝統があって、警察権力もワンクッションおかぬと入れないからな。まあ、そういうこともあってもいいが、僧兵とても、宗教的権威など認めない武士階級に攻められれば、一たまりもなかったということを認識しとるのかな。そうなる前に、学校制度も根本的に考えなおさにゃいかんだろう。なにしろ戦後は粗製濫《らん》造《ぞう》の駅弁大学とマイクでがなり立てるマスコミ教育だ。僧兵も信仰とはあまり関係がなかったように、学生といっても、いまは学問と関係なんかありゃせんさ。ま、気の毒といえば気の毒、なんといっても、教育ママに尻をひっぱたかれて育ち、高校時代はろくに本を読む暇もなしに受験勉強だ。昔の高校生は人生なんぞやと考えたり、カント、デカルトと観念の遍歴をやったから、いわば免疫体をもっていたが、いまの大学生はよくも悪くもエリートじゃない。思想的免疫性をもっとらんから、行動が直情径行的になる。文科系の大学なんてものは一ぺんつぶしちまって、塾にすりゃいいんだ塾に。本当に学問があり、人徳のある教授なら、それでやっていけるはずだろうさ」

ある映画評論家はこう言っていた。

「反戦平和を願う青年の生命がまた一人虐殺され踏みにじられた。言うまでもなく、あれは虐殺です。味方の投石によって頭をぶち破られたなどというのは、デマもいいところだ。解剖の結果を待つまでもない。いや仮りに、味方の武器が触れたのだったとしても、デモ隊をはさみ打ちにするという情況を計画的に造ったのは、機動隊であり、それを命じたのは安保条約にしがみつき、自分たちの既得権をアメリカの核の傘で守ってもらおうとしている独占資本と政府であり、反戦平和の運動を手をかえ品をかえて圧殺しようとする反動勢力だ。遭遇戦の場面で、デモ隊の誰かが傷つき死んだという場合、その直接の凶器は何だったかなどということを問題にすること自体が、おかしい。雑兵乱戦を通じてしか革命運動は前進しないんだ。である以上その乱戦のさなかの犠牲者はすべて、敵に殺されたものとみなすべきなのだ。科学的客観主義とか歴史実証主義なんてものは、そもそもがブルジョアの御用学問であって、そんなことにこだわることは、真の問題の所在を曖昧化するだけ。このことは繰返して叫ばねばならぬ。あれは反動勢力による虐殺なのだ」

その他にも数人の作家や社会評論家、宗教家や組合運動の指導者がひきずり出され、それぞれの立場にひきつけて、あるいは現代の混乱を嘆いてみせ、あるいは憤慨したり憂慮したりしていた。

列車の窓から吹き込む風よりも空しい風が吹きぬけるようだった。

認識と実践の二元論がここまで来てしまった。いや行為を断念した彼にとって、行為のありようはしばらくおくとしても、言葉がいまほど、その重みを失ったことがあるだろうか。その言葉の軽々しさは行為が伴わないからでは実はない。言語がその背後にひかえる沈黙の重みとの関連を失い、胸はりさけんばかりの情念の表現、しゅうねく思いつめる者にのみ備わる美意識からも離脱し、現象の海を漂流しているにすぎないからだ。

時枝は珍らしく神経をたかぶらせ、しかしふと我に帰って、この呟きもやがて自分自身の一層愚かな泥酔と淫乱のうちに消えるだろうと思った。小さな埃が彼の目にとび込み、彼はしきりに目を瞬き、ハンケチを舌で濡らして目にあててみたりせねばならなかった。そして、やっとの思いで埃が涙とともに流れ出したとき、窓から塩田の見えるはずの地帯はとっくに通り過ぎていた。いまは既に稲の刈入れのはじまっている田園地帯をディーゼルカーは走っている。

雀おどしの銀箔《ぎんぱく》が稲穂のあちこちで光り、時には農家のユーモアが作った全学連スタイルの案山子《かかし》も立っている。機械化の時代とはいえ、農作業にはほとんど変化はなく、刈入れの行われている田圃《たんぼ》ではモンペ姿の農婦やカーキ色のズボンの農夫が腰をかがめて稲をかっていた。束ねられて田圃におかれた稲、干木に懸けられた稲、畦《あぜ》に植えられたしそは色づき、豆も成長し、軌道沿いの野生の葛《くず》は白い葉裏を見せて一斉に風に靡《なび》いている。その野生の葛に芒《すすき》がまざりだし、その穂が秋を誇るとき、視界には川があった。

農家の建物は、しかし幾分変化しているようだった。昔、善通寺詣りに時折りこの鉄道に乗った時には、白い豪壮な土塀の地主の家のほかは、多くは質素な藁葺《わらぶき》屋根だったはずだが、いまは瓦屋根の数が藁葺屋根を圧倒しており、その屋根瓦も紺や葡萄色の派手な色彩が混り、そしてそのすべての屋根の上にテレビのアンテナが光っていた。農家の庭に乾された小豆の色も植込みの柿の実も、豊かな平和をたのしんでいるようにみえる。

女学生の一団が乗り込んできて、その二、三人が蓬《よもぎ》を鞄いっぱいにつめていた。蓬の香りが時枝の鼻腔をくすぐる。時枝の坐席の背後に坐った女学生が、歌をくちずさみはじめ、その抒情はやがて時枝にも感染した。視界が適度な速度で移動すること自体に生理的な快感があり、遠景の雲のわずかな変容と、ゆらめきながら流れ去る稲穂や畦、そして近景の野生葛の飛翔との三様の動きが、時間を距てた三つの記憶を同時に思い浮べるような気分にさせてくれる。それは遠く忘れ去っていた幸福感のよみがえりのようであり、また水の流れのように斬っても断ちきれぬ悲哀の蘇生のようでもあった。

組合運動で失策をおかして、退職した一時期、時枝は酒代とぎりぎりの汽車賃を持ち、あてもなくよく汽車に乗ったものだ。川があり、石の河原が広がり、山があり杉の植林が並ぶというだけで性来感傷的な彼はしばしば涙を流したものだった。

なぜか、その頃出会った田舎の人々は途方もなく親切だった。見知らぬ駅に降り、たまたま停っていた田舎バスの終着の駅まで切符を買い、最後尾の坐席で二合瓶をあおりながら乗っていると、車掌はどうしたのかと心配してくれ、宿のない終着の村の民家をわざわざ世話してくれたこともある。何を考えていたのだったか、内に感情がいっぱいに詰っており、人の心中を穿鑿《せんさく》する余裕すらないとき、人は意外にその者の苦渋をくんでくれるものだ。もっとも、シニカルになった今は、身なりは以前よりととのってはいても、もはやそういう幸運にはであえないだろう。心中にただ冷たい死灰しかないとき、無垢《むく》の人はそれを本能的に察して視線をそらせるからだ。

現に同じボックスに坐っておりながら、いつしか互いに世間話をはじめた客とは孤立して、時枝だけが話の環《わ》の圏外にあった。口をひらけば冗談しかいわない彼も、見知らぬ人の視線には気難かしい気配を漂わせて映るからだろう。時枝はしばらく、商人らしい男、観光地めぐりの女性、そして娘の家をたずねての帰途という老人のかわすよもやま話を聞くともなく聞いていた。

特別なにを話しているというわけでもなかった。人の善さそうな老人は、「一番末が男なんやが、ほかの七人はみな娘でしてな。孫の名も覚えきれんほどじゃ」と相好《そうごう》をくずし、観光地めぐりの女性は「景色のいいところは一ぱいあるのに、あまりこのへんには人は来ないのね」となんとなく詠嘆し、商人は行儀悪く時枝の横に靴下の臭う足をのばして、何んにでも口をはさんでいるにすぎなかった。だが、会話にはつねに論理的な意味がなければならぬとは限らない。内容よりも、言葉をかけあう関係自体に意味があることもあろう。

しばらく逡巡し、結局、仲間入りを諦めて、時枝はふたたび週刊誌に目をおとした。例の事件の記事を見たのではない。つまらない一口小咄《こばなし》に視線をさらし、時枝はひとり笑った。

海岸にやってきた一人の男が、遠くに魅力たっぷりな全裸の女がいるのを見てそばに近寄ってゆくと、女はやにわにピストルをつきつけた。女は裸体で男を釣る強盗だったのだ。女は男の持物を身ぐるみ奪い、ホールド・アップを命ずる。男は服まで奪われて、最後に頭にかぶっていた麦藁帽で前を覆い、しぶしぶ手を挙げるのだが、女が再度ホールド・アップを命ずると、その帽子もぽいと頭に戻ってしまった。

馬鹿馬鹿しい笑話に彼は苦笑する。江戸小咄に較べれば、ずっと洗練度はおちはするけれど、そういうナンセンスが嫌いなわけでもなかった。ユーモア、それは悲しみのカリカチュア、出来ることなら、心やさしく繊細な神経の持主とそうした諧謔を弄《もてあそ》んでいたかった。だが硬直した青春をすごした彼には、そうした無償の交友関係はなく、今なお彼の出世に期待をかける肉親にも、それは期待できない。彼の夢は、貧民窟の少年が、貴族のサロンを憧れるに等しいあわれな期待にすぎない。それに元来が生真面目なこの国の人々には、芸人は賤民《せんみん》であり、諧謔は軽薄の別名にすぎないのだ。たとえば受験雑誌に螢雪《けいせつ》時代と銘うつ知慧はあっても、「学問のじゃまだと螢《ほたる》一つやり」といった川柳のユーモアを理解する人はいま少ない。なるほど晋《しん》の車胤《しゃいん》が勉学のために螢を集めて灯の代用としたというのも一つの教訓には違いなく、文化はそうして、苦節力行《りっこう》の人々にになわれもするだろう。しかしさぞかし近所の子供たちが珍らしがってわいわい集ってきて煩《うる》さくてたまらず、折角川辺から採ってきた螢を一つ取ってくれてやっただろう情景を想像して微笑するのもまた一つの文化のあり方にちがいない。いまの時枝には、そうしたイロニイの方がしたわしく、硬直して政治を語り正気を気負う人々とはもう交わりたくはなかった。これこれの民衆の要求を政治がくみあげようとしないのは悪だ、といった発言をきくと、彼はそれだけでぞっと背筋が寒くなる。政治などに、生活の要求や滋味のすべてをくみあげられてたまるかと彼は思う。人間の喜怒哀楽の広大な幅を、いちいち政治に関係させねば気がすまず、政治のあり方から説明せねばやまないのはイモラルだ、とすら彼は思う。

しかし、そのようにおよそ政治的なことの一切を拒否したく思いながら、やはり彼はページをくって、米軍機修理工場襲撃の記事にこだわらずにいられなかった。なぜだろう。彼がその事件を目撃したことは、誰にも語っていない以上、まだ誰も知らない。そして今後も語るつもりはないのであってみれば、自分の目撃したことと、報道との懸隔に心をくだく必要などはない。政治的事件は日々無数におこっている。あちらの工場からは水銀化合物が廃液とともに流れだして流域の妊婦や農婦を廃人にし、こちらでは衆議院議員が運送会社から賄賂を受けて検察庁に出頭を命ぜられる。昨日は政府のベトナム戦争加担に抗議して、老エスペランチストが焼身自殺し、今日は大学紛争で教授が罐詰にされ、講堂が占拠され、機動隊がおしかけ、警官が死ぬ。人の死は、交通事故だけでも、その員数を数えるにいとまなく、異国ではあるいは戦火に人が死に、あるいは飢饉に人民の何割もが病みおとろえてたおれてゆく。いままで、彼はそれを伝達される情報として知りながら、別になにもしなかった。何も出来はしないし、出来ないことのために神経をなやますこともなかった。彼がたまたま目撃した事件も、いわば日に月を継いで起るデモとその弾圧の一齣《ひとこま》にすぎない。テレビの画面で人が殴打されるのをみるのと、実際に現場に立って乱闘を傍観するのとにどれだけの違いがあるか。テレビで見ていた時には、別段、その事件を自分であとづけてみようなどとは思ってもみなかった。それになぜ、今になって、やがては忘れられてゆくだろう事件にこだわるのか。

時枝には自分の心理は説明できず、出来ぬままに彼は、頼りにはならぬ週刊誌の記事に魅せられた。その記事だけではない、およそこの事件についてふれているすべての印刷物を、彼は集めてみたくなっていた。それは卒業論文のための文献蒐集《しゅうしゅう》をした際にも感じなかった自発的な欲求であり、彼は列車をおりれば、病苦に耐えながら、首を長くして彼を待っているだろう父をおとずれるよりも先に、駅頭の売店や繁華街の書肆《しょし》、あるいは新聞の販売店までを探して、ここ二、三日の新聞をあさり、週刊誌のありったけを買いこむだろう自分を予感した。

第五章

一

　タクシーから降り立ち、外燈に照らされた部分だけ濡れて光る旅館の玄関に導かれたとき、あがり框《かまち》からすぐ上にのびる幅広い階段の中途に人影の動くのがみえた。いや、人影というよりは正確には褐色の縦縞のどてら着の裾と、その短かすぎる裾からはみ出ている毛臑《けずね》の足というべきだろう。見あげた時枝の視線には、上から照らす電光が作る複雑な階段の影と、その中途に立った男の前結びにした兵児帯《へこおび》から下しか見えず、こちらを見返しているらしいその者の顔も視線も梁《はり》に遮《さまた》げられてみえなかった。しかし、時枝は「……ここに父が宿っているはずだが」と女中に所在を確めるより前に、その階段の中途にたたずんでいる人物が、父に違いないと直観した。生来骨太な父の脚も、どてら着の腰まわりも病み衰えたという感じではなかったけれども、階段を降りてくる風でもなく、ぼんやりつっ立っているということ自体が異様だった。肉体よりも先に衰弱してしまった気力を見たと、彼は思った。

時枝は渡し忘れていたタクシーの運賃を、あとを追ってきた小柄な運転手に手渡し、ことさらにゆっくりとコートを脱いだ。

玄関まで出迎えてくれた、臨時雇らしい田舎びた女中が、容易に靴をぬごうとしない時枝をあつかいかねて、無人の受付の前に所在なく立っている。その女中の、林檎色《りんごいろ》に赧《あか》らんだ頰を見、そして、時枝はまだ寝込むというほどではないながら、回復の見こみのない宿痾《しゅくあ》におかされた父に語るべき何の言葉も用意もしていない自分に気付いた。せめて母か姉を伴ってくるべきだった。女たちは理解しないけれども、父と息子が二人だけで面と向うということは、そうでなくとも気まずいものなのだ。それに、時枝は他に移せない苦痛に打ちひしがれている者と顔をあわせるのは、相手が赤の他人であっても苦手だった。どうしようもないことにしたり顔に関わりあうほど、彼の神経は強くない。それがたとえ単なる経済的な困窮にすぎなくとも、他者の困窮に何らかの形で首をつっこむということは時枝には出来ない。

そしていま、彼が会わねばならないのは、他人ではなく父であり、父の苦悩は、その人個人の努力によって克服できるものではなかった。他者に代っては死にえない人間存在の形式を、いままた確認してどうなるというのだろう。彼はもう一度、階段の中途の父の足首をちらりと見あげ、一階の奥にある小さな土産物のケースに並んだ人形に理由もなく頰笑みかけた。

「よう、おこし」その時奥から女主人らしい老婆が滑るようにでてきて挨拶した。

「時枝ですが」時枝正和は、はじめて声をかけ、そして老婆が二階を振りあおいで彼の到着を知らせようとする気配に、あわてててつけ加えた。「部屋は私のも別にとって下さってあるんでしょうね」

「ええ、そりゃ。お父さんがお待ちかねですよ。やはりよう似てなさる」老婆は袂《たもと》で口許《くちもと》を覆って微笑した。別にこの旅館とは何の姻戚関係もあるわけではないのだが、若い頃から年に一、二度は、父はここを訪れていたということだった。老婆の微笑は親子の相似を認めたというよりは、父の昔の面影を見たという反応の仕方だった。

階段の中途に立っていた人影は、その時ゆっくりと音を立てずに向きをかえ、匍《は》うようにのぼっていった。

不様な対面をしたくなくて、老婆が二階に声を掛けようとするのを制止したのだが、階段の人影にまるで恥じるように消えられてみると、自分がいま非常に冷酷なことを言ったような気になった。多分、父はタクシーの停る音を聞きつけ、彼を出迎えようとしたのだろう。あわてて玄関に降りようとし、しかしふと何かにこだわって、階段の中途で足をとめる。階段の薄暗がりに、おどろな亡霊の影でもみたのか。それとも長い官僚生活の間にしみついた空しい威厳を想いおこしたのか。しかし、時枝の方から「やあ」と一言声をかければ、気まずさは霧消するはずだった。それに、人影が消えてから考えてみれば、その足にはスリッパも穿いていなかった。

「さあ、どうぞ」と老婆がうながした。

「ここは、わりと静かなようですね」と時枝は言った。

「ええ、お父さんが静かな部屋がいいだろうとおっしゃって、お客さんには一番奥の部屋を用意してありますよ」

夜おそくなって松山の街並みも、一本限りの電車道が妙に曲折する印象のほかは街のたたずまいも定かには見えなかったが、温泉街に入ってからは、散策するどてら着の観光客に満ちていて、ゆっくり保養の出来る旅籠《はたご》などありそうにも見えなかった。彼自身の休憩を欲する期待を裏切られて、彼はすでに不機嫌だったが、ただ、急な坂道の突きあたりのこの家は、奇妙に静かだった。それにしても、わざわざ汽車に揺られて来るほどの風景も周囲にはありそうにない。

「風呂は、さっきあったあの楼閣みたいなところまで入りに行くわけですか」と時枝は言った。

「いいえ、内湯もございますよ。でも、まあ本湯に入りに行くのも情緒があって宜しゅうございますよ」

情緒を生むような街並みではなかった。山麓の狭い地域に旅館や土産物売場がひしめき、安っぽいネオンが輝き、あたかも大都市の遊興街、バーや飲食店など謂《い》わばスードラの部分が拡大されてこれみよがしに並んでいるようなものだった。

「おやじはどうですか」空拭きされて少し滑る階段をあがりながら、時枝は言った。

「本当にお辛いことで。体の調子がお悪くて、ずっとお粥《かゆ》をたいてさしあげてるんですけれど、それでも、時折、もどしてしまわれたりして」

「家でじっとしてればいいのにね」

「いいえ、うちは迷惑だなんてちっとも思ってませんぞな。こちらの病院の方がいい先生がいなさるそうだし、精密検査がすんでからでも、ずっと逗留《とうりゅう》して下さっていいんじゃきに。このごろはそういうお客様は少くなりましたけど、昔は、二年も三年も、ある家のお嬢さんをおあずかりしてたこともあるんぞな」

まず廊下の奥の自分の部屋に通してもらったのだが、窓からの眺めが確かめられない時刻では、その六畳の間もおよそ窮屈で殺風景だった。少しは休息してからとも思ったが、父にも既に宿についているのを知られていて、わざと会見をおくらせるようになるのも不自然だった。

汽車の中に売りにくるものでもいいから、旅館に土産物を買っていくように母に言いつけられていたことをそのとき時枝は思い出した。着くまでけろっと忘れていたことを、思い出しても遅すぎる時に、何故思い出すのか。

「おやじは自分の病気のことを何か言ってましたか」

「いいや」老婆は一瞬複雑な表情をした。性来、聡明な人なのだろう。顔は既に小さく縮っていながらも、表情の動きは豊富だった。それとも客に接する職業が彼女の外面を鍛えたのだろうか。

「でも体が弱ると、気もめいりますきに。もう婆さんの顔を見るのも今回きりかもしれんなんて、冗談をおっしゃって」

「父とは、何時ごろからお知合いなんですか」

「いいや、お祖父さまの時代からですよ」

「へえ」と時枝は驚いた。大学時代から家を離れ、家だけではなく、家の交際範囲からも離脱していてそれは全くの初耳だった。いま祖父の名が偶然出ても、祖父は彼が小学校に進む前に他界していて、彼の記憶には、初めて買ってもらった添え車つきの自転車を物置小屋の前で修理してくれたイメージぐらいしか浮ばなかった。祖父が今彼のいる同じ旅館を訪れたことがあるなどとは思ってもみなかった。もしかすると、案内されたこの部屋が、祖父の愛用した部屋なのかもしれない。時枝は不意にある肌寒さを覚えた。

「やはり、夜はひえますね」と時枝は言った。

「この炬燵《こたつ》もすぐ温まりますから」と老婆は答えた。

欄間の模様も、床の間の安っぽい掛軸も、あるいは何十年か以前と同じものかもしれない。

ふと、高松で時枝の一家が戦災にあったとき、蒲団を避難先に送りとどけてくれたのは、この老婆だったのかもしれないと、時枝は思った。無一物で母の里に転がりこんだ一家にとって、二ながれの蒲団の贈物は、当時ほとんど考え得ない慈悲だった。そして、今考えてみればあの物資不足の折に、蒲団を人に分《わか》てるのは、旅館業ぐらいしかない。それは問い正してみたい事ではあったけれども、初対面の礼節で、——というよりは、頑《かたく》なな孤立の姿勢で彼はそれを思いとどまった。時枝にとって、かつて〈近代〉とは家族とその交際の網の目から脱出することであり、いまは些《いさ》さか疲れて、過去の浅薄な〈近代〉の理念に疑惑は懐《いだ》きつつも、やはり彼は血の脈絡やその結節から派生する人間関係に遡行《そこう》して慰めを求める気持はなかった。

後悔よりも空虚を、むしろ彼は欲しており、昔読んだ小説『生活の探求』の誠実よりは、四方を白い壁に閉ざされた、荒涼たる世界、その中での頽廃《たいはい》を彼はむしろ望んでいた。

女中が茶を持ってあがって来、ぬるい茶に一口限りのせんべいを食べおわると、老婆は、「お父さんの部屋に御案内しましょうか」と言った。もう、それをことわる理由はなかった。

部屋の真中に電気炬燵を据え、デコラの台の上に額をあてた姿勢で、父は時枝を待っていた。窓側を枕にして敷きのべられた蒲団の裾が電気炬燵の派手な覆いに重なっている。部屋全体が少し汗臭かった。

「どうですか」と襖を後手に閉めた姿勢のまま、時枝は言った。

そばの机には、夕食の用意が整っている。お粥も戻すという父のものではなさそうだった。

「近頃は小便もあまり元気に出なくなってしまった。ばりばりと便器から弾けるように尿がでるといいんだがね」と父は笑った。

鬢《びん》のあたりに驚くほど白髪が増えていたが、思ったほどには窶《やつ》れてはいなかった。いや、時枝の想像が先走りすぎていて、想像の中ですでに完成してしまっていた死面《デス・マスク》に較べれば、どんな病人も元気に映るだろう。

たとえ、額に生気のない蛸皺《たこじわ》が走り、肌が荒れて汗腺がひらいてみえ、むくみと窶れが同居してたとしてもともかくも父は生きてはいるわけだから。

この旅館のどてらはすべて同じ模様らしかったが、父の着ているのは褐色の縦縞だった。

部屋は玄関の丁度上にあたるらしく、坂道の奥とはいえ、外の物音が入ってきて、時枝の部屋よりはやかましそうだった。窓をちょっと開けてみた時枝に向って、

「夜おそくまで街は騒いでいるから、寝るときは少し耳ざわりだがね」と父は言った。「しかし、昼間、まったく人気のない山麓の林ばかり見ているのにもあきてしまってね。昨日、替えてもらった」

「うむ」と父は言った。

彼が訪れるまで、この窓をあけて父は坂下を見守っていたのだろう。

「お前のために用意をしておいてもらった。わしはもうすんだから、ここで食べるといい」父は机の上の料理を顎《あご》で示して言った。「酒もよかったら、適当に注文するといい」

「そうですか」と時枝は言った。

いっしょに食べられるといいですね。——慰めの言葉が浮かんでいないわけではなかったが、時枝は唾とともにその言葉を嚥《の》み込んだ。いや酒を飲むなら、病人に気がねをしながらよりも、仲居相手に自分の部屋で飲む方がいいと言わないでおいたのが、せめてもの思い遣《や》りだった。

味噌汁はもうさめてしまっていた。視線を新聞にそらしてくれてはいても、御馳走を見るだけで食べられない病人を前にしては、蟹《かに》もさしみも砂を噛むようだった。そのとき彼は貧弱な一個のムルーソーだった。ママンが死んだ……という嘗つて読んだ翻訳小説の冒頭を、理由もなく彼は思い浮べ、そして、口にふくんださしみを不意に吐き出しそうになった。

「お母さんはどうしていた？」父が言った。

「あいかわらず、お祈りしてましたね」と時枝は言った。

「房子は？」

「昨日会いましたけど、姉さんのことはよく解りませんね」

「いい人物のように、わしの目には見えたがね、房子の旦那は」

「お父さんからみれば、いい人物でしょうね」

「どういう意味かね」

「大過なく過させていただきましたと定年の時に挨拶するような人物ですよ、彼は。もっとも、彼がどんな人物であろうと、僕には関係ありませんけど」

父の気配がおかしいので、茶碗をおいて父の方を見ると、父は小刻みに震えながら、目に涙をためていた。

自分の投げやりな言葉を父が怒ったのかと、年甲斐もなく時枝は一瞬ぎくっとしたが、そうではなく、父は姉の生活が順調ではないことを知っていたのだった。考えてみればそれは当然のことだった。母が父に隠しているつもりになっているだけであり、社会的関心を失いつつあるとはいえ、その程度のことを一家の主人が見抜けないはずはなかった。

「お前の方はどうかね」としばらくして父は言った。

「まあまあです」

「いつも、そういう調子なんだな」

「もう自分の性格というものも解ってしまいましたからね。あまり無理はすまいと思ってます」と彼は答えたが、正確に表現するつもりなら、一たん自己決定してしまった道から、もう抜け出そうにも抜け出せなくなってしまっていると言うべきだった。

「お母さんにあまり心配をかけねばいいよ」

「ええ、もう、そういうことも出来ないでしょう」

「今日テレビを見ていたら、なにかのデモで死んだ人の遺族が映っていた。田舎のお百姓さんだろう、お母さんだという人が映されていてね。『どうして死んだのか、私には解りません』と一言だけひどい東北訛《なまり》で言っていた。いろんな人が喋っていたが、あの母親の、放心したような無表情が一番、胸にこたえたね。病気をすると涙もろくなるのかね」

時枝は一瞬ぎくっとした。列車が松山駅に到着した時、すでに日が暮れていて、雑誌や新聞を買いあさる書店も見あたらなかったが、彼は列車に揺られている間中、考えていたのは肉親の病苦とその運命についてではなく、彼が偶然目撃した他者の死についてだった。身うちに事故がなければ、そうした関心には、種々の名分が賦せられこそすれ、持って悪い感情ではない。しかし、痩せ細り、しかも出来るだけ元気に見せようと拙《つたな》い演技をしている肉親を目の前にしてみると、自分が、人が当然もっているよい心の位階を見失ってしまっているのではないかという後ろめたさが起こる。父がテレビを見て、無責任な一瞬の同情であれ、なにか他者のことに関心をもつのは、病んだ鳥の哀鳴するよりもより人間的なことだろう。それは内部にしばりつけられようとする不幸な神経からの解放であるだろうし、なお父が精神的に廃人とならずにいることを証明するだろうから。だが、時枝にとって、及ばずながら為すべきことは、先ず父のためによりよき病院を探し、よりよき医師を探そうとすることであるはずだった。愛情には自然な序列や位階があっていい。まず自己の生活圏のことにより強く関心し、自己にとってより関係深いもののことをより強く配慮するのが当然のはずだった。どんな宗教もどんな哲学説も、その完成形態では全人類や全存在物への平等普遍な愛や仁慈を説いてはいても、その教説の基礎にはまず異性や兄弟や隣人を愛しうる存在、いやむしろそうした本能をもつ存在としての人間性が前提されている。たとえ血のつながりや肉のつらなりを一たびは否定し、神や天への奉仕を説くとしても、否定され超越されるべき即自的な愛や執着というものを、疑いえない人間の本性として前提している。妄執《もうしゅう》があるからこそ解脱《げだつ》が説かれるのであり、本来、愛は盲目的かつ差別的な感情であるからこそ、その客観化や普遍化が要請されるのだろう。だが時枝は、肉親に対する排他的な愛着を持っていなかった。嫌悪もしていないかわり、他の何ごとよりも優先して心を使う自然な心の動きを失っている。もともとそうであったわけではなく、いつの間にかそうなってしまったのだ。しかも、血の地下茎で結ばれているものの暗合なのだろうか、父は彼が心を奪われつつある事件を話題にしたのだ。

「そのデモのさなかに死んだ青年は仲間の者の投石で頭をぶち破られたというがね……」父はテレビの報道をそのまま信じているようだった。「その石を投げた方の青年の両親も、きっと死んだ青年の母親も同じ言葉をはくことだろうな。病気いがいのことで父母を悲しませてはならぬ、とわしらの時代には教えられたものだったが」

「ちょっと待って下さいよ」と時枝は口をはさんだ。「その誤って石を投げた青年というのも、テレビの画面にでてきたんですか」

「いや、それは目撃者がいるんだそうで、現場の写真からその人物を割り出して、捜査中ということだった」

「そんな馬鹿な」と時枝は思わず呟いた。

「いま、なんて言ったのかね」

「いやいや別に」と時枝は言った。

しかし、その時、時枝は一瞬、その投石した青年というのは遠からず逮捕されるだろうと思った。友人の頭に石のあたったことは証明できなくとも、投石したこと自体は写真で証明できるだろうから。いやたとえ証明できなくても、そういう人物の存在が一つの勢力にとって必要なら、それは必ず見つけ出され、あるいは作りあげられてでも法の前に跪《ひざ》まずかせられるだろう。歴史は常にそのように作られる。

博物館に勤務する以前、彼はさる高等学校の歴史の教諭だったが、彼にとって、それはもはや自明のことだった。大体、古事記の古代記の記述からしてそうなのだ。戦後それはもはや証明され尽して周知のことに属するが、歴史が時の政権の自己正当化のために、時間を遡って仮構されることは、なにも古代史の領域にのみ限ったことではない。自己が滅した後に前王朝の記録をしるす中国の正史も、多くの党派が角逐しつつロマノフ王朝を滅したのち、他の革命党派を弾圧し尽してのちしるされた公式のロシア革命史も、みなおなじ筆法に従っている。いや歴史の仮構は政権によってのみなされるものでもなく、ある階層や人物への、歴史家や物語師の愛情や憎悪の念によっても変容され仮構される。忠ならんとすれば孝ならず、父清盛の皇室への非道を歎いてみせる平家物語にみえる重盛の事績は平家の滅亡を哀悼し、貴族文化の崩壊を哀惜する者にとって、どうしてもそうであってほしかった夢であり、それゆえに事実であろうとなかろうと、物語の中心部に据えられねばならなかったように。

この現在も歴史的時間の中にあり、あの事件も歴史の一齣であってみれば、そうした権力の都合に従い、あるいは民衆の夢に奉仕する歴史記述の法則の埒外《らちがい》に出るものではない。朝鮮戦争のような大事件ですら、双方の言い分が食い違って、どちらが先に越境したのかは、いまもって解らない。解らないのは、いまも双方の勢力が伯仲して共存しているからであり、どちらかが最終的に勝てば、それは歴史的に一つの方向に決定されるだろう。何人かの国境近くに住んでいた農民、あるいは指令を発した指揮官や自ら銃をとって侵入していった、どちらかの兵士自身が知っているはずなのだが、それは究極のところ歴史の事実も真実をも形成しない。

あの空港わきの衝突とその犠牲者の死も、権力なき時枝個人が何を見、その目撃したことを自己にとって重大と意識しようと意識しまいと、そんなことには関係なくある意味付けが下され、あるいは一切の意味付けが排除されて葬り去られるだろう。

「テレビぐらいしか見る気力はないんだが、どうも作ったものは面白くなくてね。ニュースや中継放送ばかり見ているよ」

「作ったものの方が罪がなくていいですよ」と時枝は言った。

「そういうものかね」と父は首をかしげるようにして言った。

虚構を前提とする芸術のいとなみが、人々が信奉したがる〈事実〉なるものに対して、どういう意味をもつかを説明していい機会だったが、時枝は面倒でそれをさしひかえた。いやことさらに焦点をはずした話題に終始しているわけにもいかぬ、母から託された用件があり、相談ごとがあった。

なにを話さねばならないか、双方とも解っておりながら、しかもそのきっかけを作る技術が双方ともないのだった。

「明日、いったん家に帰りますか」時枝はまずい食事を続けるのに厭きて煙草を吸った。

「お前もせっかく来たんだから、一日二日、ゆっくりしていったらいいだろう」父は時枝が食い散らした皿の上の残りものを嘔吐をみるように見て顔をそむけ、窓の外に広がる夜の暗闇に視線をそらせた。細く開けた窓から忍び込む冷気は既に肌寒さを通り越していたが、父は窓を閉めようとは言わなかった。

「明日一日ぐらいはいいんですけどね。勤めがあって、あまりゆっくりも出来ません」

「ずっと、今の勤めを続けてゆくつもりかね」

「ええ、追い出されない限りはね」

「それは、まあ、お前の気持次第だが」

「ここの病院も、明日行ってみるつもりですが、なんなら、京都の大学病院で診察を受けてみたらどうですか」

「うむ」父は一瞬きらっと目を光らせた。「また初めからバリウムを飲んだり、血液をとったりするのは大変だがね。あの胃液をとる管を入れるのは苦しくてね」

「億劫ですか」

「いやお前がそうせよというのなら、そうするがね。しかし、大学病院はどうかね。医学部はスト騒ぎでろくに治療は受けられないんじゃないのか、京都でも。心臓の手術を半年も大学騒動のために待っている少女がいると、昨日の新聞に出ていたよ。東京でのことだがね」

「なるほど」虚をつかれて時枝は沈黙した。各地の大学で起っている医学部の制度改革問題や、学生の処分、それの撤回を迫るストライキも、父にとっては、具体的に関わりのある問題だったのだ。

「まあ、場所は、本当のところ何処でもいいがね。ただ、お前が京都に永住するつもりなら、わしの病院だけではなく、高松の家を売って、京都に家を移してもいい。勤め人というものは空しいものだ。戦災で一度、祖父《じいさん》が残してくれた家を焼かれてしまったせいもあるが、一生かかって、お前に遺してやれるものは、小さな家ぐらいしかない。もっとも、京都の地価が高松と同じだと仮定しての話だがね」

「いや、いま、そんなことまで考える必要はないですよ」

「いや、どうせ、わしはその家には住めやせんだろう。一たん手術台にのぼれば、たとえ患部の剔抉《てっけつ》には成功しても、二度と病院を出られないような予感がしてね。ここの放射線療法も一日のばしの気安めだが、まあ、歩けるうちは色々と景色なりと見ておこうという気がしてね。しかしいずれは決心せねばならないし、決心するなら、家も一おもいに京都に移すというのが決心らしくていい」

「………」

「昔馴染の好意にあまえて気ままをさしてもらっていたが、この旅館にもこれ以上迷惑もかけられまい。お母さんも心配してるだろう。お前の都合のいい時に、つれて帰ってもらおうか」

急にがっくりと疲れた表情になり、黄色っぽい電球が一層黄ばんでみせる頰を痙攣させて、父は「もう寝ようか」と言った。

時枝は立ちあがって、床の間の受話器を取り、食事のあとかたづけをしてくれるように依頼した。「果物をなにか」と女中は問い返したが、それも断わり、時枝は受話器をおくとそのまま立ち去ろうとした。背後で父が何か口籠《くちごも》り、襖を開けて振り返ると、

「明日起きたら、窓の下を覗いてみなさい。白い富士錦の花が、きれいに咲いているから」と父は言った。

二

松山城の天守閣の壁が白く頂に光る丘陵の麓、単線の市電が走るメインストリートがゆるく屈折する部分にドーム型の屋根をもつ県庁があり、病院はその県庁の近くにあった。翌日、時枝はその病院に赴いただけで、どこにも観光にはでかけなかった。

朝ひとりでとった朝食の際には、旅館の女主人は給仕をしながら、大国主命《おおくにぬしのみこと》と少彦名命《すくなひこなのみこと》をまつった湯神社や鎌倉時代の建築にかかる石手寺《いしてじ》の仁王門、さらには時宗の開祖一遍上人《いっぺんしょうにん》の生誕地など、歩いて行ける範囲の名勝旧跡を紹介してくれた。老婆の口調が落着いていて、話をきいている間は職業意識からではなく、神社や古寺を巡る和やかな時間をもってもいいと思わないわけではなかったが、食後高松から長距離電話があって、遊覧気分はたちまちに崩れた。まだ電話で報告せねばならぬほどの、重大な話は父と交していなかったが、母は彼の返事ひとつで一家の運命が左右されでもするようにせき込んでいた。

その電話は丁度出かけようとしていたときにかかってきて帳場で受けた女中が大声で、「長距離電話ですよ」と呼びかけたから、すぐ上の部屋にいる父の耳にも入ったはずだが、時枝は電話口に父を呼ばず父の方も降りては来なかった。暫くどうしようかと迷い、結局病院にも彼は独りでおもむいた。かかりつけの医者の名前も尋ね忘れたままだったが、幸いに、曜日が合って、受付の看護婦は父のカルテを医局の方にまわしてくれた。彼自身が診察を受けるわけではないが、順番は外来患者とともに冷い長椅子に腰かけて待たねばならなかった。その時間待ちの間、病院の食堂わきの煙草屋を兼ねる売店で彼は週刊誌を買い、ある後ろめたさを覚えながらも彼が目撃した事件に関する記事を探し、そして新しい情報の二、三に接した。

その一つは、死亡した青年細川富夫を投石により「過失致死」せしめた容疑者がすでに十数名、さきの公務執行妨害罪その他現行犯で逮捕された者とは別に逮捕されたこと。

その二は、解剖はすでに大阪大学で行われたのだが、その結果は何故か公表されないことに決定したということ。

そして、最も多くの紙面が、死亡した青年の履歴の紹介、友人や教師たちの回顧談、そして葬儀の模様の報道にあてられていた。その略歴紹介欄で、時枝ははからずも、その青年が、大学で言えば自分の後輩にあたることを発見した。

「死んだ細川富夫君の横顔」と題する記事は客観的になろうとする記者の配慮が過剰すぎてか、

そっけない文体で、こう書きはじめられていた。

「死んだ細川富夫君は、昨年の春、××高校を卒業して京都大学に入学した。高校時代の成績は四百人中三四番、数学、物理が抜群であると同時に新聞部の委員も務め、また哲学書を好んだ。『おとなしいが考え深く、いったん決意すると譲らない性格』(担任教諭談)であり、受験勉強にも熱心だったが、受験勉強にだけ青春を埋没させて、美術にも政治にも無関心というわけではなかった。友人と議論するときには、好んでニイチェやキルケゴールを談じ、また自分から積極的に友人グループを指導するというタイプではなかったが、野球の試合であれ、フォークダンスの会であれ、友人がさそえば拙いながらも仲間に加わって楽しむ余裕はもっていたらしい。友人の話によると、一度野球の試合のとき、相手方の打ったボールが学校の塀をこえて飛んだとき、彼は校門を走り出てボールを探しに行き、そのまま姿を消してしまったことがある。皆が不思議に思って呼びに行くと、ボールをとるために溝にはまったズボンを附近の家の水道を借りて洗っており、野球のボールとは違う腐りかけた庭球のボールを探しあてていて、近寄った友人にタッチして『アウト』と言ったという。家は小自作農家。家族構成は罐詰会社に勤務している父の義一さん(五十三)、農業に従事する母の秋世さん(四十五)それに農協の事務員をしている姉の昭子さん(二十四)いま高校生の弟豊《ゆたか》さん(十六)。富夫君は長男である。大学の学資は家からの仕送りのほかに日本育英会の特別奨学生(月額八千円支給)と家庭教師のアルバイトによっていた。家からの仕送りは、大学受験の際、自活するからとの約束で、富夫君の方はむしろ心配しなくていいと言ってきていたというが、母の秋世さんが月々送っていたものである。

弟の豊さんは、『兄貴はどちらかといえば少し憂鬱な性質で、受験勉強中も毎日ノートに日記をつけていた。なにやら難しいことを書いていて、一度盗み読みして殴られたことがあるけれど、いい兄貴でした。議論をすると、一日でも二日でも、僕が解ったというまで、説得してくるので宗教家にでもなりやがれって言ったりしたことがありました』と語り、姉の昭子さんは、『このまえ夏休みに帰ってきたとき……』――

そこまで読んだとき、時枝は看護婦に父の名を呼ばれて病室に入った。

医局の看護婦は、衝立《ついたて》をまわって直接診察室に入って行こうとする時枝に、「上着はその乱れ箱に入れて下さい」とややヒステリックな声で命令した。やむなく、時枝は受付けで説明したことをもう一度繰返さねばならなかった。看護婦よりも先に医師の方が事情を察して、衝立の後から、「どうぞ」と言った。

「病院特有の臭いをかぐと妙に眠くなるくせがありましてね」医師の前の丸い回転椅子に腰掛け、聴診器を首からぶらさげたままの医師に向って時枝は言った。話をするためには椅子に背《せ》凭《もた》れがなく、医師との距離も近すぎた。扉の上の標札には内科、放射線科と二つの表示が並んでいたが、器具は何処にあるのだろうか、診察室には、ベッドのほかに血圧計や蒸気消毒器など普通の内科の医院にある程度の設備しか見あたらなかった。

医師はすでに髪の毛も薄い年輩の人だったが、父のカルテに視線を落したまましばらく黙っていた。看護婦がうさん臭そうに横あいから時枝を睨んでいる。

時枝は煙草が吸いたくなり、しかし周囲に煙草盆もみあたらぬまま、その欲望を抑制した。

「こちらで色々お世話になりましたが、家の方の都合で高松へつれて戻ろうと思いますので、カルテを高松の病院へ持って行きたいと思うんですが」と時枝は言った。

「ええ、それは高松の病院の方から要請がありましたら、直接病院に送りますが」と医師は言った。

「いけないんでしょうか」二重の意味をこめ時枝は言った。

医師は咳ばらいをして目をあげ、それが規定の合図でもあるのか、看護婦は席をはずした。

「この病気は、そう急によくなるというようなことは期待できないんで、こちらとしては、入院なさるなりして、治療を続けられることをお薦めはしますが、まあお家の都合があられるんなら、仕方がありませんね」

「率直に聞かせていただけませんでしょうか。父の病気は治りますか」

「治る……と断定することはできませんが、医者は、すべて病気は癒しうるものとして、患者に接するわけでして、患者の生命力と、治療法がうまく嚙みあえば、全快はしないまでも、悪化はくいとめることはできますね」

医師の紳士的な口調は、その言いまわしが思い遣りに満ちて遠まわしであればあるほど、はっきりと絶望を伝えていた。

「病巣はどこにあるわけですか」

かつて肺浸潤の診断を受けたことがあり、その時レントゲン・フィルムを射光器にあてて、医師が患部の所在を説明してくれたのを思い出して時枝は言ってみた。しかし医師はカルテを彼の方にみせようともせず、また壁に掛っている内臓図を指さして説明することもしなかった。

「手術をした方がいいんでしょうか」と時枝は別の面から尋ねてみた。

「ここは放射線療法をとっていますが、外科手術も一つの方法ですから、患者がその気になればそれも悪いとはいえません」

病院の裏庭は見事に清掃されていて、小粒の丸砂利が白く光り、目をあげると、遠く峻《けわ》しい石槌《いしづち》山脈の山頂近くに雪の積っているのがみえた。

看護婦が次の患者のカルテを搬《はこ》んできて、わき机の上に置いた。

「こういう体質は遺伝するもんなんですかね」と所在なく胃のあたりを撫でながら時枝は言った。

医師ははじめてカルテから顔をあげ、温厚そうな表情を軽くほころばせた。

「どこか具合が悪いですか?」

「胃の調子はしょっちゅう悪いんですね。朝、歯をみがく時に突然、吐きそうになったり……」

「お酒は飲みますか」

「はあ、よく飲むようですね」

「診察してゆきますか?」

今度は時枝の方が微笑した。本当にちょっと服を脱いでもよかったのだが、どんな名医でも初診だけで何か解るというわけでもないだろうし、元来、注射や薬の嫌いな時枝は、医師に微笑して時間をさいてくれたことを感謝して椅子を立った。

「いつか、おやじじゃなくて、僕が来たときにはもっとはっきりおっしゃって下さい」と時枝は衝立のところで医師を振りかえり、医者は、あたかも時枝が患者でもあるかのように、「お大事に」と言った。短い会見にすぎなかったが、時枝にとってはもうそれで充分だった。愁嘆するなら、独りですべきだろうし、なぜか愁嘆しえない自己の内面を嫌悪するにせよ、それも独りで処理すべきことだった。

彼は病院を出た足で、そのまま旅館に帰り、どてらに着かえると、腰に手拭をぶらさげて本湯まで風呂に入りに行った。せっかく来たのだからというあさましい義務感と、医師との会見の結果を父に伝えるために頭を整理する必要があったからだった。

なんのことはない、銭湯をやや大きくしたような脱衣場があり、鍵つきの脱衣箱が並び、そして洞窟のような感じのする水量の乏しい湯船が区画されて二つあるだけの温泉だった。時間はずれで人気のないのをよいことに、時枝は湯船の縁に後頭部をあずけ、足をのばして体を浮かせしばらくうとうとした。閑さえあれば寝そべるのは彼の習慣であり、とりわけ風呂の中で居ねむりするのは若い頃からの彼の特技の一つだった。もっとも、その時、彼は目を閉ざし体を温泉の中にゆらめかせてはいたが、まどろんでいたわけではなかった。珍らしく彼の頭は回転していた。

その時、不意に彼には何かが解りはじめていたのだ。

人の生にはそれぞれの生があり、またそれぞれの生にふさわしいそれぞれの死があるのだが、なぜある生のあり方がより気懸りであり、何故ある死への歩みがより縁遠く思われるのか。それは血縁や地縁の濃淡によるのではなく、やはりその人の志のありようによる。ああ、それはあまりにも単純なことなのだ。

生にとって死は常に偶然であり、それがどんなに一見必然的に見え、あるいは内部から生を蝕《むし》ばむものとしてあろうと、やはり偶然にすぎない。外から棍棒で撲《ぼく》打《だ》されて溝川に転落するのも、内部から癌組織におかされて死ぬのも……。生は生でありつづけようとする本能でありつづける限り、それ自体の内に死を妊《はら》むことはなく、死は常に偶然として生の前に立ちはだかる。そして、その個体自身にとってその偶然のおとずれようを価値的に比較したり意義付けしたりすることはできない。彼にとって意義のあるのは、彼が生きようとし続けてきたその姿勢のあり方であり、その持続であり、終ることなく織り続けた未完の布の模様でしかない。

彼はなんとなく昂奮して風呂を出、新聞雑誌のおいてある二階の休憩室へあがった。広々した座敷に、数人の婦人が車座になって茶を飲んでいたが、彼は部屋の隅に座蒲団を並べて横になった。なにか昂奮しながら、体そのものは動かさず、ごろりと横になっているという構図は、抜き難い彼の悲哀のかたちだったが、いまはそのことには、彼はこだわらなかった。たとえ観念の世界のことにすぎぬとはいえ、珍らしく彼は自発的にあることを考えようとしているのであり、思念の自発性をのぞいて、他により高貴な自発性が人間世界にあるわけでもない。数日前に目撃した事件とその残像は、病みおとろえた父との対面によって何事かを為さねばと思いはじめた彼の内部に、一つの価値顚倒《てんとう》をうながしかけていた。それは他者の目には見えぬ暗い頭蓋の中の孤独な火花にもせよ、その火花を看過しては、これまでの〈無感動〉な生活、自堕落な日常から脱け出す道はなかった。

第六章

一

　休暇の期限を二日超過し、明日の出勤が常にもまして億劫になってしまった冴えない気分で、下宿の潜り戸をくぐったとき、ちょうど矢野駒が来客を送って内側から内玄関の戸をあけた。門から戸口までの甃石《しきいし》の道は、伸び出たくちなしの枝に処々かざされながらも一直線に見通せるのだが、視線はこちらに向いておりながら矢野駒は時枝正和の方には微笑を返さなかった。医者なのだろうか、それとも税務署員か、金融業者か、黒いカバンをさげた人物に矢野駒は深々と頭を下げた。相手の背広姿の客はいくぶん横柄にうなずきかえし、やがて郵便受のそばで躊躇している時枝の方に歩みよってきた。時枝はくちなしの垣にめいり込むようにして道をゆずった。その人物は変型眼鏡をかけていた。上品そうな容貌からみて少くとも金銭問題でおとずれた人物ではなさそうだった。すれ違いざまにその人物は「や」と時枝に言葉をかけ、潜り戸から出ていった。彼は振返って、立てつけの悪い潜り戸が半開きのままにとまってしまったのを見、門の外で自動車のエンジンの始動する音を聞いてから、一たん地面においたボストンバッグをもって戸口に向った。だがその時、彼の姿が見えていたはずなのに戸口は内側から閉ざされてしまっていた。

父の疾病をめぐる郷里での相談ごとは即座には決着のつかぬ内容であり、矢野駒にも気軽に語る話題にはならない。とはいえ、母から預った土産物もあって、時枝のつもりとしては矢野駒や、日頃、予習復習の手助けをしてやっている二人の子供たちも彼の帰りを待っていてくれていそうな甘い予想があったのだった。いつ戻るか、連絡もしてないのだから、駅まで出迎えるなどということはありえないにしても、彼の靴音をききつけて、幾分甘ったれた矢野家の末っ児が走り出てくれるぐらいのことはあるかもしれない。考えてみれば、その方が甘ったれた夢想だが、聞かれれば相談することが山とあるゆえに彼は乗物のなかでは知らず知らず矢野駒に話しかけるようにして、自分の今後の方針を考えていた。

なにがあったのだろうか。客人を見送る際に視線に入っているはずの彼を無視して、矢野駒が戸口を閉ざしたという瑣細《ささい》なことで、時枝の心は冬の荒野のように寒々とした。なにをおれは錯覚していたのか。要するに自分は一介の間借人にすぎなかったのだ。下宿代を払い、賄《まかな》い費を払い、そしてその額に相応する待遇を与えられる赤の他人にすぎない。時枝はこの前庭にもおとずれつつある急激な樹々の凋落を確かめ、そして心に硬い甲羅をかぶせてから戸をあけた。

「ただいま」

彼の声に張りがなかったためだろう、いつもなら台所に通ずる暖簾をおしてすぐ矢野駒か徳子が姿をあらわすのだが、誰の返答もなかった。時刻はもう正午はすぎている。しかし、直接博物館に戻るべきだったなと、彼は後悔した。大仰なボストンバッグをさげて勤め先へ遅刻してゆくのは、いかにも演技めいて面映《おもは》ゆかったから、まず下宿にもどったのだが、課長に休暇超過を謝罪するにもやはり直接出勤したほうが気分的に楽だったかもしれない。

寒々した廊下をつたい、彼は自分の部屋まで歩いていった。暫くはなれていると、この町もこの家も、おそろしく脚下から冷えることを実感せねばならなかった。部屋は妙に整頓されていて、彼の体臭もさり、旅先の旅館のようによそよそしい。なにはともあれ机の前に坐ってみたものの座蒲団はつめたく、手あぶりには火種もなかった。

さすがに足音や障子の開閉の音が伝わったのか、廊下をへだてた奥に人の気配がし、倉の方に通ずる襖が開いた。

「あら、帰ったの」と徳子が言った。

「すみません」と時枝正和は言った。

「変な人ね。なにも謝ることないでしょ。それともわたしにまで謝らなきゃいけない、悪いことでもしてきたの」

　珍らしく徳子は着物の上から白いエプロンを羽織っており、顔もほとんど化粧をしていないようだった。

「妙に静かなんですね、今日は」

「弟たちはまだ学校。辻さんも梶さんも……。いまどき家でぶらぶらしてる方がおかしいでしょ」

「なにか全然未知の家に迷いこんだような気がしましてね。ウールリッチという探偵作家に『幻の女』という小説があるでしょ」

「そんなの、知りませんけれど、昼食はすませたの？」

「いや」

　時枝は土産物を出そうとして、周囲を見まわしたのだが、いま持って入ったばかりのボストンバッグが見あたらなかった。自分しかいなかった部屋から、バッグが不意に消えてなくなるはずはない。

「なにを探してるの？」

「いや」

「ほんとに要領を得ない人ね」

そしてその時、時枝はバッグをあがりかまちに置きざりにしてきたことに思いあたった。

「今日はお勤めには行かないんですか」詰問するように徳子が言った。しかしまったく不機嫌という様子でもなく、火の気のない火鉢に近寄って、風邪気味らしく鼻を鳴らしながら、灰の中の煙草の吸殻を火箸《ひばし》で一方に集め出した。エプロンから匂うのだろう、糊《のり》くさい匂いがし、二人だけの部屋に意外と身近に徳子が膝を畳についているのに気付いて時枝は座蒲団をずらせた。

その時、中庭に面した廊下を矢野駒が時枝のボストンバッグを携えてやってきた。

「お帰りなさい」

一語一語念をおすように言う、その矢野駒の表情は、先刻と打ってかわってにこやかだった。態度の豹変は相手の方なのだが、時枝はなにか見てはならぬ秘事をかいま見たようにどぎまぎした。

「お母さんはお元気だった?」駒は半ばがガラス、半ばが紙の障子を廊下側からあけて、しかし部屋には入らず廊下に正坐した。

「はあ、どうも……」

「お父さんはいかが」

「はあ、まあ」

これは単なる挨拶なのだからいちいち報告するまでもないのだと思いながらも、時枝は父の病状を語った。人間にはその本性のうちに同情でなりとも人の関心を惹き、自己をきわだたせたい欲望があるのだろうか。面と向っている時には、およそ我が事とは感じえなかった父の疾病を時枝はやや誇張して喋る。そして喋っているうちに、時枝は他者の関心の喚起の域すらこえて、いつしか、事を面白おかしく粉飾し、聞き手にサービスしている自分に気付いた。またあとできっと自己嫌悪することだろう。

「おやじの写真を久しぶりにとってやろうと思いましてね。一緒に温泉町を散歩した時、芒《すすき》が金色に光ってる川べりで、後から、カメラをかまえたんですがね。妙なんだな、どうしても焦点が合わないんですよ。カメラがこわれてるのかと思って、道ばたにつながれてた犬にむけてみると、ちゃんとピントはあうんですがね……」

そんなことは全部、創作だった。すでに少し歩くだけでも息切れのする親父を苦労して高松の家までつれて帰ったのは事実だが、温泉街では父と散歩をともになどはしなかった。

「それに医者というのは実に無責任だな」彼は口からの出まかせを続けた。一たん法螺《ほら》をふきはじめてしまったからには、もう容易にはとまらないのだ。「父の病状が本当のところ、どうなのかを聞こうと思って病院へ出かけましてね。やはり順番は待たねばならないんで、受付けで父の名を言って、カルテをもらって、医局の窓口にさしだしたんですがね。看護婦はカルテも見ないで、僕に服をぬげと言うし、医者は僕をベッドに寝かせて、どうですか、具合はと尋ねるんですからね。こんなに齢の違うおやじと息子を間違えるんだから、あれじゃ赤ん坊をとり違えるぐらいは朝飯前だ」

「まさか」徳子が、さすがに疑わしそうに言った。

「いや、本当ですよ、本当」疑われるとむきになって、時枝は弁解し、そして、おれはいつもこんなくだらない口説《くぜつ》で自分をごまかしてきたと一瞬刀を首に当てられたようにひやりとした。

「話が面白すぎますよ、あなたのは」

「事実なんだがな」

「それよりあなた、本当に郷里に帰ったの？」

「は、帰りました。その証拠に、——証拠にと言ってはなんだけれど、母からの土産をあずかってきましたから。内容は何だか知らないんですけどね」

時枝は矢野駒からボストンバッグを受けとり、勢い込んでチャックをはずした。分厚い紙で包装し、不様なほど頑丈に細紐《ほそひも》で結んだ小さな折詰箱だった。たぶん鯛味噌《たいみそ》かなにかだろう、包みの上に少ししみが滲《にじ》み、芳しい味噌の香りがした。

「徳子、いま台所にお茶をかけてきたんだけれど、もう沸いてるでしょ」押しいただくようにして礼をすると、矢野駒は後れ毛をたくしあげてたくみに徳子に用を命じた。しかし、いつものことながら、この家の長女は顎をしゃくるようにして簡単に母の命令を無視してしまった。女も一度嫁いで失敗し、三十の齢をこすともうめったなことでは動じない。やがて姉の房子もこうなるのだろうと感服している時枝に向って、徳子はなお執拗に、休暇をとった期間、あなたはどこかに姿をくらましていたのだろうと言った。まるで、見当はずれな嫉妬でもするような、くすぐったい語調だったから、ふと時枝は余計な錯覚をしかけたほどだった。矢野駒は笑いながら、座を立った。

「博物館にいらっしゃらないんなら、火種も持ってきましょうね」駒は台所へ立っていった。首筋に黒い布を巻いた駒の姿が廊下から消えると、徳子は立膝《たてひざ》のまま火鉢の周囲をめぐるようにして時枝に近寄った。そして机に斜めに凭《もた》れている時枝を、正面から上目使いに睨んでみせた。

「あなた、帰るまえに、恵子をさそって喫茶店へ行ったでしょ」

「あ、ばれたか」と時枝は笑った。

「あなたはなにを恵子に吹き込んだの」

「なにを吹き込んだかって？　それ、どういう意味ですか」

「あなた恵子をそそのかして、弁護士の所へ行かせたんでしょ」

「いえ、恵子さんの方から頼まれただけですよ。ぼくは人をそそのかしたりするほど、威勢よくはありません」

「でも、電話で時枝さんに紹介してもらった人の所に行くからと言って、そう連絡しておいてから、これから寮に泊り込むからって、三日も四日も帰ってこなかったんですよ」

「へえ、本当ですか」

「白らぱっくれないで下さいよ。あなたは、毎晩酔っぱらって帰ってきて、下宿家に迷惑をかけるだけじゃ気がすまなくて、そのうえその家を混乱させて楽しむ気なの」

そう言いながらも徳子自身が、妹が家をあけることで起った家の波紋を楽しんでいるような様子だった。

先程からなにか矢野駒や徳子の素振りが変だと思ったのは、そのことだったのか、と噴き出したいような思いで、むしろ時枝は安堵した。何事によらず、理由も知れぬままに、事柄の変化する気味悪さに較べれば、たとえ誤解されているにせよ、原因がわかった方が気は楽なのだ。

「しかし、いま変なことを言われましたね。恵子さんが何処に泊り込んでるんですって」

「学校の寮ですよ」

「ほう」

ここ数日間、めまぐるしいまでに身辺多故で、出発の朝、百貨店の地下喫茶で恵子と話したことの内容など正直なところさっぱり忘れていた。だが、考えてみれば、あの時の思いつめたような恵子の表情は、彼女にとっては何か重大な決断の前兆だったのかもしれない。地元をはなれていて、事情は解らないながら、恵子の通う学校でも学生寮の管理問題が紛糾しているのかもしれなかった。近頃、新聞は、ベトナム戦の雲ゆきや、アメリカの黒人問題、世界的なスチューデントパワーの擡頭《たいとう》、そして国内にも沖縄問題や基地闘争など、大事件に満ちていて、一女子大の寮問題などは報道しない。——それにしても、彼女は弁護士の紹介をしてくれと言っていたが、彼が書いてやった名刺は役に立ったのだろうか。

「それで、恵子さんは、まだ帰ってきてないんですか」

「帰ってきてますよ」

「じゃ、そんなにこわい顔をする必要はないでしょ。恵子さん自身に事情を聞かれればいいんだから」

「顔に大怪我をして帰ってきて、いまはまだ寝こんでます」

「え、怪我をした。一体何があったんです」

「それが解らないから、あなたに聞いてるんじゃありませんか」

「ぼくは確かにあの日すぐ田舎へ帰ったんですよ。ぼくは知りません」

「嘘おっしゃい。あなたは、あの翌日の午《ひる》ごろにも、まだお家に帰ってなかった」

「いや、それは、……その……」

さっき玄関ですれ違ったのは、やはり医者だったのか、と時枝は思った。妙に近頃医者に縁がある。

その時、なぜだろうか、夕陽のさす石橋の欄干に一人の男の影がよろめき出るイメージが浮んだ。そして藁人形《わらにんぎょう》のような影は欄干を軸に体を二つに折ったかと思うと、ふわっと虚空に浮き、火山地帯の坊主地獄のような泥の中へ顚落《てんらく》していった。何度も何度も想念の中で反芻《はんすう》し、あれこれと新聞雑誌の報道写真を比較考量しているうちに、彼の目撃した場面は、シュールリアリズムの絵画のように単純化され且つ極端化されてしまっていた。事実というものは、それにこだわって、原型のまま記憶にとどめようと努力しすぎると却って、デフォルメされてしまう。顚落者の表情までは見えなかったはずなのに、盲者の作った粘土細工の顔型のように、口を大きくOの字型にあけて記憶され、顚落した溝川の水の色は胆汁のように黄色く変色し、その時、上空にひろがった無関心な空は夕陽に血を流したように真赤に染ってしまっていた。世にいう事実とは一体なになのか。時枝にとっては、はやくもムンクの絵のように歪んでしまった、その情景のほかに、あの事件の事実はないのだった。

それにしても、いま何故、そのイメージが不意に復活したのか。この下宿の次女が、何かの事情で顔に負傷したと聞いたことからの連鎖反応だろうか。それとも、徳子に帰郷前の自分の行動に疑いをもたれたことへの拒絶反応なのだろうか。

薄笑いしている徳子に訊ねるのを諦め、矢野駒が魔法瓶を脇にかかえ、火種入れをもって帰ってきてから時枝は何があったのかを訊ねてみた。しかし矢野駒にもくわしい事情は何も解っていないらしかった。

「いまも丁度、恵子の学校の理事だという方がお見えになって、お見舞いの品を置いて帰って下さったんですけれどね。伝統のあるミッション・スクールの名誉ということもあって、この負傷のことは、どうか新聞社や雑誌社のものには知らさないで欲しいって。そうはっきり言われたわけじゃないけど、そういう意味のことを言って帰られた」

「それで、くわしい事情はおききにならなかったんですか」

「私が悪いんですよ。時枝さんにはもう隠したって仕様がないけれど、矢野章生の表札こそあがっているけれどお父さんは家を出たっきり、もう何年も帰ってこないでしょ。皆さんに下宿していただいてるおかげで、あの児にも好きなように学校には行かせてはおりますけれど、親がいい模範を垂れてなくて、子を責められはしません」

「いや、そんなことは、また別なことじゃないかな」

「いえいえ、私が悪いんですよ。あの子が、家を出て、寮にとまり込むからって連絡してきても、引きとめも迎えに行きもしなかった。つねづね、奨学資金とアルバイトで自活するから寮に入らせて欲しいと言っていたし、そう決心したのなら、仕方がないと思ったりして。腕ずくでもつれ戻す親の自信がなかったんですよ」

「しかしですね。ぼくにはまだ事情は解りませんが、それは恵子さんの怪我とは関係はないでしょ。誰が、恵子さんのようなおとなしい女性を昏睡《こんすい》するほど負傷させたのか、その暴行が何処で演じられたのか、加害者を究明して告訴するぐらいのことはしなきゃいけませんよ」

「でも、お医者さんは、鼻骨は少しくだけたけれど脳の方には別状はないし、二、三日すれば、寝床の上で、起きあがれる程度には回復するだろうと言ってくれますし、今さら人さまをうらんでみても……」

「誰が一体、恵子さんをここへつれ戻したんですか」

「病院から、お友達だという男の学生さんらしい人から電話がありましてね。あわてて行ってみたら、その電話を下さった人の姿はなくて、病院の人も、その人が誰だか解らないって言うんです。その男の学生も頭に怪我をしていたんだけれど、応急手当を受けるとすぐ姿をくらましてしまって、何処の誰だかわからないっていうんですよ。事情を聞きようもない」

「でも学校から見舞いにくるんですから、別に破廉恥な事件をおこしたわけじゃないでしょ。なにか、学園の紛争に関係があるんですよ、きっと」

「だからあなたに聞いてるんじゃないの」

徳子が横あいからヒステリックに言った。

「ぼくにわかるわけがないでしょ」

「でもね、時枝さん」矢野駒が魔法瓶から茶碗に茶をそそぐ手は小刻みに震えていた。

「なにも今でなくったっていいんですけど、恵子が何を考えてるのか、もしあなたに理解できるんだったら、教えてください」

「そりゃ、ある想像はつきますけれど」

「なにを考えてるのかしらん。本当のところは、ここ数ヵ月、恵子は私たちにはろくに口もきいてくれてないんだから」

時枝は考え込んだ。ある一人の青年が自我に目醒《めざ》めたとき、これまで没入して疑うことのなかった家庭環境に対してどういう態度をとるか。自己に閉じこもって家庭が代表する世俗の価値観を拒絶するか、それともより高次な準拠集団を求めて、その準拠集団の価値観によって家庭を批判するか。いろいろの個性はあっても、大きく分岐する態度のあり方はその二つだろう——もっともこれは男の場合であり、女性の心理がどう動くのかは、時枝には自信はなかった。

「ともかく、恵子さんが家におられるんなら、ちょっと、お見舞をさせて下さい」

あまり急に立ちあがったために貧血をおこして、視界は融暗し、時枝は、網膜の裏のぼんやりした赤みを数秒間、睨んでいなければならなかった。威儀を正して、貧血を起したことを気取られぬようにしたつもりだったのだが、今度、視野がひらけたとき、障子に向って立ちあがったはずの彼は、百八十度回転して、反対側の違い棚の方を向いてしまっていた。違い棚の上に積んだ乏しい彼の美術書は元のままだったけれども、その横の床の間の掛け軸は、季節にふさわしい山水画にかけかえられていた。杉の茂った峰がそびえ、中腹に霧がたちこめ、麓の渓流に筏《いかだ》が浮んで、簑《みの》を着た小さな筏師が流れに棹《さお》さしていた。処々に雪のつもった画面は現実の季節を先取してむしろ寒々してみえる。中国明《みん》代の画風を真似た明治期の画人のものらしく、特別見ばえのするものではなかったが、まだ顔をあわしたことのない矢野章生というこの家の主は、多少の鑑識眼は持っていたとみえる。

「なにをしているの？」と徳子が目まいと闘っている時枝に声をかけ、時枝の方は、それには関係なく「いい絵ですね」と言った。

矢野家の次女の恵子は、仏壇のある奥の間に臥《ふせ》っていた。音をしのばせて、矢野駒のあとから部屋に入ったのだが、その気遣いは無用だった。顔は幅広く繃帯《ほうたい》で鼻から顎にかけておおわれていたけれども、目は醒していて、鋭い視線が下から時枝をつき射した。ほんの数日前無邪気にうるおっていた目が、故知れぬ暗い憎悪に光っている。自分が憎まれるいわれはないながら、時枝は一瞬うろたえて目をそらせた。

部屋には、少し熱っぽい空気がよどみ、争えぬ女の体臭が漂っている。蒲団は時枝のものより質素で、同じ屋根の下の生活ながら食間より奥は知らなかった矢野家の生計の実状をみたように思った。日当りのいい部屋を下宿人に占領されて、恵子には独立した勉強部屋もないのだろう。奥の間の一隅に、可憐な漆塗りの経机と小さなカリンの本箱、そして煉瓦色のセーターがつつましくハンガーにかかっていた。

「どうしたんですか」時枝は言った。

その時には、最初の憎悪するような目の光は収斂《しゅうれん》されていたが、切れ目の長い一重瞼《ひとえまぶた》は幾分腫れっぽたく、やはり拒否的だった。

時枝に弁護士の紹介を依頼した時、彼女は学生寮問題について話していたが、それがこじれたのだな、と時枝は直感した。かつてはていのいい花嫁学校にすぎなかったミッションスクールにも、政治の波は押しよせているものとみえる。

「何があったのか、さしつかえなければ話して下さいませんか」と時枝は言った。傷が顔にあることで、却って、怪我のぐあいはたずねにくかったのだ。

「話を聞いて下さるお気持があるなら、お願いがあるわ」と体を動かさぬまま、やや性急に恵子が言った。

「なんでしょう、ぼくに出来ることなら」

「いま母が受取ってしまった見舞品を、学校まで返しにいって下さらないかしら」

「それじゃ、お前、さっきから起きてたの」駒が言った。

恵子は母の問いかけには返答しなかった。

「事情を話して下さるのなら、つかい役ぐらいはひき受けますけれどね」

「そんな失礼なことを」駒が横から口をはさんだ。「それにそんな妙な役目を時枝さんに押しつけたりはできませんよ」

だがやはり恵子は母の言葉には反応せず、時枝は険悪になりかけた空気を和らげようとして、

「いいですよ、ぼくは」と言った。本当は、自分に関係のない紛争に首をつっこんだりするのは煩わしかったのだが、いいがかり上そう言わざるを得なかったのだ。そう、彼はいつもそのようにして余計なことに捲きこまれ、不愉快な破目におちた。

「なぜ、そんなにひどい怪我をしてしまったんですか。相手がわかっているのなら、友人の弁護士を通じて……」

「見舞品をつき返しに行って下さいます？」

同じことを恵子はくりかえす。

気配を察して、駒は時枝に合図し、席をはずした。

矢野駒の懐の広い親切さや断えることない微笑から、これまで時枝はこの矢野家の一族は、めずらしく和気藹々《あいあい》と生活しているものと思い込んでいたのだが、それは時枝の孤独の射映さ

れた幻影にすぎなかったようだった。父と子の角逐よりも冷たい、世代の溝がこの母と子の間にも掘られてしまっている。駒もまた、血の連繫のない下宿人によってその母性本能をみたさねばならぬほどに宙に浮いているのだった。

そして、その溝の形成が自分と夫との不和に原因すると思い込む駒の思いも、間違っているわけではあるまい。矛盾は常に内側にあって、内に貫流するものと同質のものが外に発見できたとき、人は外に向けて怒るものなのだから。ただ時枝にとっては恵子は矢野駒あっての恵子であり、若い女性とつながりの出来ることに心はずまないわけはないとはいえ、駒を悲しませるような媒体になるのは気の進まぬことだった。

矢野恵子が負傷するに到った事の経緯は、およそこういうことだった。

彼女のいる女子大の寮の問題は寮の学生による自主管理や増寮要求など、項目だけをあげれば他の諸大学でおこっている紛争と共通するけれども、その実体は相当に特殊だった。ミッションスクールという学校の性質上、寮生には礼拝の規定や義務づけられたミーティングがあり、さらに、寮監は簡単なノック一つで、事実上は勝手に寮生の部屋に出入りすることができた。もともと新入寮生の選考権でもめていたところへ、時枝が四国に立った日に、一つの不祥事が重なった。ある寮生が学外で自殺未遂事件をおこし、舎監が学校の命を受けて、その未遂者の所持品の点検をおこなった。寮は個室ではなく、二人ずつの部屋が簡単な内ドアになって隣室と通ずる構造になっていて、本箱を内ドアの前に置いたりして遮っている場合が多いものの、建物の構造自体としては四人一組になっている。自殺未遂の報が入ったのが、学校ではまだ授業のなされている午後二時頃で、舎監は学生補導委員とともに、その寮生の部屋に入った。補導委員は女性教授だが、そのほかには牧師である学生部委員が部屋の前まで同行した。内ドアの向うの隣室には授業を休んでいた学生がいたのだが、舎監と補導委員は緊急の権限によって無人の部屋に入り、遺書や薬物があるのではないかと、所持品を点検したのである。そしてその点検は、押入れを二つにわけて使っている、自殺未遂者と同室の者の所持品にも及んでしまった。物音の異様さに気付いた隣室のものが、日頃は相互に契約して使わない内ドアをあけた。その時、舎監は押入れの中に首をつっ込んで物色をしており、補導委員は机の上のノートをひらいてみていた。

その日の夕刻、寮生大会が開かれて、当然それが抗議集会となり、これまで要求されていた項目のほかに舎監の追放とプライバシー侵害、人権侵害に対する糾弾が加わった。ところで、何といっても女性ばかりの大学のことだからそれが女子大だけの問題として終始するのなら、暴力沙汰など起らずにすんだかもしれなかった。だが、隣接して、経営母体は同じである教育大学があり、そこでも同じく争われていた学生会館と寮の運営管理をめぐる抗争と、当然のことながら結びついた。くすぶっていた学生の不満は爆発し、学生大会が開かれ、共闘組織ができた。学生部長との団交、さらには両大学の学長、そして理事長との団交要求へと、わずか二日のうちに事態は拡大した。理事長はいちはやく姿をくらましてしまったが、学長はともかく団交に応じて、講堂に姿をあらわした。

背後にステンドグラスがあり、キリストの十字架の塑像のある講堂である。学長は空しい後光をいただいたまま立往生し、なんら学生側の要求には答ええないまま、まる二日が経過した。理事会や教授会はそれを一部学生による学長の軟禁と難じた。矢野恵子もその団交に加わっていたのだが、二日目の夜、教育大学の方の守衛と体育科の学生が学長救出のために大挙しておしかけ、学生の大半は校外や寮へ、一部は明徳館と名付けられていた学生部のある建物へと逃れた。学生部に逃れた者は、なおも学生部長の責任を追究しつつ、会議を続行しようとしたのだが、体育科の学生は、再度そこにも押しかけ、その建物の一階で乱闘が起ったのだ。だが、学生服は着ていたものの、その闖入者《ちんにゅうしゃ》がはたして体育科の学生ばかりだったかどうかはわからない。明徳館に逃れた学生の半数近くは女性だったが、不意に突入してきた男たちの怒号におされて、別の扉から逃れ出たとたん、彼女は棍棒のようなもので殴り倒されたのだという。

「この糞《くそ》ったれ女どもが……」

一瞬、口腔に熱い血があふれ、そして倒れる瞬間に、彼女は、その罵《のの》り声をきいたという。

「糞ったれ女どもって、——男の人は心の中ではそんな風に女を見てるんですか」

鼻軟骨がくずれた衝撃よりも、痛みの癒えたいまは、彼女はその罵言《ばげん》の方にこだわっているようだった。

「男の人の影にかくれるように慎しくしていないと、なにかを主張したりすると、そういう風に見えるものなの」

「女ども……か」時枝は視線を空に浮かせた。問われてみれば、彼にもそういう種類の思いはなくはなかった。そして、人がしばしば指摘する財の所有による人の支配とはまた別に、個我の意識が他者を物化する、もう一つの恐ろしい支配の形態がたしかに人間に内在する事実を時枝は思った。それはむき出しの他者との摩擦を避け、古美術にのみ没頭することで、しばらくは忘れ去っていた心理だったが、避けて見ないということは、それが存在しないことを意味しない。「糞ったれ女ども……」一つの握り飯を争って、二人の男が棍棒をふるいあうのなら、まだしもそこには救いがある。要するに握り飯を二つにすればいいからだ。だが、握り飯が二つあっても、長い支配と被支配の関係の中に浸されてきた人間の意識は、他者を隙あらば物としてみようとする。そしてそれは、雄雌の長い支配被支配関係にこそもっとも露骨にあらわれているることなのだ。

ポケットに煙草をさぐり、しかしマッチのないままに、煙草をあきらめ、ふと見おろすと、顔の半ばを繃帯におおわれて、そこだけが目立つ矢野恵子の切れ目の長い目に大粒の涙が光っていた。可哀そうに、彼女は容易に癒せない傷を受けた。肉体のそれではなく、むしろ心の傷を。時枝は、その涙を指先で拭ってやろうとし、そして、自分でも予期せずに、目尻から流れおちようとする涙に唇をよせて、それを吸ってしまったのだった。恵子はびくっとし、しかし声はあげなかった。少し塩からく、そして意外に冷たい滴だった。やがて恵子の腕が蒲団の下から動き、蒲団の襟をひきあげて、栗色がかった髪を残して、顔はかくされた。そのかくされた蒲団の中で、彼女の目が以前のように憎悪に光っているのか、あるいは閉ざされたまま涙にぬれているのかは時枝にはわからなかった。

鼻の軟骨だけではなく、棍棒を彼女の顔にふるった男は、この女性が持っていた幻想、人間への信頼を根底から奪ってしまった。幻想はいずれは失うべきものなのだから、ただその失い方の不運を慰めるのが思い遣りかもしれなかった。どうせ、人間など、まともに相手にすべき存在ではないのだからと。しかし、時枝は久しく忘れていた怒りをおぼえた。むらむらと、誰に向うとも知れぬ褐色の憤怒。

「今からでも、あなたの学校へ行ってきてあげましょう。理事に会えなければ学校の事務所にでも見舞品を投げつけてきてあげよう。はっきりとあなたの名前を名乗って……」

そう、彼女はいま権威ありげなものを拒絶する力をもったのだ。心の傷を代償にして、人の謝罪や悔悟にたぶらかされることなく、全的に拒絶する力をもった。無意味な人生、ただ慣習と惰性で流れてゆく、世間の時間から、はみ出して、自分自身を見つめる勇気をつかんだ。

昂奮のおもむくまま本当に時枝はそうするつもりで食事の間に出て、見舞品は何処にあるのかを駒に尋ねた。心配そうに二人の話の終るのを待っていた矢野駒は、しかし見舞の品を時枝に手わたそうとはしなかった。

「そんなことをしたら、恵子は二度と学校の門をくぐれなくなってしまいましょう」

「そんなことはどうだっていいじゃないですか」と時枝は思わず大声を出した。

矢野駒の目は大きく瞠《みひら》かれた。

「あなたはそんな方だったんですか、あなたは今までこの家に下宿して下さったどの人よりもぐうたらだけれど、でも、どの人よりも優しい心の持主だと思っていたのに、そんな鬼のような使いをなさるんですか」

「鬼は相手ですよ。組織の後光をおびている奴はその後光のゆえに永遠に反省しない。黙って泣寝入りしていてはかさにかかって抑えつけてくる。殴られれば及ばずまでも殴りかえすべきですよ。それが……」

「いいえ、いけません」

「恵子さんの名前を出すのが具合がわるければ、責任は私が持ってもいい。殴り込んできてやる」

矢野駒は、台所の水屋《みずや》の戸をあけ、中から紙包みをとり出すと、それを火の気のない竈《かまど》に押し込んだ。日頃は電気釜がつかわれていて、今はほとんど使われることのない土の竈に、矢野駒は狂気のように新聞紙をつめた。

「燃してしまったらいい。焼いてしまったらいいでしょ」

駒は不意に幼な児のような表情になって、何本も何本もマッチを擦った。彼女の手の震えがひどくて、マッチは容易につかなかったが、駒もやはり徳子や恵子の母であり、いったんきめたことは、とどめようのない頑さをもっていることを、その時、時枝は竈の前に踞《うずくま》った矢野駒の背中からはっきりと読みとった。

二

翌日、勤めに出てみると、博物館の出しものは変っていた。美術の秋とはいえ、美術館とは違って博物館の方は、院展や二科展、その他定例の華やいだ展覧があったわけではなかった。しかしそれでも、重要文化財仏像展や雪舟展など一堂には集め難い美術、工芸品の展示があり、明治百年を記念する特別企画もあったのだが、この盆地では秋から冬への歩調ははやく、展示の方も一年の盛時をたちまちにすぎて、彼が戻ったときは、地味な絵巻物が常設の銅鐸や円鏡、花瓶や茶器に色を添えているだけだった。高校の教師から転職したはじめには、それでも学芸員らしい好学心もあって、展示が何であれ、その展示物に付ける解説文なども、進んで書こうとし、あるいは同僚の書いたものをメモる情熱もあったのだが、時枝はもう来館者の記念のための絵葉書一つ手にとってみようともしなかった。

まず事務所にゆき、課長に休暇延長のわびを言い、「君はのんきでいいな」と皮肉をあびせられ、そして机の前にすわるいとまもなく命ぜられたのは、外人の館内案内だった。この古都が世界の各地にもっている兄弟都市の一つであるソヴィエトのレニングラードの学者たちが、友好団体を通じて訪日しており、今日、京都遊覧の途次にこの博物館内見学におとずれるという。

「君は左翼だから、ロシア語ができるんだろう」と課長は言った。

「出来ません」

「履歴書の特技欄にそう書いてあったんではなかったかな」

「学生時代、わたしの専攻は日本史です」

「ま、通訳はついてくるだろうから、君がやってくれ」

ロシア語云々は、要するに課長の嫌味にすぎなかった。同僚たちは、聞えているのかいないのか、机の上の書類に目をふせたまま黙っていた。たとえ閑であっても、なんとなく忙しい様子を装うのにたけた同僚たち。

博物館には専門の応接係はなく、貴賓客に対する展示品の説明役も、従来も手のあいている学芸員が行う習慣だったから、拒絶することはできなかった。しかし絵巻物の研究を専攻している学芸員は他にもいたし、軸巻の修繕を担当して、地下室で作業している技官にも、時枝などよりはるかに詳しいものもいる。あきらかに休暇を超過した時枝に対する嫌がらせだったが、彼の側に正義のない以上、抗弁はできなかった。

「何時ごろでしょうか、お客さんのみえるのは」時枝は言った。

「役所からの連絡では四時ごろと言っていた」

「じゃ、ちょっと準備を」

時枝は席を立ち、事務所を出た。

マスクをかけたままタイプを打っていた受付けを兼ねる女事務員が、時枝を呼びとめて、休暇中にあった電話のメモを手渡した。彼はその紙切れをまるめて棄てる前にちらっと相手方の電話番号と名前に目をおとした。見ないでも、相手が誰かは解った。名前は山田とか、中村とか思い付きの名が並んでいたが、誰が電話をしたのかは、あきらかだった。

博物館は、古くからある旧館と保存倉庫のほかに新しく温度や湿度の自動調整設備のある新館が付け加えられていて、その間が短い渡り廊下でつらなっている。時枝はいつも通用門から入るが、玄関門は庭を距ててその渡り廊下と向いあっており、手入れのゆきとどいた庭が、その渡り廊下から見渡せる。時枝はふと渡り廊下の途中で足をとめた。前庭の、手入れのゆきとどきすぎて幾分人工的な植込み、まだ枯れやらぬ芝生や、その芝生の処々に半球型に刈り込まれたさつきの灌木《かんぼく》、複雑に枝の屈曲した松などが、奇妙に新鮮にみえたからだった。

人との関係は、別離を意識したときには醜く歪むものだが、自然は訣別の視線に、はじめてその本来の相貌を浮き立たせる。晩秋の、いやもはや初冬の日射しが、風と協力してため池を波だたせていた。噴水装置のあるその小堀の波は、あたかも鱗《うろこ》のひるがえりのように微妙だった。彼が留守をしている間に雨でも降ったのか、日頃は、塀一つを距てた大道路をひかえていて埃りっぽい植込みの樹々は、その葉や冬の花の一つ一つまで清楚だった。その美しさから、逆に彼は、自分が、いずれはここを立ち去るものとして、眺めていることを自覚した。無常感は樹々に投影されて、微風にゆらぐ。

なにか、ある想念の蠢《うご》めき、ある抒情の波立ちがあった時の癖で、時枝はでたらめな歌曲を、小さく口ずさみ、そして旧館の方へは行かずに、庭へとおりていった。儀礼的な訪問のことと て、そんなに専門的な説明が要求されるわけではなく、説明書のパンフにある程度のことを、いくらか修飾すればいいのなら、なにもあわてることはなかった。いくら彼が怠け者でも、平家物語絵巻や、枕草紙絵巻の解説をするのに準備はいらない。もしも困れば地下の技官に援助を乞えばよい。職人気質のその技官は気むずかし屋だったが、酒のつきあいはあって、教えを乞う態度で接すれば意外に親切でもあった。落着いてみれば、課長のいやがらせに周章して、じたばたすることはなかった。

彼は、あとで読もうと思って、ポケットにねじこんであった、週刊誌から破りとった紙片を出し、来館者がちらほら坐っているベンチにまぎれこんだ。事務所の窓から、この緑色のベンチのあたりは見透せるはずだったが、多分課長の目には、時枝があわてて、絵巻物のパンフを暗誦《あんしょう》しているようにみえるだろう。

数日前に目撃した事件の報道は、きっとより詳細に、より広汎《こうはん》になっているだろうと思った彼の期待は完全に裏切られた。今週の週刊誌でなお関心を持続させているのは、ほんの一、二の、政治問題を半ば専門的にあつかう週刊誌だけに限られてしまっていた。

事件は次々と無数におこり、人々の関心も息せききって新奇なものを追う。新しい情報を、より新しい情報を、と中毒患者のように人々は情報を追い求めこそすれ事件の本質や、その原因の地道な究明など人々は求めてはいない。昨日、空港わきの石橋から一人の学生が顚落したグラビア写真は、今日は、高速道路で激突した自家用車同士の惨状にとってかわられ、死者の肉親の歎きの記述は、次にはたちまちに映画俳優の痴情関係の暴露にとってかわられる。大人は精神のトップモードを追い、少女たちはグループサウンズの演奏に失神し、少年はシンナー遊びに失命する。提供される文章を追っている限り、この世はすでに階級社会ですらなく、何か無規定な情報社会になっているという。一人の人間の死にざまがどうであったかなど、尨大《ぼうだい》な情報の渦にまき込まれ、たちまち雲散霧消するのだ。

昔、彼は高等学校の教諭であり、歴史科を担当していたころ、歴史的記述とはいかなるものか、真実とはいかなるものか、今から思えば若気のいたりの情熱をこめて、生徒たちに語ったことがあった。

昔、西暦で言えば紀元前五四八年ごろ、中国の春秋時代、斉《せい》の国の重臣の崔抒《さいじょ》は、かつて自ら伐《う》った晋《しん》の国の反撃をおそれ、自国の王の首を捧げて自分はたすかろうとし、王を自分の妻と姦通させておいて、自宅で王を謀殺したことがある。その国の歴史官は、そのことを公式記録に「重臣の崔抒は其の君を弑《しい》せり」ときっぱり書きつづった。崔抒は激怒してその史官を捕えて殺害したが、その弟がまたあとをついで、同じ文句を竹簡《ちくかん》にかきつけ、また殺され、そのようにして殺されるもの三人。なおもその弟が事実を記録すべく、史官の任務をついで立った。その時にはさすがに、崔抒も手を下すことを思いとどまったのだが、しかし一方、史官の家系がことごとく殺戮されたと伝え聞いた史官補佐の家柄のものが、みずからも、また同じ運命を甘受すべく、簡札《かんさつ》をとり、記録所にはせつけようとしていたという。

歴史とは何か。事実とは何か。事実は何によって問いかけの力をもつ真実となるか。あることが起ったことの記録によってではなく、その記録をなすものの、人間としての自覚と決意、個人的生命を超える決意の自立によってのみ、事実は真実となる。

かつて教壇からそのことを語ったとき、実際には、どうであったか解らない史官補佐の者の記録所にはせつける際の描写まで、彼はやってのけたものだった。馬にまたがり、砂煙をたてて、彼は死地へ急いだのだと。

史官は、いってみれば専門化された傍観者にすぎないだろう。革命家が最初から喪服を身にまとった人間であることの対比で言えば、司馬遷《しばせん》がそうだっただけではなく、歴史家は本質的に去勢された人間といえる。しかしそれにしてなお、自立した人間の決意があって、過去の個々人の行為や、社会的な現象は、次の時代の人間の理念にくりこまれてゆくのだ。彼は確かにそう生徒たちに語ったはずだった。だがいま、報道機関には、事実を、その本質を究明することによって理念化する意図はなく、そして彼自身も、マスコミの報道に不信を投げかけるだけで、自分の目撃したことを誰に告げようともしていない。

関係する紙面だけを週刊誌から破りとってきた紙切れには、死んだ細川富夫がガール・フレンドにさし出した書簡や、大学ノートに書きしるした感想文の抜粋がしるされ、もう一つ別のものには、死体の解剖結果が公表されないことを糾弾する政治運動家であり同時に文学者である人の論文が掲載されていた。

時枝はしばらく、どちらを先に読むかの選択にまよった。

興味は、死者の個性を知ることにあったが、むかし彼は高等学校時代、大学ノートに日記体の深刻振った随想録を書きしるして、親しい友人にみせたことがあり、「ナルシシズムもいいところだ」と、罵られ、穴があれば入りたい恥かしさを味ってから、およそ未成年者の日記や遺書などには、自己嫌悪に似た嫌悪感をもっていた。これまで一切そういうものは読まないようにしてきたものだった。

美は必ずしも死によっては購《あがな》えない。この文章もきっと、腋《わき》に冷汗の流れるような自己陶酔的なものだろう。彼は銭湯の番台の前で一瞬逡巡するような視線を文面に投げかけ、何も見なかったようにしてすまそうとして、ふと心を奪われた。書簡の冒頭が、気どりのない、しかし、いい文章だったからだ。

「今度の日曜日、いっしょにデートしないか、浅岡君」

二人だけのコミュニケイション。しかしそれが偶然他者の目にとまっても、嫌味にはならない、ある健康さがあった。その一文が目にふれた時、ああ、こういう率直な時代がやってきたのかという感慨とともに、彼はその死んだ細川富夫なる青年が秀れた資質をもった青年であったことを直感した。

コンドノニチヨウビ、イッショニデイトシナイカ、アサオカクン
その手紙の冒頭の文章を舌のうえにころがしてみるとき、呼びかけられている、少女の側の顔付までが浮んでくるようだった。

——おれは既に三十を過したこの年齢まで、こういう口調で女性に呼びかけたことはなかった。それは機会に恵まれなかっただけではなく、こういう言葉を吐ける姿勢がなかったのだ。異性をではなく、愛の観念を極端に貴重なものと思いこむことによって、却って現実の異性を侮辱し、金銭で性を買うみじめな経験によって、人間関係全体に対する偏見を身につけてしまっていたからだった。彼はその時、遠く安全な地点から、遠景として、それまで見ていたヘルメット姿の学生の素顔を、はじめてひょいと覗いたような気がした。そして、その時、彼ら学生運動家に対して、懐いていた愛憎共存し、あるいは近親憎悪するある情念が不意に崩れてゆくのを感じた。

手紙は、デイトの誘いに続いて、こう続けられていた。

「君はぼくのここ一年間の行動をあまりにも反抗的だと書いてきたね。高校時代、君もその一員だった社会科学研究会の運動がそうであったように、温和な啓蒙活動や日常的な改革をおしすすめるのがいいと忠告してくれた。君にはその忠告の資格がある。なぜなら、現に君はそれをやっているのだから。

しかし浅岡君、君がぼくの最近の行動を反抗的だとみ——それは事実そうなのだが——それを学校や社会の改革に裨益《ひえき》するよりも、むしろそれを破壊し阻害すると考えるのには反対せざるをえない。なぜと言って、反抗は革命の概念より下位に位するものとは限らないのだから。新聞雑誌の論調は、革命を恐怖する者も支持するものも、革命の概念を暴動や一揆、反抗や叛逆よりも上位においている。いや、論者がいわゆる進歩的文化人であればあるほど、学生運動を、労働運動と同じ原理、つまりは獲得すべき経済的利益や身分的保証など、つまりは有効性の基準からはかろうとしている。これは目標達成に役立つ、これは役立たないといった具合にね。たとえば共産党や民主青年同盟の諸君は、いわゆる革命勢力の統一を妨害するものとしてラディカリズムを嫌悪し、組合運動家もまた迷惑げに眉をひそめてみせる。自分の命令に唯唯《いい》諾諾《だくだく》として従わないものをすべて敵よばわりする脳軟化症は論外としても、仮りに〈革命〉がその陣営の人々によって本気に志向されているにせよ、そうは言えないのだよ、浅岡君。なぜといって、反抗はそれ自体、独自な行為だからだ。革命はなるほど経済的分配のありかたを変え、権力のありかたをかえるかもしれないが、人間が真に何者であるかを啓示し、人間の存在形態に血の犠牲を通じて反省を迫るのは、むしろ孤独な叛逆であり、ついえ去った反抗だからだ。人間の存在論的覚醒《かくせい》は、むしろ革命前夜のテロリストの側にあり、政権をとったのちに自己保存に汲々とする官僚党員にはない。ぼくの叛逆、ぼくの反抗は、それ自体、革命や改良に結実しなくてもいいと思っている。ぼくはぼくの行為が、一つの目標達成のための道具としてあつかわれたり、単なる歴史的段階の一つに還元されることを拒否するのだから。むしろ結びついては不自然なのだ。浅岡君、解ってくれたまえ。ぼくは決して政治的な人間ではない。ぼくは政治的な示威行為にも、多数の一員として参加はするけれども、それは一党一派の政治目標の達成のための一つの歯車に自分をするためではない。そんな殉節はごめんこうむる。それは自分を一個の人間としてではなく、一つの手段、一つの物としてあつかうことだから。大衆の中の個ということは、目標のための手段というのとは違うのだ。

浅岡君、ぼくはこう思う。人は革命家にならなくても人間らしく生きてゆけるが、叛逆する精神を失っては、もう自己は自己自身たりえない、と。

浅岡君、君は、君の兄さんの例を聞かせてくれた。学生時代、華々しい活動家でありながら、卒業して就職し、学生組織をはなれるやいなや、きれいさっぱり思想から足を洗い、企業に忠誠を尽していると。それでもやはり心が痛むのか、時おり鬱病にかかっては意気銷沈《しょうちん》し、旅行や賭博に気をまぎらわせている、と。君はぼくもそうなるのではないか、あまり無理をしないほうが首尾一貫できるのではないかと心配してくれている。お気遣いは大変有難いけれども、君の予想はぼくにはあてはまらない。なぜといって、ぼくにとっては、最初から、自分の行動が、何らかの政治集団の意向に合うか合わないかなどが問題なのではないからだ。君の兄さんを非難することになるのは心苦しいが、学生時代から、自己が何ものかに所属するその帰依感で充実を覚えていたその精神のあり方そのものが、すでに間違っていたのであり、君の兄さんの場合はただ帰依対象が変っただけのことなのだ。

ぼくは革命家ではない。しかし、ぼくは、帰属感情によって自分を支える奴隷根性や官僚主義とは無縁な人間として自分を鍛えたいと思う。ぼくは、ここのところ、新聞雑誌を熱心に読んでいるが、最近一つのことが解ったよ。それは、敵もさるもの、もの解りのよい大学教授や社会評論家などよりも、むしろ頑固一徹な保守主義者や財界の指導者たちの方が、むしろ、〈反抗〉の意味をよく理解しているということだ。

彼らはね、学生の政治運動が直接革命に連らなってゆくなどとは思ってはいないよ。彼らは彼らなりに自信をもっている。彼らが築きあげてきた経済的繁栄、彼らが闘ってきた国際的な競争、彼らが隠しもっている金力と武力とに、彼らは自信をもっている。彼らは少くとも今のところ、革命を恐怖してはいない。彼らが恐れているのは、政治的有効性の論理からはずれた反抗と否定なのだ。つまりは伝統的に築かれてきた、人間とはこういうものであり、こういうものでしかありえないという規定の枠が、わずかな部分ながらも突きくずされかけていることを憂慮しているんだよ。それはいまのところ、針の先でつついたほどの傷でしかないかもしれないけれども、巨大な堰《せき》も閘門《すいもん》も、蟻《あり》の穴からくずれることだってある。堂々たる革命理論をもって、合法的に闘う勢力、あるいは敵と同質の戦略戦術で戦う集団よりも、もっと恐ろしいものが擡頭《たいとう》しつつあることを彼らは知っている。それは、これまで疑われることのなかった人間精神のスタティクな解釈、人間存在の本質の恒久視に対する、小さな小さな疑惑であり、反抗なのだ。つまりはぼくたちなのだ。

浅岡君。こんどの日曜日にデイトしよう。ぼくはぼくの描いた絵をもってゆく。それは君への捧げものだけれども、同時に、ぼくのつもりとしては、お互の家庭がぼくたちの、これまでの交流をある程度、公認してきた、その〈うるわしい〉理解への疑念の、絵画的表現のつもりなんだ。つまらなければ、捨ててくれていい。じゃ、さようなら」

以下に続く、友人あての書簡や省察録は、やはりひたすらに自己にこだわり、人間の存在形式にこだわり、それを超越するすべはなにかと、苛立しげに自己に問いかけていた。

時枝は、顔も知らず名も知らぬ、浅岡なる女性の兄に、現在の自己の姿を見、そして、ふと、この細川富夫が描いて恋人に手渡した絵を見たいという希求にとらえられた。ひたすら自己超克しようとしていたその存在そのものは、石橋からの墜落によって死滅したが、なお残っている彼の志の一つである、その絵を、彼は見てみたかった。それはあるいは拙劣なものかもしれない。しかしその希求は彼がいま職務として果たさねばならぬ、古き絵巻物を、外人に解説するために一応見ておかねばならぬ義務よりも、遙かに、遙かに熾烈なものだった。

第七章

宮仕えする身の悲しさ、矢野恵子に依頼された用件一つはたすためにも、時枝正和は勤めを休むか早びけせねばならなかった。交渉相手が学校であってみれば、日曜日に出向いていってでも意味がないからだ。そして、欠勤は、ただその期間の自分の作業に空白ができるというだけではなく、何年か勤め人生活をした人にしか解らぬ仄暗《ほのぐら》い譴責《けんせき》感でその空白を満たすことを意味した。彼はまた勤め先での残り少ない信用を失うのだ。

恵子の通う女子大は、この古都の中心部にあった。御所の石垣とその上の生垣、その向うの松の植込みが、市電の二停留所分の長距離にわたってつづく、その反対側に、煉瓦造りの校舎がみえる。その構内に、白く低い教会もあって、時枝はもう十年近くも昔、その会堂で、結婚式をあげた友人のあったことをふと思い出した。花婿はもちろん、花嫁も時枝たちの学生時代のグループの構成員だったが、モーニングと純白の花嫁衣裳があたかも友人たちに対する訣別の装いででもあったかのように、結婚後は交際がぷっつりと途絶えたものだった。二人の結婚をめぐって、特に時枝の側に心理の軋轢があったわけではないし、仲間うちで陰微な内訌《ないこう》があったのでもない。結婚式と披露宴に参列したものは、心から二人の、門出を祝い、テーブルスピーチのあいだも笑いの絶え間はなかったほどなのだが、なぜだろうか、新婚旅行から帰って、新居からの形式張った礼状がとどいて以後、それまであった友情も連帯感もきれいさっぱり消えてなくなってしまったのだった。

まるで巨大な墓標でも見るように、時枝はしばらく、その教会の前に立っていた。白い壁に変化はなく、アーチ型の円みをもった門とその奥のひっそりした気配も、昔のままだったが、ただ、かつて友人の結婚式のときにはなかった立看板が教会の玄関をなかばふさいでいた。若葉寮自主管理貫徹、そして学生の人権を侵害する理事会の更迭要求のスローガンがその看板には大書されていた。女子大にふさわしく、校庭の樹々の茂みも、どことなくまるみをおびて映る、落着いたたたずまいの中に、その看板が不協和に自己の存在を主張している。ひっそりと静まりかえっている赤煉瓦造りの校舎や白い教会の内にこそ、巨大な虚偽がかくされているのだろうが、表づらでは立看板の方が、孤独な汚点のようにみえる。授業中だからだろうが、人影は学校の構内にもほとんどなく、高く空につき出たヒマラヤ杉の茶色がかった梢《こずえ》を仰ぎみながら、自分の姿も、他者の目からはこの校内の汚点のように映るだろうと時枝は思った。

塀一つへだてた道路から、時折、市電の走るにぶい音が響き、そして、近くにある同一資本の教育大学の方から、マイクで何事かを訴える声が流れてくる。アジテーション特有のリズミカルな抑揚が伝わり、しかし距離がはなれすぎていて、言葉の意味は聞きとれなかった。

木立のかげから、腕をからませて歩いてくる女子学生二人の影をみとめて、時枝は事務所のありかを聞くべく近寄っていった。

「寮ですか。寮は男子禁制ですのよ」

なにも聞かない先に、髪を長くのばし、たばねた髪を片方の肩から前に垂らせた女子学生が言った。「寮生の身うちの方なら、まず寮の自治委員がおあいしますけれど」

新聞記者か寮生の近親の者と間違えられたのだろう。もう一人並んで立っている女子学生は赤いオーバーのポケットに両手をつっ込んだままうつむいて、靴の先で小石を蹴っている。すらりとのびたその脚は美しく、ふと時枝は、事務所をおとずれる前に、寮の自治委員に会ってみてもいいなと思った。

「寮の委員の人にも会いたいけれど、事務所は何処にあるんですか」

足もとの小石を蹴っていた女子学生が、小さく歌をくちずさみながら、赤煉瓦の建物を指さした。いま時枝の立っているすぐ前の建物だった。わざわざ尋ねるまでもない、学校の事務所は校門を入った正面の建物の一階にあることはわかり切っている。時枝は苦笑しながら、実は、いきおい込んで来てみたものの、自分がすでに途惑いとおびえの中にあり、学校の責任者にあうことを少しでも先にのばしたがっていることを自覚した。おれはもともと人を糾弾できるような性格ではなかったのだ。いや性格の問題よりも、人を糾弾できるためには、自らのうちに正義を、——少くとも正義の幻影を持たねばならない。そして言うまでもなく、彼にはそうした正義はなく、いまや他者を糾弾することで、自らを正当化するような真似だけはするまい、というのが彼自身の最後の戒律のはずだった。権力なきもの、富財なきもの、幸福なきもののほかに、なおこの世には、正義なきもの、という一群の疎外者がいる。そして、正義の喪失はなによりも自らの責任にかかわるゆえに、他者は非難できないのだ。

時枝はこの用件をひき受けた時の怒りの灰をかきおこし、もう一度火をかき立てようとした。だが、彼自身が行為者だったわけではなく、また鼻軟骨を折られたのは彼自身ではなく、行為に支えられていない感情に持続性はなかった。夏の夜の花火のように、確かに一度は赤い火を噴いたはずだったのだが、散ってしまえばそれは無なのだ。そして彼が空虚な内面の独語に時間を費していているうちに、女子学生二人は、彼のそばをすりぬけて校門の方へ去っていった。

独りでは駄目なのだ、と彼は思う。せめて捜査や張り込みにおもむく刑事のように二人連れなら、躊躇の心の起こった瞬間、互いの目を見交し、互いの存在を確認しあって、意地ででも行為できる。だが一人では、どんな刑事も、空屋一つにすら踏みこめはしないだろう。誰も見ていなければ、途中でいやになって任務を放棄したところで、嘘はいかようにもつけるわけだから。それでも時枝が事務所の方へまず歩いていったのは、勇気や正義感のためではなかった。

ふと彼の唇に蘇った、病床の恵子の頰を伝った涙の感触のせいだった。

彼はまず受付の窓口に名刺をさし出した。国立の博物館学芸員の肩書きは、何処へ行っても身分をあやしまれないですむ効用はあったが、また何処へ行ってもおよそ場違いな感じをあたえる。事務所の、受付け係というよりは、奥の方に坐っていた係長クラスの人物が、小窓をあけた時、そばにいて名刺を受けとったのだが、名刺をしげしげとうち眺めているその表情にも、名刺のあたえる効果は出ていた。

「こちらの学内理事の黒川さんという方にお目にかかりたいんですが」と時枝は言った。

「黒川教授ですか。何か御面会のお約束でも……」

理事会というものは、教授会の上に位するものだと思い込んでいたから、学内理事は同時に教授だということを、時枝ははじめて知った。

用件については何も言わなかったのだが、名刺の肩書きが、およそ人の行為に文句をつけにくる種類のものとは思えなかったからだろう。事務員は直接研究室におもむくよう、その所在を教えてくれた。第一の関門は意外に簡単に通れたのだ。それとも先日の乱闘事件の負傷者の件につき、などと言わなかったのがよかったのか。

廊下は清潔で、階段もまた清楚だった。外からは煉瓦の肌が冷たい印象を与える建物だが、内に入ると窓枠にも柔らかな肌色の色彩の木組みがあてられてあり、壁の色も不自然でない暖色だった。二階のとっつきの部屋の扉の上にある表示板の教授名を確め、ドアをノックすると、妙に優しい応答があった。ドアの内側はすぐ衝立で、ストーブに温められた空気が揺れ、パイプ煙草の香りがした。

数日前、矢野家の玄関ですれ違った紳士が、上衣をぬいだセーター姿で、大きな机に向い、ゆったりと椅子に腰かけていた。尊大に顎《あご》をしゃくっただけで姿勢を変えないその人物の前へ、時枝は近寄っていった。時枝のさし出した名刺を目を細めて見ている様子は、一瞬のすれ違いにせよ、一度会ったことがあることには気付いていないことを示していた。そして、そのことが、なぜか時枝を傷つけた。

「私は御覧のように宗教学をやっておりまして、美術とは関係のない人間ですがね」壁の全体を埋める洋書を誇るように、相手はその方に時枝の注意をうながした。

この人は、自分自身の存在のあり方を一度も疑ったことがないんだなと時枝は思った。目は澄んでおり、鬢《びん》のあたりの半白の髪も上品だったが、それはいわば育ちの良さと恵まれた生活の表徴であって、苦渋にみちた克己や業深い人間性の洞察の遺産とは思えなかった。むろんそれは明証なき時枝の直観にすぎないが、罪人が罪人をさぐりあてる特有の嗅覚が彼にそなわっていなくてはないのだ。

「今日おうかがいしましたのは、私の職業上の用件じゃないんです」時枝の声は少し震えた。相手は依然として机に向って坐ったまま、少し首を傾けた横顔を見せており、時枝の坐ったソファーのクッションはやわらかすぎて不安定だった。

「私は実は、先生、いや、あなたに一度おあいしたことがあります」

「あ、そうでしたか」何時、何処でともきかず相手はちらっと時枝を流し目に見た。

「矢野恵子さんの家の玄関なんですがね」

そのときはじめて弱い反応が相手の表情にあらわれた。

「あなたは矢野恵子さんとどういう御関係ですか」

「…………」

不意の質問だったので、途惑ったのではなかった。単なる下宿人だと答えようとして、時枝の心に全く方向を異にした二つの思いが波立ったからだった。一つはかつて高教組の委員をしていた頃に身につけた小さなかけひきの知恵。あまりに正直に、肉親でもない単なる代理人として訪れたと言ってしまっては、事が核心に触れる前に、相手の拒絶にあう恐れがあるという懸念。防衛する側は、つねに対立者の形式的資格を重視するものだから。そしていま一つは、自分と矢野恵子との関係を、下宿人とその家の娘という間柄にすぎないと言い切りたくない、自分にとっても思い掛けない心の動きがあったからだった。

「どういう御関係ですか」同じ言葉を繰返した黒川教授の目に一瞬の恐怖とそれに続く警戒の色があらわれた。

「先日、負傷した矢野恵子に果物とお見舞金をいただきましたが、果物はあなた個人の厚意として受けとりましたが、このお金はいただく理由がないのでお返しにまいりました」

時枝は懐から、あずかってきた白い封筒つつみを机の上に置いた。

時枝の態度が鄭重《ていちょう》なものだったからだろう、相手は少し驚いてみせながらも、寛大そうな微笑を崩さなかった。気弱な時枝の方も、錯覚している教授の表情を眺め続ける勇気はなく、壁にかけられた、ヨーロッパ中世の受胎告知の構図をかたどったタピスリーの方に目をそらせた。この教授がヨーロッパ旅行をしたとき、どこかで土産に買ってきたものなのだろう、朱色と緑と黄金色の色の配合は美しかったけれども、美術品としては、彼の洋行を証明する以上の値打はないものだった。

「ともかく、これはお返ししますので」時枝はそっぽむいて言った。

「いや、そう固苦しいことはおっしゃらないでですね。助手はいまいないんだが、ま、お茶でもくみましょう」教授は中腰になって、添え机の上のポットに手をのばした。

「お茶は結構です。まず、これをお返ししたことを確認して下さい」

「いや、それは私個人お送りしたお見舞金ではないので、いわば、学校のですね……」

「しかし、渡しに来られたのは、あなたですから、あなたにお返ししましょう」

「お気持も分るような気もしますが、そう頑くなにならないでですね」

「頑くなと受けとられようと、何と思われようとかまいませんが、これを返しに来たのは、受けとる理由が全くないからです。それとも、学校として、これを負傷した矢野恵子におくらねばならぬ理由が、あるんでしたら、それをお聞きしたい。先日の学長団交の際に、学長救出と称して体育科の学生を会場におしかけさせ、逃げまどう女子学生を学生部の建物まで追いこんで、乱打させた、その示唆者が、学校当局だから、その責任を感じてお送りいただいたわけですか」

「君は一体、なんなんですか」相手は顔をこわ張らせて椅子から立ちあがった。

「その名刺に書いてある通りの人間です。毎日毎日、博物館にある美術や工芸、考古学的な物品を管理したり、いじったりしてるだけの人間です。なにをしようというわけでもありません。何故、このお金を矢野恵子の枕もとに、おしつけるように置いて帰られたのか、お尋ねしたいだけです」

「それはですね。矢野恵子さんのお母さんに申しました」

「ここでもう一度言ってみて下さい」

「学校が学校内部の問題で不幸なことに重傷者を出した。学校として、お見舞をするのは当然だし、教授方がカンパをして、……」

「それじゃ、このお金は教授方が出されたわけですか」

「いや、教授方が相談されてですね。応分の見舞をということで、学校の……」

「じゃ、矢野恵子が何者かに棍棒で鼻骨を砕かれた責任は、学校にあるとお考えなんですね」

「いや、乱闘事件をおこしたのは学生同士です。学校側にはそれを阻止する実力はなかったし、ましてやここはミッションスクールです。日頃の教化の不備をみずから責めるべき教育的責任はありますけれども、負傷の責任ということとは別のことでしょう」

「では、その教育的責任を果すために、お金をもってこられたわけですか」

「そんなことは言っていない」

「いや、その教育的責任の一環として、キリスト教精神にのっとってか、それを誤解してか、暗夜に棍棒をふりかざして、無抵抗な女子学生を打擲《ちょうちゃく》した学生を調査訓戒なさいましたか」

「いや、加害者は誰かはわからないし、私どもが人を裁くことなどゆるされない」

「ではこの学校の内部では、人をぶんなぐっても、すべて許すわけですか」

「君は一体、ここへ何をしに来たんです？　名刺には博物館の学芸員とあるから、お会いした。つまらぬ言い掛りをつけるつもりなら、帰ってくれたまえ。もともと、理事会や学長に、大勢の人間が暴力的に面会を申し込むこと自体が不法だった。そういうことをする人間や、そうした不法行為に付和雷同する人間が、酬いを受けるのも、自業自得だと言えなくもない。いま全国的に起っている学園紛争で、内ゲバとやらで負傷した学生も恐らく少くないだろう。学校側がそうした学生の見舞に行ったということは、これまで聞いたことはない。しかし、私どもの学校にも特有の建校の精神があり、怒りは怒りとして他には移さず、あくまで、人と人との絆は愛にしかないという精神から、お見舞いにもうかがった。こうした心すら通じないのなら、そんな人はもうこの学校の学生でもなければ、……」

「そう、あなたは、その愛とやらを押しつけにこられた。そして、その愛が通じないのなら、退学や放校の鞭を与えようとおっしゃる」

「そんなことは言っていない」

「いま、言おうとされた。そういう押しつけの愛を、その裏にかくされている権威や権力とともに拒絶する権利が、おしつけられる側にはある。なぜならそれはたとい善意から出た行為であろうと、無権利なもの、弱き立場の者の自由の束縛だからです。善意が相互の魂を問い、相互の人間性の涵養《かんよう》になるためには、まず平等がなければなりません。それがないとき、押しつけられた好意を拒絶することが、自己の人権の主張であるばかりではなく、相手の疎外された人間性に覚醒をせまる正当な行為となる。あなたは、好意を拒絶されたと怒るが、その好意がどんなにいい気なものだったか、どんなに愚かしいものだったかを、悟らされる契機となったことを感謝すべきではないのか。そしてぬけぬけと人に高飛車な好意をおっかぶせることのできる自分の地位というものが、他のどんなに多くの人々の犠牲の上になり立っているのかを、一度考えてみられるべきじゃないのか」

「まるであんたの言うことは脅迫じゃないですか。人を呼びますよ。帰ってくれたまえ。こちらの好意を受けとれないのなら、それはそれでいい。しかし、見も知らぬ君になんくせをつけられるいわれはない。帰りたまえ」

相手の慇懃《いんぎん》無礼さによってというよりは、自分自身の過度の緊張によって、時枝は珍らしく本当に腹を立てていた。組合の委員をしていた時にも経験のある心理だったが、声を荒だてることによって、人は怒りうるものなのだ。そしてその怒りのおもむくままに、時枝は、相手を殴りたい衝動にかられた。いや、殴りたいというよりは殴ってみたいというべきだろうか。この教授は、これまでの生涯で、人に殴られたことなどはなく、殴られるという予想におののいたこともないだろう。もし殴られて、鼻の軟骨を折られれば、彼は一体どのように対処するだろうか。

次に浮んだ想念は、スタブローギンのように、不意と立ちあがって、相手の鼻をとり、ひねりあげてみることだった。だが、その想念は、純粋な衝動ではなく、まさしく典故のあるイメージ、かつて書物で読み、面白いなと思った知的享受の一つであるゆえに、行動にはならなかった。

結局、時枝に出来たことは、いつまでも、机の上に置かれてある見舞の封筒をとりあげ、机とソファーとの間にあったカーバイト製の塵箱《ちりばこ》に投げ込むことだけだった。

教授は憎しみの目で時枝を凝視し、時枝は微笑して、「お邪魔しました」と挨拶した。彼の役目の一つはおわったのだ。

これで矢野恵子は、もうこの学校へは通えなくなり、そして、あの教授にも交友関係はあり、社会的地位もある以上、時枝の勤め先にも手をまわすだろう。必然的に時枝は博物館にいづらくなるはずだった。思念はどんなに美しいものも、なしのつぶてに終るのにひきかえ、行為はどんなに些細なことでもつねに、自らに帰ってくる。それでいいのだと、時枝は自己懲罰の快感とともに自得した。自分の代理役が、矢野恵子の依頼の範囲を逸脱しているのではないかという、当然懐いてしかるべき危惧を彼はその時不思議に無視していた。

寮の委員に会見しようとして、娯楽室を兼ねるらしい応接室に通され、そこにあった二、三の大学の学園新聞の綴じ込みをめくっていて、偶然、時枝は伊丹空港わきの米軍機修理工場襲撃のさい逮捕された学生たちのその後の動向を知った。事柄の真相を知りたい知りたいと思いながら、これまで時枝がとってきた方法には、重大な手ぬかりがあった。新聞や週刊誌など、商業的ジャーナリズムの報道にばかり頼っていて、学園新聞や、学生たちの政治集団が発行している新聞を参照することを忘れていたのだ。学生時代の一時期、学園新聞の編集にも関係していたことのある時枝にとっては、弁明の余地のない迂闊さだった。離れてしまえば縁なきもの。その迂闊さは、学校を卒業してから何年たつかといった時間の長短の問題ではなく、学生運動をもふくめて学校というものが卒業後の時枝にとってほとんど何の意味ももっていなかったことを意味した。数年前の、ぜいたくな閑暇と、もてあました青春、そして妙に寒々として近よりがたい建物の印象、それだけだった。

ある学園新聞によると、××産業伊丹工場を襲撃して凶器準備集合罪その他の罪状によって逮捕された六十八人の学生のうち、起訴にはいたらず、警察の拘置所だけで釈放されたのは十四名。そして、残りの五十四名のうち八名が分離裁判を了承ないしは自ら望んで、すでに判決を受けていた。政治事件の裁判はおそろしく長びき、また公判手続に関しても、最初から弁護人側のひんぱんな異議提出があり、警察署内での取調べ中の、人権侵害の逆訴など、スタートから激しくこじれるという固定観念があり、油断していたのがいけなかった。新聞には、注意をはらっていたつもりだったが学生運動に関連する事件の裁判がいつ開かれるかなど、商業新聞にいちいち予告されるはずはなかったのだ。学園新聞はこう伝えていた。

「反戦闘争を全国化させ、労学提携、市民参与の契機ともなった伊丹闘争の裁判が、まず分割して支配する分離裁判というかたちで、さる×月×日、大阪地裁で行われた。大量検挙と長期勾留、さらに法外な保釈金に加え、裁判そのものにおいても闘争の切りくずしと弾圧をはかる支配階級は、ノンセクトの学友を郷里の肉親を呼びつけることによって各個撃破する悪辣な手段に出、分離裁判を強行し、同時に抗議におもむいた学友の傍聴席からの裁判官横暴の声に対しては退廷命令を連発し、私服や裁判所職員を動員して閉めだし、あまつさえ、××君を公務執行妨害罪で逮捕すらしたのである。分離裁判を強いられた諸君の中には、あまりにも簡単に〈前非を悔い〉た者のいたことは遺憾だが、しかし、闘争に参加しなかった者が、とやかく言うべきことではなく、機動隊の棍棒によって外傷を受けて入院加療する多くの学友がいるごとく、分離裁判を受けた者はいわば国家権力の精神的拷問によって負傷した学友であって、彼らを精神的救援の対象からはずしてはならないと考える……」

そばにあったもう一つ別の学園新聞によると、分離裁判を希望し、法廷で「社会に迷惑をかけ、深く反省しています。もうやりません」と答えた学生に対して、裁判官は「自己の思想に対して忠実であり、責任をとることが人間とりわけ知識人たらんとする者にとって大切なはず。法廷に出てから急に態度をかえるのは尊敬できない」と強くたしなめたとあった。学校によって新聞部の主導権をにぎるセクトが違うのだろう。裁判に関する経過報告も、その論評にも大きなひらきがあった。

だが時枝にとっての第一の気掛りは、その事件の多量逮捕者の裁判ではなく、裁判を受けようにも受けられぬ犠牲者細川富夫の死と、彼を過失致死せしめたものとして、次々ととらえられたという十数人の運命だった。生きて捕えられた者はまだしもいい。分離裁判を受けて、裁判官にたしなめられ、執行猶予つきで出所して転向者と罵られる者はまだしもいい。彼はともかく生きているのだから。生きている者は、生そのものに本来まつわる自己正当化をいつかは果しうるだろう。だが、死んだものには、自己の死すら意義付けできない。そして結局、細川富夫の死因が何だったのか、解剖結果はどうなったのか、彼を死亡せしめたという容疑で捕えられたものの裁判がどうなっているのか。死の影を忌むように、細川富夫に関連する記事は、学園新聞にも、一行も載っていないのだった。むろん、それは当局によって徹底的にふせられて、学園新聞としてものせようがないのだろう。しかし、時枝の気持としては、死者の母校の学園新聞ぐらいは、四十九日とはいわず、二カ月、三カ月、いや一年間ぐらいは常に黒枠がこみで、彼の死を哀悼しつづけて欲しかったのだ。

会議中だという寮生代表は容易にあらわれず、時枝は立ちあがって、窓際に立った。朝から怪しかった空はいま一面に雲におおわれ、ちらちらと雪が降りはじめていた。

雪のちらつきを見ることで、不意にぞっと寒けが体をおそい、時枝は自分が発熱しかけているのを悟った。一たん動き出してしまった以上、途中でやめるわけにはいかないのだが、そういう時にかぎって、日頃の不摂生のむくいが出る。郷里の父を入院させるために、病院へ手続きにも行かねばならないのだが、きっと何もかも中途半端のまま、肉体が言うことをきかなくなるだろう。

不運な予想と半ばたわむれながら、そのとき時枝は誰を哀悼するとも決定せぬままにみずからの心に一つの黒枠をはめようとしていた。

第八章

「時枝さんは余計なことをして下さいました」

食事の間に足を踏み入れたとき、自分のことが噂されていたのだなと直感はしたが、わざと気付かぬ振をして時枝正和は食卓を囲む話の環にわり込んだ。信頼している人々の集いの中へ、不意に入っていって、自分が加ることによってその座の空気がざらざらした砂漠の風にあたるように激変するのを、これまで時枝は何度か経験していた。だが、この下宿屋でまで同じ心理を味わされたくはなかった。むしろ自分の感覚が誤っていたのであってほしいと祈るような気持だった。彼は白けた座にむけて気候の急変や世相の断片を語りかけ、遂には病院や百貨店の水洗便所に穢物罐《おぶつかん》のおいてあるのはどうも賛成しがたい、塵紙《ちりがみ》いがいのものはここに捨てて下さい、などと目の前の壁に大書してあれば、誰しもその中を覗いてみたくなるんだからなどと、ろくでもないことまで喋ってみたりしたのだが、結局その演技も空しかった。

親しく微笑をたたえているはずの人々の眼が、爬虫類の肌のように濡れて光っており、そして視線があったとき、辻文麿が目をそらせた。茶をくんでくれたあと、矢野駒が目の前にいない人を非難していた自分を恥ずるように、それゆえにいっそう厳しく時枝を難詰した。夕食はすでにおわっていて、十時頃、矢野家の者や下宿人が、読書やテレビ観劇にあきて、なんとなく食事の間に集る習慣の場だったから、小さい子供たちや受験勉強に忙しい梶少年の顔はみえなかった。矢野駒と徳子、そして辻文麿の三人、恵子は傷の痛みはひいたとはいうものの、顔の真中に大きなガーゼのあたっている容貌を恥じてひきこもったままだった。

「なぜ、あんな余計なことをなすったんですか」

問われていることの内容は時枝には解っていたのだが、それよりも先に、ああ、ここでもしょせん俺は余計者にすぎなかったのだという悲哀の方が彼にとっては辛い問題だった。なにか人の役に立っているつもりで、いい気になって行動する。その心の増長の報酬は、賞讃ではなくて、疎外であり、排除なのだ。畢竟《ひっきょう》、この世は他人同士の阿修羅《あしゅら》の世界。二年間、同じ屋根のもとにすごして、彼の側に不当な親しみや甘えがあったとしても、下宿人として貸しあたえられている部屋の壁をつき破り、襖《ふすま》を無視して、肌身でまでつながろうとしてはならなかったのだ。出来るだけ迷惑をかけず、迷惑をかけられない、その小市民的な生活の掟より、優先する何かの観念など、この平和な日常性の中にあってはならなかったのだ。

部屋の全体を輝らすためには、食事の間の電灯の燭光《しょっこう》が不足していて、返答の仕様もなく黙って時枝が目を注いでいる吊籠《つりかご》も、なにか不吉な黒い塊にすぎなかった。そして気まずい沈黙の中に、柱時計の振子の音がしらじらしく時枝に苛立ちを誘う。この時計の音が、郷里の家のそれよりも、親しいもののように思えた頃もあったのだが……。

「おばさんにすぐ報告しなかったのはいけなかったと思ってますが……」

謝罪しかけて、時枝は女子大からなにか直接、通告してきたのだなとはじめて気付いた。恵子の委託を受けて、学校の理事の一人にあい、さらに、寮生の代表と会見し、ついでに恵子が最初にかつぎ込まれた病院にも赴いた、その経緯は病床の恵子には一応報告はしておいた。だがその報告は逐一というかたちではなく、あなたの拒否の意志はあやまりなく伝えたという観念的なものだったし、次いでおとずれた病院でも些細なことから時枝は恵子の負傷に応急の処置をほどこした当直医と罵りあってしまっていたが、その点に関しても、坊主や医師や裁判官など、およそこれまで社会の批判から免がれていられた階層の者の、無自覚な悪を一般化して喋ったにすぎなかった。恵子の側からいえば最初から親の意志にそむいた事を時枝に依頼したのであるいじょう、駒や徳子にそのことを話すはずもなかったが、仮りに話したとしても、それだけなら、温和な駒が正面切って時枝を責めるほどの内容はわからないはずだった。

——その日、時枝は妙に昂奮して、学内理事の黒川教授を面罵《めんば》したあと、寮の代表に案内されて、病院へまわった。恵子は応急処置は受けてはいるものの、その後医師の往診を受けたわけでもなく、薬も切れて、事後の処置についても聴いておかねばならなかった。矢野駒が言っていた、病院から最初に連絡をくれた付添の学生らしい男性が誰かは、寮生代表も言いたがらなかった。それは今のところ強いて詮索《せんさく》すべきこととも思われず、ともかく、他に重傷の入院者もいて見舞にゆくという寮生代表とともに病院へタクシーをとばしたのだ。

学校の近くに市中の病院や大学病院はなくはなかったのだが、恵子が送り込まれたのはこの古都の北の郊外、川の水が織物の染色にまだ汚れないあたりの堤ぶちの宗教法人経営の病院だった。女子学生たちは一年に一度の定期検診もそこまで受けに行くことになっていて、顔見知りの医師もおり頼み込みやすかったからだという。ポプラの並木が彼方のゴルフ場まで続いていて、新緑の季節ならばあたりの風景は日本離れして美しいはずだった。病院はクリーム色の壁を綿雪にぬらして建っていた。規模はそう大きくはなかったが、門を入れば塵一つなく、建物内部の全館暖房も、窓の大きい明るさも、その経営の細やかさと、財源の豊かさを思わせた。若い看護婦たちに混って、何宗派なのか、廂《ひさし》の大きい白帽をかぶり、口許も白布でおおった尼僧が検温器や書類を持って廊下を行きかった。滑るようにリノリウムを踏む尼僧の長く白いスカートは踵《かかと》まで垂れていて、しかも清冽《せいれつ》な欲望を不意に誘う魅力をたたえていた。外科の診察室をおしえてくれた時の応待の親切さも、この病院に対する好感を懐かせるに充分だったが、実際に担当医に会ってみると、用件半ばにして時枝の期待は大きく裏切られた。神経質そうに時折顔面をひきつらせる若い医師は、最初は事務的にそばの小黒板に図面をかき、骨と軟骨、脳と鼻腔との微妙な関係を説明していたのだが、時枝が「治ってから鼻の形が歪むというようなことはないんでしょうね……」と問いかけた時、ふっと医師の態度が変った。医師は時枝に付添ってきていた、寮生代表のスラックス姿を、一瞬、まるで悪魔でものり移ったように、いやな目で流し目にし、そして嗄《しわが》れた声で言った。

「ボクサーの鼻のように多少へしゃげることはやむをえんでしょうね。しかし、女だてらに棍棒をふるったりするんだから、それぐらいは覚悟の上なんでしょう」と。

　寮生代表はスラックスの――いやジーパンと言うのか、質素な服装の脚を大きく組み、腕もまたざっくりした毛糸のセーターの胸に男のように組みあわせていて、通常の礼儀からは幾分はずれていたことは事実だった。しかし特別失礼なことを医師に言ったわけでもなく、ただ黙って時枝と医師の応待を、横あいから見つめていたにすぎなかった。医師がこの寮生代表の存在になぜそんなに苛立つのか、時枝には解らなかった。なにかこれまでに特別ないきさつがあったにせよ、その言い様は不見識だった。第一、矢野恵子は棍棒をふるわれたのであり、ふるったのではなかった。

「いま言われたことはどういう意味ですか。医者は負傷者の負傷の事情によって、手あての方法をかえるわけですか」思わずかっとして、時枝は言った。

「そんなことは言ってないが、この病院も、変な患者がかつぎ込まれて、いろいろ迷惑していることは知っておいてほしいと思いましてね」医師は時枝に向うときは、目の表情を柔らげたが、髪を長くのばし、目尻のややつりあがった寮生代表には嫌悪の表情をかくさなかった。

「警察がカルテを見せよと言ってきたり、カルテを見せれば病院に殴り込むと妙な脅迫電話がかかってきたり、私どもとは関係のないトラブルに病院まで捲き込までもらいたい」

「警察にはカルテを見る権利があるわけですか」

「ありません。令状をもっていたり、特別な事情がない限り。本人か肉親にしかカルテは見せませんが、しかし、どう処置するにせよ、どっちかから文句を言われるなんてのはかなわんですよ。私は当直医だったというだけのことだ。病状に関しては、医学上のことはお答えしたもうおひきとり下さい」

「外傷が癒えても、整形手術は別に受けねばならないということなんですね」時枝は念をおした。

「本人がそう思ったらね。しかし、私はごめんこうむりますよ。ほかの病院へ行って下さい。職務上したことを、あとでとやかく言われるのは業腹《ごうはら》だから」

特に悪意があってのことではなく、その医師も、時枝が博物館学芸員の殻の中にとじこもっているように、白衣の中に自分を押し込め、診断器具や手術器具を介してしか、人間とは交わりたくない、厭世家《えんせいか》だったのかもしれない。たぶんそうだろう。縫合するべき皮膚、剔抉《てっけつ》するべき肉塊、そして骨片の寄せあつめ以上のもので、患者があってほしくないのだろう。その知的な頽廃の形式が、学内理事の自己満足的な態度より、時枝の内面の荒廃に近いものだったから、怒りは陰湿に内向し、寮生代表と別れてのちも、ひとりむしむしと腹が立った。そして、寒々した雪空の日が暮れ、道傍《みちばた》の枯草や枯木の枝にまんだらに積った雪の色も暮色に融けるころ、怒りは虚脱感に変じ、時枝はまた酒を飲んでしまった。

郷里で、彼が入院手続きをととのえるのを待っている父のために、休暇をとった一日を最大限に生かし、母校の大学病院にもまわってみるつもりだった気持も失い、時枝は自分の行きつけの酒場の中で、もっとも品の悪いところをわざとえらび、酔漢の唄う猥歌《わいか》に自分の感覚を穢した。いやそれだけではない、不明瞭な関係を、たち切ろうと望み、少なくともここ数カ月、彼の方からは連絡をとらなかった高崎公江をよび出して、彼はこれまでの離別の準備を一夜でふいにしてしまったのだ。

「大学から停学処分の通知がきました。先日理事の先生が見舞にみえた時には、そんなことはまずないとおっしゃったのに」矢野駒は言った。「恵子には学校を出たら働いてもらわにゃなりませんのよ。中学校の先生になると恵子も言っていた。停学処分なんかうけて履歴に傷がついたら、もう学校の先生にもなれないでしょ」

「本当ですか、その処分は」

とぼけたのではなく、実際のところ、時枝には信じられなかったのだ。

「本当のようだな」と辻文麿が言った。「女子大の処分としては少し厳しすぎると思うがね」

「僕が見舞金を返しに行ったのが、いけなかったというわけですか」

「恵子がどうしてもいやだというのなら、郵便で返送してもよかった。でも、黒川先生がお見舞に足をはこんで下さった好意は好意なんだから、私はいずれお礼の挨拶にうかがうつもりだった。お電話では、あの、黒川先生が、処分問題は教授会でも取りあげないように、これまでは抑えてまわっておられたというじゃありませんか。なぜ、わたしに一言の相談もなく、喧嘩を売りにゆくようなことをなさったんですか。時枝さん。うちには御承知のように、中学生と小学生、小さな子供にしか男手はありません。あの子供たちが大きくなるまで、ひっそりと身を寄せあって生きていかねばなりません。ふりかかった災難は仕方がありませんけれど、平地にことさらに波瀾《はらん》を起すようなことはしたくなかったんですよ」

涙ぐんでそう言われては立つ瀬はなかった。時枝としても一時の憤怒や一片の正義よりも、小さな喜怒哀楽の起伏をふくみながら長い時間にわたって持続されねばならぬ生活の方が大切なことは知っていた。その生活が、下宿人たちの部屋代で支えられ、ほとんど家の門から外に出ることのない平凡で窒息するような生活であってもそうなのだ。

時枝は一瞬自分の目がおちくぼんでゆくような感覚にとらわれ、そして、救いを求めるように辻文麿の方を向いた。辻は石仏のように体をかたくしており、しかも胸のむかつくような靴下の臭いが匂った。

時枝は自分がいま、困難な場にいることを、自覚した。同情にせよ、正義感からにせよ、自分を世界の何か普遍的な価値と関連させたがっているインテリと渡りあうことは易しい。その政治的立場や社会的位置はどうあれ、彼らは要するに贅沢な観念を食っていきている人種であり、たとえ傷つけあったにせよ、傷つくのは、余分のだんぴらであり、生活そのものではない。だが、この矢野駒のように、未亡人に等しい生活の中で、子供の養育とその将来にのみ、生甲斐を託している人の、生活を守るための低い姿勢を、ゆさぶる論理は彼にはなかった。いや、むしろ、彼はその姿勢の低さ、その諦念《ていねん》と隣りあった優しさに甘えて、辛うじて、自分の精神の均衡をたもってきたのだと言えた。敵対視していたのではなく、もともとそれに甘えてきたのだ。

現にこれまで、自分自身のことに関しても、時枝は郷里の母や姉を、大学に入っていらい身につけた観念によって、なにひとつ説得しようとはしていなかった。合理的斉合《せいごう》、観念的な正しさに関しては疑わない思念を、むしろ母や姉には感染さすまいとすらした。この世の葛藤を敵対する階級の構造から説明する論理などに、むしろ感染されてはやりきれないと思っていたのだ。恥ずべき身勝手だった。しかし、同時に別の次元の価値によって、生きていてくれる人々が存在すること、素朴な心、神もおそらくは知らない感情ながら、神にもっとも近い庶民的な〈あわれ〉の情が脈々と生活の底に流れていてくれることを、望んで悪いという法はない。ただ時枝にとって救いである庶民的な感情と、外に起る事件の家の中にまで作用しないことを望み、もし作用すればそれを運命として受けとめる諦めとは分ち難く癒着している。彼自身が一時はそうだったように、自分を完全に埋没させるつもりなら、その二者を分離するという生爪をはがすような作業はしないでよかった。しかし、いま踏みとどまらねば、彼自身がおしまいだった。なにか悪しきものに振りあげたつもりの拳《こぶし》も、実は社会のもっとも弱い部分の、罪なき人々を打ち砕くことにしかならないにせよ、時枝は、既に一つ余計なことをしてしまっており、無意識的にそれに自分の回生を賭《か》けていたのだから。いまくじけては全き自己棄却しか残らない。

「おばさん」と時枝はどもりながら言った。

「おばさんは、恵子さんが負傷された時から、なにか恵子さんがあやまちを犯したからだと思い込んでられたんじゃないですか。でなければ自分がいたらなくて、子供さんにいい人生のお手本を示せなかったから、こんな不祥事がおこるんだと思ってられるんじゃないですか。人を責めるより前に自分を責める、その心の持ち方は好きですし、そうでなければいけません。けれど、今は無理にもこう考えてみて下さい。恵子さんと恵子さんの学校の先生と、おばさんにとってどちらが大事なのか、と。学校全体でもいい。国全体でもいい。それと我が娘とのどちらが、おばさんにとって大事なんですか。そのどちらの言うことを信じられますか」

「そりゃあ……」

「恵子さんでしょ。それなら先ず恵子さんの気持を聴いてあげて下さい。恵子さんは何も悪いことなどしてやしない。学校に処分されねばならぬようなことは何一つ犯してもいません。ただ学長団交の席にいたというだけのことじゃないですか。負傷に関しては全くの被害者です。いや、私にはまだ話してくれていないことがあって、学校がその事情を調査し、また私が恵子さんに頼まれて怒鳴り込んだことが、一層教授会の心証を傷つけたにせよ、おばさんは、やはり恵子さんの側に立たなきゃ、恵子さんは何を頼りに生きていけばいいんですか」

「でも、学校の先生が、大学の先生が、そんな間違ったことをなさるとは考えられません」

「いや、そうとは限りませんよ。相手が女子学生だからというので舐《な》めてかかっているのかもしれませんよ」

　矢野駒が恐ろしい怪獣でもみるように、時枝をみているのは解った。世間の人の、これまで身につけてきた価値観や序列意識を不意につきくずすなどということは不可能なのだ。物の形をかえることよりも、人の意識を改変することこそがもっとも困難なのだ。時枝はしかし、先日、寮生代表から聞いた事件を、どぎつく潤色して語った。

「恵子さんが負傷したときの、体育会員の導入の責任を授業中に女子学生たちが補導委員を兼ねている教授に追究したんだそうですよ。最初は私は知らなかったことだと責任逃れをいっていて、そして、どうにもならなくなって、その教授はどうしたと思いますか。『ブス共の欲求不満につきあうつもりはない』と棄て台辞《ぜりふ》を残して、窓から逃げ出したというんですよ」

「本当かなあ」辻文磨が目玉をむいて言った。

「いやな話ですね。誰だって本当だとは思いたくない。しかし、そのそう思いたくない気持というのは何でしょうか。学校の先生は、一般の社会人よりも、学生よりも、学識においてだけではなく、人格的にも一段上のものと信じていたい、ということでしょう。学識の上ではそうだったかもしれません。教室は街頭や議会の演壇ではないんだから、教師は予言者や煽動家《せんどうか》であってはならず、確かな専門の知識を冷静に、理性的に伝えねばならない。それはそれでいいことですが、その中立性を盾にとって、実は、学生の主体的な受けとめ方に対する考慮なしに、だらだらと喋ってきたわけでしょう、これまで。そうした知識の伝授の前提には、教師は一方的に教えるもの、生徒は個別的な質問はしても、本質的な批判はしないものという約定《やくじょう》があったわけでしょう。そして、その約定が、教師の精神的終身雇用性を保証した。つまり誰からも文句を言われない地位に安住することによって、教師の人間の頽廃が目に見えず進行していたわけですよ。おばさんは大学の先生は異議なく偉いものと思っておられる。その先生方が一堂に会して決した学生処分があやまるはずはないと思っている。だが、間違うことだってあるわけだし、なにか通告してきたのなら、その理由をきいてみる権利は誰にだってあるんです。その理由が納得のいくものであることが解ってから、従って、遅くはないんですから。逆にもし、その処分に理由がないのなら、その不明瞭な処分という一事だけでも、一つの学校をつぶすことぐらいは出来るんですよ」

「時枝さんは、恵子たちの学校をつぶしたいんですか」

「いや、そんなことはありませんけれど、間違いを間違いと指摘しないで泣寝入りしたり、土下座して謝ったりしてはいけないんですよ。もし、理由はなんであれ、土下座してしまったりすれば、それ以前の行為がすべて悪かったことになるんです。悪いから謝らせられるんじゃなくて、謝罪を受け入れるから、悪かったことになってしまうんですよ」「じゃ恵子には、もう学校をやめさせよとおっしゃるわけね。そうでしょ、結局はそうなるわけでしょ」矢野駒は蒼《あお》ざめた顔で、妖怪でもみるように恐ろしげに時枝を見ていた。無意識に時枝の手は自分の頬にのびる。事実、そのとき、時枝は妖怪に変化していたのかもしれなかった。こちらに、そのつもりはなくとも、また一つ人間の信頼の絆は切れた、と時枝は思った。ちょっとした思念の食い違いのために、ちょっとした態度の変容によって。事態を先取りしたがる時枝の脳裡《のうり》には、そのとき既に、乏しい荷物をまとめ、運送屋を呼んで矢野家の玄関を出てゆく自分の姿が浮んでいた。いや、雪のちらつく寒天のもと、不動産屋にともなわれて、色褪せた甍《いらか》のずり落ちそうな古都の下宿街を気の進まない部屋探しに歩きまわっている自分のみじめな姿が、スクリーン上の映像のように、鮮明に写し出されてすらいた。「ぼくが居ることが御迷惑なんでしたら、私がこの家に置いていただくのにふさわしくない人間でしたら……」

「無責任なのよね、あなたは」徳子が甲高い声で言った。「自分のことには尻ごみばかりしていて、何もせずにおいて、自分に関係のないことだと、騒ぎを大きくしたがるわけね」

ぐさっと刃が時枝の胸につきささった。たしかに彼が久しぶりの罵詈に自ら昂奮して、学内理事とわたりあっていた時、その教授の顔に、博物館の課長や部長の皮肉たっぷりな表情を重ねあわせていた。じっと耐えて、しかも噴出させえぬ慢性的な憤怒を、偶然見出しえた機会に、他に向けたのだと指摘されて、それを否定する厚顔さは彼にはなかった。そして、常日頃、もっとも腹が立っており、もっとも激しく懲罰したいものは、なによりもぐうたらな自己であることを、彼自身が一ばんよく知っていた。反作用が自分に帰ってくるのなら、行為の愚かさを人になんと言われてもかまわないわけだが、時枝のおせっかいは、心細い日々を送る矢野一家を傷つけるだけに終るかもしれないのだ。

「もう一度行ってきましょう。ともかく」と時枝は自分の持っているコップが震えているのを意識した。

「いや、それはよした方がいいんじゃないかな」辻文麿は、大きな目玉を瞬きながら言った。「先ほどもおばさんに相談を受けて考えたんだが、ぼくの先輩にあの女子大で助教授をしている者がいるから、事情をともかく、彼に聞いてみようと思うんだ。どんな組織だって、局外者には解らないいろんな事情があるだろうし……」

そんな事をしても無駄だと時枝はいいたかったし、まず改変せねばならぬものがあるとすれば、なにかの困難に直面するたびに、その世界で力を持つ者や、それに縁のある者を介して事を処理しようとする精神だとも言いたかった。しかし、時枝にはそれに代る有効な代案はなかった。

「恵子さんはいまいらっしゃいますか」時枝は矢野駒と徳子の中間に向けて言った。

「呼んできましょうか。お話があるのなら」

矢野駒が急に耄《ふ》けこんだように前踞《まえかが》みの姿で洗面所に通ずる廊下を歩んでゆき、ついで奥の間に通ずる襖をあける音がした。

「あなたみたいな、ぐうたらな人が、なぜ恵子のことにだけ、そんなに一生懸命になるの。おかしいじゃない」駒の不在に乗じて、徳子が、からかうように言った。

「なるほど、そういう見方もできますね」と辻文麿が応じた。

「それは、一体、どういう意味ですか」と時枝は言った。

夜はもう充分更けていて、常時、薬罐《やかん》を沸騰させている煉炭火鉢いがいの火の気のない食事の間は寒気にひえた。奥の間から時折流れてきていたテレビの音も消え、気まずく沈黙すると、時計の振子いがいに物音もなかった。外には本格的な雪が降りはじめているらしかった。時枝の体にはそぐわない、いやな冬がまためぐってきたのだ。

「もう一杯、お茶を戴きましょうか」と辻文麿が言った。

徳子は座をたたぬまま、体をねじって、煉炭火鉢から薬罐をとり、急須《きゅうす》に湯をそそぐ。その湯気が、光線の加減か、少し緑色味をおびてみえる徳子の、幾分やつれた顔をおおい、そして消えていった。事なく恙《つつが》なき日常とは何だろう。

「辻さんとも随分、久しぶりな気がするな」と時枝は言ってみた。

茶を口にふくみながら、辻はふっふっと笑い、「毎日会っているようでもあるんだがね」と含蓄あり気にうなずいた。

恵子が単独であらわれた。すでに横になっていたのだろう、寝巻の上に三尺帯をしめ羽織をはおっただけのしどけない姿で、敷居のところに立つ。辻文麿が仰ぎみて、何かを言いかけ、口ごもったまま目をそらせ、ついで時枝がそばの座蒲団をひきよせて、恵子を手まねこうとした。辻文麿が目をそらせた理由は、恵子が顔面にまいていた繃帯をとり、負傷部分にあてていいたガーゼもとっていたからだった。

　人が変っていた。それはもう以前の恵子ではなかった。傷の縫いあとが、右眼の、いや左眼の瞼《まぶた》の下から右の唇にかけて走り、そして無残に歪んでしまった鼻柱が、顔全体の均衡をくずし、鼻の面積が二倍にもひろがったようにみせている。微笑しているのか、無表情なのかも、傷のために何処となくひきつった表情からは読みとれないのだった。

「…………」

　相手が男なら、まだしも言葉のかけようもあったろう。二十歳、娘盛りの女性の容貌の傷痕に関して、予期していなかっただけに、時枝にも慰めの言葉はなかった。むろん治療は応急のものにすぎず、整形手術の発達している現在、いくらかの復元はなお可能なのだろうが、しかし刻印は生涯消えないだろう。そして、傷のあり方をみることによって、時枝は、心の傷よりも、肉体の傷の回復しがたさを、思った。裏切りよりも、中傷よりも、誇りの破損よりも、むしろ肉体の傷が、その存在にはより深く忘れえないものなのではないのか。

　徳子はすでに妹の容貌のくずれを見知っていたのか、べつだん息をのむような反応もなく、茶櫃《ちゃびつ》からあらたに茶碗をとりだし、「お母さんは？」と小声で妹に声をかけた。

「お仏壇の前」と恵子は言った。

「いま、ぼくはお母さんに叱られてましてね」時枝は自分の場所をずらせて、うつむいたまま言った。

「盗み聴きしてましたわ」と恵子は言った。

「この前、あなたに報告したのは、ほんの概要だけでしてね。見舞金の返済だけではなくて、学内理事といらん論争までしてるんですよ。それに、病院の当直医とも」

「病院の先生とのやりとりは、寮生代表の河村さんから、電話でききました」いぜんとして敷居に立ったまま恵子が言った。

「自分や身うちのことなら別だが、ぼくは余計なことをしてしまったような気がする。あなたには叱られても、やむをえません」

「………」

「ただ、弁解するわけじゃありませんけれど、追打をかけるようなあなたの処分は、ぼくの勝手な行動がどう作用したにせよ、不当だと思いますけど」

「ま、お坐りなさいよ」姉が妹に言った。

恵子はかすかな体臭を漂わせながら、時枝が用意した座蒲団のところまで来、しかし、そこには坐らず、時枝の後に立った。

反射的に上を見あげようとした時、冷たい手がのびて時枝の目をふさぎ、そして上から「有難うございました」という声が小さく風に散る花弁のようにおちてきた。

「時枝さん。ずっとこの家にいてて。これからは、自分のことは自分でやるつもりですけれど、お願い、この家にずっといてて」

錯覚だろうか、目を押えられて仰向いてしまっている時枝の額に、ぱたぱたっと冷い滴《しずく》が落ちるのを、彼は意識した。そしてその感覚によって徳子や辻文麿がそばにいることを忘れ、時枝は、これまで探しあぐね、もはやあきらめかけていた、貴重な、幻の花のようなものを、いま手に到く間近に見ているような気持にとらわれた。彼がいつぞや見たかった細川富夫の絵にも、きっとあったに違いない、ある生の宝を、彼は絵を前にせずに、不意に見たように思ったのだ。

第九章

一

ちょうど昼食の幕の内を食っていた弁護士の笠原匡は飯を頬張ったまま、衝立の横から内を覗き込んだ時枝正和の方を振りかえった。裁判所わきの民家の一階を借りて改造した法律事務所には机は三つだけ、昼食時だからだろう、他に人はいなかった。小柄な笠原は小柄なまま中年太りして貫禄はつきながらも、一向に気取る風もなく口をもぐもぐさせながら立ちあがった。その彼のズボンの前は、休憩中で気を許していたからか、ジッパーが開いて合っていなかった。Yシャツのボタンも一つはずれていて、大きなやんちゃ坊主のようにみえる。もっとも眼鏡の奥にすわっている大きな目には往年の稚気や抒情《じょじょう》はなく、寝不足気味に充血し、しかも鋭く光っていた。

大学時代の友人とはいえ、学部も異り、親しい交りのあったのは最初の教養課程の二年間にすぎず、知りあった研究会が解散してからは時折碁をうっていたにすぎなかった。研究会も特に激しい行動にでることは要請しない社会科学の机上の学びにすぎなかったから、研究会解散後の各自の処世について、相互にとやかく批評しあう筋合もなかった。大学の研究室に残って助手から講師への道をたどったものもおれば、テレビのディレクターになった者もおり、大商事会社の課長になっている者もいる。研究会で身につけた認識を行動に生かそうとした少数者は概ね躓《つまず》き、妻に飲食店をいとなませて無為徒食、この世に憎悪を撒き散らしている者もおれば小さな塾をいとなんでいる者もおり、また病死したり行方不明になってしまった者もいる。笠原は行動家の方だったが、学業も怠りなく励んでいたことによって、弁護士の資格をえ、時枝の方は選んだ専攻が無用の学問であったことと性来怠け者だったために、これといった行動をしたわけでもなく職を転々としていた。あばかれて恥じねばならぬ何があるというわけでもないのだが、会えば共通の話題は過去にしかなく、青春というものを出来るだけ早く駆けぬけるべき麻疹《はしか》のようなものと心得ている時枝にとって、およそ過去の回想は面映《おもは》ゆく、自然よくよくの用件がなければ訪れない友人に笠原もまたなっていた。考えてみれば、随分と久しぶりだった。

だが会ってみれば、過去の一時期にもせよ、共通の時間をもったということは、それが一つの基準になり、相互に比較や批評の心理が成立する。勤めも住居もそう離れているわけではなく、噂も仄聞《そくぶん》しながら、面とは向わなかったのは、その相互批評を恐れる気持が時枝の側にあったからだろうか。非現実の世界に溺れ世俗のことに背を向けて生きてきた時枝に比して、小柄ながら肥満した笠原の腰のあたりの坐りようは、ある威圧感を伴った。卒業後はさる法律事務所の助手にすぎなかったが、二年ほど前に独立した旨の挨拶状がまわってきて時枝を羨望させたが、机の配置や衣裳掛けにぶらさがっている女物も混えた外套《がいとう》の数からすれば、すでに笠原は二、三の者を差配する位置にあるとみえる。

「おう、ま、坐れや」と笠原はうながした。

時枝は手土産代りに博物館の招待券を二枚笠原の机の上に置いた。

「なんや、これ」と笠原は言った。

「特別な催物があるわけじゃないが、お閑があれば、どうぞ」と時枝は言った。

「かくれキリシタン遺品展か。おれは忙しいし興味もないけれど、女事務員にでもまわしたろ」

一時期学生運動の沈滞期に、時枝の美術趣味と、笠原の考え込んでいるよりは体を動かす方を選ぶ健康さが相い補って古都の寺社の巡礼を伴にしたことがあり、仏像や掛軸について時枝が下す説明を、ふむふむと聞いていた記憶が博物館の招待券の土産という発想になったのだが、忙しい笠原はもうそんなことなど覚えてはいないようだった。青春を嫌悪しながら、逆にその生臭さにとらわれているのは時枝の方だった。

時枝は、こちらを直視する笠原の視線をはずし、しばらく書架に並んだ書類綴や判例集、向いあった机の間を区切っている堆高《うずたか》いスクラップ・ブック、そして黒板の日定表やそれにダブって書き込まれたあちこちの電話番号などを眺めまわした。事務所は狭く、改造した壁の新建材も決して上質のものとは思えなかったが、ここでは事務所が人間に従属しているという正当な印象を受けた。広い整備された事務室や展示物に人間が隷属している博物館の雰囲気とは、それは逆だった。

「もうちょっと、バリッとした事務所を作らんとな、被告を弁護するのは弁護士であって、事務所じゃないんやけどね。近頃の依頼人は贅沢になりくさって、応接室が別にあって、紗《しゃ》のカーテンでもかかっていて、デンとしたソファーでも置いてないと、法律事務所やないと思うてけつかる。テレビの悪影響じゃ、テレビの」笠原は時枝の視線を追い、唾を飛ばしながら言った。

「でも、元気そうじゃないか」

「あったりまえじゃ。何処やらの骨董いじりの若年寄とはわけが違う」

「忙しいか」

「忙しい。時代が変ると、まあ、けったいな依頼もあってね。交通事故で鞭打ち症ってのが増えたろ。その損害補償訴訟もなかなかやっかいでね。誰に知恵をつけられてか妙なごたくを並べる奴もいる。鞭打ち症になってだな、首がまわらんだけじゃなく、うん、一物《いちもつ》が立たんようになったとぬかす」彼は持っていた箸でぴょんと米粒をはじいて言った。「男性としての能力と威信、ふむ、威信、とぬかした、それが、いつかは回復するにせよ、その不安と損害の補償が三百万。これ、一体どうやって証明する？　利害の共通する女房の証言なんて法的には三文の値打ちもない。治ったか治っとらんか、わかりゃせんじゃないか、はは」

「君はしかし、そのどっち側の弁護をしたの？」

「え？」と笠原は鼻白んだ。「ま、ぶっつけよった方の、ま、ある会社の自家用車だったんだがね。こちとら、加害者だろうと、被害者だろうと、頼まれりゃお客さんだ」

「いつか、ここへ矢野恵子という、女子大の学生がこなかったかな」

笠原の傍若無人な饒舌に面白味のないわけではなかったが時枝は昼食時の休憩時間を利用してタクシーをとばして来ていた。雑談に時を費しているわけにもいかなかった。

「うむ、そう言えばいつぞや君の名刺を持ってたずねてきていた女の児がいたな」

「で依頼は聞いてやってくれた？」

「いや、うちはね、女の人の依頼だけでは、一切引き受けないことにしてるんだ」

「なぜ？」

「なぜって、それを知りたけりゃ、一週間もその椅子に坐っておれと客との応対を見ててくれりゃ分るさ。刑事事件でもそうだが、とりわけ民事では女性の訴えてくることをいちいち真にうけてちゃ仕事にならん。第一に多くの場合責任能力がない。臍《へそ》くりを株式投資の仲買人に欺《だま》されてなくしてしまったの、夫が愛人のもとに入りびたって帰ってこんのと、こちとら社会奉仕をしてるわけじゃないんでね。誰かしっかりした人物が一緒に来て依頼されるんじゃないと、事件としてはとりあげられないんでね」

時枝とてももはや書生ではなく、現実の法則は単なる善意や温室の思想ではいかんともしがたいことは承知してはいたが、あまりあっさり片付けられては自分が面罵《めんば》されているような気になるのもやむを得なかった。

「君は最近、学校へは行ってみたか?」時枝に反撥の隙をあたえず、笠原は言った。

「学校?」

「女子大の紛争には興味はあっても、自分の出た学校には関心はないわけか?」

「関心がないわけじゃないが……」時枝は言葉をにごした。学生運動の方針が、街頭や駐留軍施設を目標とする反戦運動から、これまでは逃げ場だった自己の立脚点を掘りくずす学園抗争に転ずるにつれ、首都の大学ではなく、従来、平穏だったこの古都の各大学、そして時枝たちの母校でも一触即発の危機をはらんで問題がくすぶり続けているとは知っていた。だが、時枝は大学におもむいて自分の耳目で仔細《しさい》に見聞きしてくる気にはまだなれないでいた。一つは問題がいまのところ、その内情を推測しがたい医学部に限られていたせいもある。だが仮りに自分の出身学部に紛糾が波及したとしても、すぐさま駆けつける気になるかどうか。一、二の講義に確かに学問の威厳を感得させられたこともあったが、教授の研究室を個人的におとずれた経験があるわけでもなく、紛糾がおこって特に心配せねばならぬ人間関係もなかった。建物だけのつながりなら、行きずりの観光地の遺跡にも愛着を覚えることはあるだろうし、たとえ愛着はあっても、つぶれる時はつぶれるのだ。

「うるさいの、なんのってね」笠原は言った。「いまは医学部がもめてるだろう。医学訴訟というのは元来面倒なもんなんだがね。――もっとも最近の事件は直接医学とは関係のない、学生による教授の監禁罪とか、カルテを押えたことで成立する文書横領とか、事務長をつるしあげたというので威力業務妨害に問われたとか、現行法規内で学生運動を抑圧しようというんで、起訴する方も苦しまぎれなら、される方も意地でね。おかげで最近は、医療制度や医局の内情には大分精通した。調べてるうちに、関西一円の病院人事や製薬会社との関係もわかってきてね。腐敗堕落してやがるよ、医学界は。製薬会社の営業マンがボヤいとったな。実力者どもを豪勢に招待し、芸者をつけて遊ばすと、そのあと二ヵ月ぐらいだけ、うちの製品が売れるんだって。そのうちまた売れなくなる。だから、また招待する。どっちもどっちだけどね。だが公安事件も外でおこった事件は、昔の吹田《すいた》事件のように、相当な難物でも、内訌《ないこう》というのは少いから人間のいやな面を見ないですむ。だが、常時顔をあわしている職場、それも金で買われて労働力を提供している者と雇い主の争いとは違って、学校は徒弟制から姻戚関係、それに心理的な服従や競争までからんでいてやりきれんね、実際。こちとら事件の当事者じゃないんだが、それでも妙なところから妙な圧力がかかってきやがったり……」

幾分わざと下品ぶっているような態度で、笠原は茶を口にふくみ、がらがらと嗽《うがい》をしておいて、それから洗面台の方に立ち、吐き出すのかと思うとごくっと嚥《の》み込んでしまった。

「ところで、わざわざお出ましになったのは、何か用事があったんだろう」笠原は剽軽《ひようきん》に片目をつぶってみせた。

「ちょっと聞きたいことがあったんだが」

「相談料の節約か」笠原は笑った。事務所の裏手になにがあるのか、法華経徒《ほつけきようと》が鼓を打つような物音が響いてきた。

壁一つ向うでは、変りなく庶民の日常がいとなまれているのだろう。睡けをもよおす読経の声に、しばし時枝は気をとられ自分がここへなにをしに来たのかを忘れかけた。昼食をとる時間も惜しんで、最近のおれは、なにをこんなにとびまわっているのだったか。

走馬燈のように、虚脱した彼の脳裡に、逃れようとして逃れられぬ関係をもつ肉親や知人の顔が浮ぶ。郷里の父は胃癌の恐怖に蒼ざめながら、信仰を薦める母に向って威丈高《いたけだか》に罵っており、姉の房子はかつての濶達《かったつ》さを失って凡庸な女の凡庸な悩みに顔を伏せている。勤め先には情熱を失い、人の欠陥を指摘する喜びだけで生きている課長や部長の能面のような表情があり、そして下宿屋では、不意に疎遠なものと化した矢野駒や徳子、辻文麿や梶少年の沈黙がちな食卓の環――。さらに気品も誇りも失い、ただ嫌がらせのためにだけつきまとう高崎公江。

彼は救いを求めるように、ある映像を思い浮べようとしたのだが、なぜか、その像の浮ぶべき場所だけが、視野脱落患者の視角のように欠落し、ただ白い繃帯が風に流れるようにはためくだけ、その人の面影は浮ばないのだった。その人の悲哀が我が悲哀と感ぜられ、その人への奉仕が自堕落だったこれまでの生活の転生の契機となりそうに感ぜられていたはずにもかかわらず、彼はただ空しく虚空、いや内面の空虚を覗き込むばかりだった。

まだ内面に、何か偽っていることがあるからだろうか。身に正義なくして、急に正義ある者のごとく振舞うことの報いなのか。

「どうかしたかね」と笠原が目を細めて言った。

「いや、時おり眩暈を覚えるくせがあってね。ひょいと後を振りかえると……」

「後など振りかえるからいかんのだ」

時枝は敏感な笠原の相槌に微笑し、そして、ことさらに抽象化した形で、相談したかったことをもち出した。

「あきらかに暴行を受けて負傷はしているのだがね、相手がはっきりせず、しかし相手の属する団体はわかっている場合には、訴訟を起すということは出来るんだろうか」と。

「訴訟？　傷害事件なら、それは告発もでき訴えもできるが、行く先は警察だな」と笠原は単純明快に答えた。

抽象化することで、何か大切なものが、掌からこぼれる海浜の砂のように落ちてしまったのを時枝は感じた。抽象化は当事者に対する配慮というよりは、時枝の側の羞《はじ》らいのためだったが、ここでも彼は内なる視野脱落の悲哀を重ねて味わねばならなかった。

「たとえばだね」今度は比喩を用いて時枝は言った。「Aという団体とBという団体があって、僕がAに属しているとする。ある集会の帰り、いや、その集会そのものにBの構成員が殴り込んできて僕が重傷を負ったとする。直接殴った人間は誰かは解らない。しかし、あきらかにB集団に属する人物であることが解っている場合、どうすればいいのかということなんだが」

「直接の加害者が分らねばいかんね。やはり」

「Bの構成員、それにBという団体を使嗾《しそう》した者がわかっていてもか」

「直接の加害者がわかり、明白な物的証拠でその使嗾関係が証明できねば、どうすることもできないね。そして、それは原則として警察の仕事だな」

「警察がAという団体やその運動を心よく思っていないとしたら」

「自主的に、自分たちで証拠がためをすることは、さしつかえはないが、しかし、一般市民には被害を親告したり、犯罪を告発したりする権利はあるけれども、捜査権というものはないんでね。それは検事と警官にしかない。弁護士のおでましは、ことが法廷にもちこまれてからの話だ。民事のことなら、法廷にもちこまれる前にも役目ははたせるがね」

「そうか」時枝は手に持った煙草に火をつけるのも忘れたままだった。

「なにかは知らんが、素人があんまりいらんことに首をつっこまん方がいいよ。君自身が事件でも起して困っているのなら、旧友の誼《よし》みだ、相応の援助はせんでもないがね」

マスクをして首にマフラーを巻いた女事務員らしい女性が戻ってきた。ご丁寧に顳顬《こめかみ》に小さな絆創膏《ばんそうこう》を貼り、背中をまるめて、自分が風邪をひいていることをことさらに強調するように空咳《からぜき》をしてみせたりする。

「いやあ、寒いわあ、この部屋。ガスストーブまで消してしもうて」女事務員は、時枝に挨拶するでもなく、部屋隅の円筒型のストーブの前につくばった。

「ここは法律事務所であって、喫茶店ではない」と笠原がふんぞり返って言った。

「お給料をもうちょっとあげてェ。月末になると体だけじゃなくて気持まで寒いわ、もう」甘えた声で女事務員が言う。

「文句ばかり言っとらんと、お客様にお茶でも入れてあげてくれ、お土産までもらったんだから」

「お土産ってなに？」

決して美人とはいえないが、福相で憎めない目付きを、女事務員はしていた。笠原が博物館の招待券を二枚、女事務員に手渡し、彼女は失望したように、「なあんだ」と言った。

「君はクリスチャンだろ。かくれキリシタンの遺品展だそうだぜ」

「展示は来週からなんですがね。御興味があれば、どうぞ」と時枝は言った。

「うん、いくわ」意外に素直に女事務員は言い、時枝の方に子供のような頭の下げ方で礼をした。

「かくれキリシタンの遺品を今まで見られたことはありますか」と時枝は言ってみた。

「ええ、何処でだったかなあ、ちっちゃな木製のマリア観音を見たことがあるわ。十字架が後の首筋に、ちっちゃく、彫ってあったりするのね」

「来年が丁度、浦戸の殉教の、何年だったかの記念祭になるんですよ」数字ににがてな時枝は口ごもり、そして信仰や思想を秘め隠すことについて言葉を継ごうとして、とりやめた。そんな深刻な話をする場ではなかった。ただ冗談にまぎらし、「男の思想に、女の愛、余計なものを持つから、人間は苦しむ」と言おうとし、しかしそれも言葉にせずに飲みこんだ。旧友の前でことさらに軽薄をよそおったり、韜晦《とうかい》する必要もなかったからだ。

カーテンで区切られた奥の一角に女事務員は上半身だけつっ込んで、茶碗の音をたてた。

女事務員が帰ってくるのは、昼の休憩時もすぎて、勤め人が仕事を再開する時刻に達したことを時枝は気付くべきだった。だが、小人数の法律事務所の、笠原の人柄が反映してだろう、自由そうな雰囲気に時枝はしばらく微笑して酔い、自分が勤めをもっていることを忘れていた。

「それはそうと、もう一つ聞きたいことがあったんだが」

「どうぞ、なんでも」西欧人のように笠原は肩をそびやかし、腕をひろげておどけて見せた。

「この前、もう一ヵ月も以前になるけれども、伊丹空港わきの米軍機の修理工場の襲撃事件があったろう」

「うむ、覚えてるが、君はまた妙なものに興味をもつんだな。美術品いじりにあきたのかね」

「あの事件は大阪の管轄だから、こっちの裁判所には関係はないだろうけれど、もし弁護士仲間のつきあいで、あの事件を担当している人を知ってたら紹介してほしいんだが」

「どうかしたのかね。誰か知人でもあの事件に関係があるのか」

笠原は目を細め、はじめて真剣な表情になった。真剣な表情になられると、しかし時枝の方が却ってうろたえねばならなかった。

「あの時、一人の大学生が機動隊に追いつめられて溝川《どぶがわ》に転落して死んだろ」時枝は言った。

「うむ、おれたちの後輩らしいな」

「そのことで、ちょっと調べたくてね」

ふーんと笠原はひととき吐息して時枝の目を凝視した。久しい間、友人同士がじっと目を見つめあうということもなかった。なにか面映ゆい、しかし本質的な懐旧の念におそわれる瞬間があった。笠原は掌で机を打ち、なにかを決意するように椅子から立ちあがった。

「あの事件の担当弁護士は誰だっけ。直接は知らないが、法律雑誌に解剖所見に対して疑義を提する文章を書いていたのを読んだことがあるな。まてよ。確か、この辺にあったはずだ」

笠原は靴のまま椅子の上に乗って書架の上の方、雑誌の並んでいる部分をかきまわしはじめた。

「たしかその弁護士は最初にかつぎ込まれた民間の病院に直行していてだね、遺体安置所で院長らの所見をたずね、棺の蓋もあけて遺体も見ているんだ。そう、思い出した。おれも少し興味があってね。右だったか左だったか頬と頭部になにかで突かれたような挫創《ざそう》があったのを見たというんだな。だが新聞発表では、学生の投げた投石を背後から受けて、失神状態で溝川に転落し、死亡したということだった。死因は確められないが、ともかく、解剖に立ち合うことを申し入れたにもかかわらずだな、弁護士は剣もほろろに拒絶されたという。警察と検察側だけが立ち合う解剖やその所見の発表は不当だと抗議していた。たしか、あの弁護士は社会党の人でね。うーと、そうした公安事件関係の担当者としては有名な人なんだが……」

笠原は数冊ずつ法律雑誌を書架からつかみ出してはその目次をくっていたが、目的の号はみつからないようだった。

「雑誌じゃなくて、社会党か何かの新聞で読んだのだったかな」

冗談を言っている際とは、見違えるような真摯《しんし》さで、笠原は新聞立ての綴じ込みまで探そうとした。それは青年期、その頭脳で確めた一つの主義を、目立たないながら背骨として生きている人の姿だった。時枝の胸中をさわやかな風のように一つの感情が駆けすぎる。

「ちいちゃん。山岡君は何処へ行ったんだっけな」笠原は女事務員を振返って言った。

「知りません」と女事務員はそっけなく答えた。

「彼ならあの弁護士の名前も知ってるんだがな」

「有難う」と時枝は感情を籠めて言った。

「え？　なんだ、いいのか」拍子抜けしたように笠原は振返った。

「あとで、また電話してみる」時枝は時計をみながら席を立った。「おれも勤めがあるのを思い出した」

「妙な奴だな。一体なにをしに来たのか、まったく要領をえんじゃないか」

「いや弁護士の友人を持ってよかったよ」と時枝は微笑して言った。

「け、おだてるな。それより、せっかく、ものぐさなうちの女事務員がついでくれたお茶だ、飲んでいけよ」

時間には攻めたてられてはいたが、時枝はその薦めに従った。礼を言おうとして見ると、女事務員は事務机に両肘をついて携帯噴霧器で鼻腔になんか薬品を噴き込んで目を瞬いており、苦笑して窓の外に視線をそらせると、下半分は磨《すり》ガラスになっている窓の上の透明な部分から、晴れ渡った冬空に高く白い雲がちぎれて飛ぶのがみえた。

「失職したら、おれをここで使ってくれないか」と時枝は冗談を言った。

「いや、ことわるねェ。助手一人、女事務員一人をあつかいかねてるんだ」

女事務員はしきりにくしゃみをし、「あれ、誰か私のことを思ってるようよ」と無邪気に笑った。

二

一たび人は勤めてしまえば、もはや人は勤め以外のなにも出来ない。午前九時から夕刻六時まで、身も心も呪縛され、そして個人に戻った時、もう何もする気もなく疲れている。それが或いはこの空しい人生の、空しさに気付かせまいとする社会の配慮かも知れず、類としての人を滅ぼすまいとする伝統の知恵かもしれないが、内部に二度とは期待できぬ活力の湧くときすら、およその活力とは関係のない形式的な時間を時枝はうそ寒い博物館の片隅で送らねばならなかった。すべて職業は天職だなどと言ったのは誰だったか。かつて、人間との汗くさい交わりを嫌悪し自ら工芸や美術、考古学的物品の中に生命の火を埋めようとしたのでありながら、いま時枝は、人間にとって最大の御馳走、人間を楽しませ、また勇気付けるものは、結局のところ人間しかないのだと呟かねばならなかった。今日も美術品と顔をあわせ、明日も美術品とのみ無言の対話をし、明後日も美術品とのみ睨《にら》みあう、そんなことでは人間は到底生きてはいけないのだ。

彼はその日、出来ることなら、石の鏃《やじり》から硬玉の曲玉《まがたま》、銅鐸から青磁の花瓶、そして巨大な仁王像や大日如来《だいにちにょらい》の彫像にいたるまで、博物館にあるあらゆる陳列品を破壊してまわりたい欲望に駆られていた。どうしてか、時枝は奇妙に苛立ち昂奮し、打ちこわしの衝動にかられ続けた。美もまた存在を拘束する役にしか立たないのなら、破壊していいのだ。展示室を用もなくあちこち歩きまわっている彼が、もし学芸員ではなく監視員と顔見知りでなければ、きっと彼は捕えられたことだろう。陳列ケースのガラスに映る自己の表情が、ほとんど野獣のようであることに、彼自身、気付いていたぐらいだったから。

高崎公江が考古学展示室に立っていて、首を斜めにかたむけて時枝正和を待っていた。

「お昼の休憩時間には何処にいってたの。もう何度も何度も見て倦《あ》きてしまった」と彼女は言った。呼び出されれば、気分勝《すぐ》れずとも断わったことはなく、なにもことさらに勤めの場にまでと時枝は一瞬かっと腹を立てたが、夢遊病者のように頼りなげな姿が、その怒りの爆発を抑えた。病床から起きあがったばかりのように皮膚に張りがなく、瞼も老婆のように重そうに垂れ下っている。珍らしく着物姿で草履ばきだったが、その晴着が、彼女なりに何か心を定めての会見であることを暗示していた。

「来ようと思えばいつでも来れるはずなのに、博物館って、めったに来なかったわ。私の家は昔この近所にあったのよ。貧民窟のなかだったから恥しくて言わなかったけど。子供のころ、柵のさけ目から博物館の庭に忍び込んで縄とびなんかしたものだったけど、何年ぶりかしら、ここへ来るの」

「展示品の説明をしたげようか」と時枝は言った。最初の結びつきからして、一種の過失であり、遂に心の交わることなく続いた惰性の関係にすぎなかったが、顔をみればむげに冷たくもあしらえない。

「いいえ、いいわ。もうたっぷりと見たから。それにどんな説明を聞いたって、すぐ忘れてしまうんだから」

「妙に素直なんだな、今日は」時枝は煙草を吸いかけ、展示室はすべて禁煙であることを辛うじて思い出した。勤務時間中に、私用で人と会い、規則まで破っては、また懲罰ものだった。気配を察して、高崎公江の方が、彼を休憩室へいざなった。

「迷惑でしょ。こんなところまでおしかけて」

「わかっているんなら、しない方がいいし、してしまったことを弁解されても、嬉しくはない」と時枝は言った。

休憩室と言っても何があるわけでもない。背凭れのない、どの方向からでも掛けられる黒革のソファーが中央にあり、高い蠟燭立《ろうそくた》てのような灰皿があり、そして、大きなガラスの壁面から庭の眺望があるというにすぎなかった。一組のアベックが、肩を寄せあって坐っていて、あたりは気抜けするほど静かだった。

昔、時枝正和が高等学校の教員だったころ、高崎公江はその高等学校の雇員だった。やむをえぬ配置転換があり、組合も、分裂を避けるために、他の条件とひきかえに学校長案と妥協した。彼女は犠牲になり、彼女の正当な要求を取りあげるべき組合は沈黙し、執行部はかえって彼女に圧力をかけ、そして彼女は校舎内の自殺未遂で、それに抗議した。政治が時として必要とする冷酷さを、時枝は貫けなかったのが、いわば、二人の不幸な関係のはじまりだったが、「終り悪しければすべて悪し」という世の諺とは異り、はじめに不運のあった男女の関係はいつまで続けてみても、奇蹟的な事態など期待はできないのだ。

「わたし、お話があって結婚しようと思うの」と不意に庭の方に視線をやったまま高崎公江は言った。

「うん」と時枝はうなずいた。

しばらく沈黙が支配し、盗み見るように高崎公江が時枝の表情をうかがうのを意識したが、時枝はその方はみなかった。

「あなた、この頃、急に変られたわ」

「…………」

「悲しいのよ、わたし。悪い方に変るんだったら、いくら悪い方に変ってもいいと思ってた。朝からお酒を飲んで、ぐれて、紐《ひも》みたいになって私を働かせるんなら、バーでもキャバレーでも何処へでもいったわ」

「…………」

「わたしが、ぐずぐずしてるんで憐れんでくれてたけれど、私だって、その気になればなんでも出来たのよ」

「…………」

「でも、あなたは、急に独りだけで立ち直りはじめて、私とは縁のない人になっていったわ。なにがあったの？　誰か好きな人が出来たの？」

時枝は黙って耐えていた。誤りだった関係において、いまさら罪をなすり合っても仕方がないからだ。

「私、結婚しようと思うの」ふたたび、同じことを高崎公江が言った。

その時も時枝は黙っていた。決断は各人の自由と自発性にもとづくもの。心から祝福すると は言えぬまでも、彼に口だしすることなど何もなかったからだった。

「黙ってるのね」高崎公江は急に涙声になった。「いまも何も言わないのね。あなたってそんな人だわ。あなたが反対したら、本当は、お見合いに行き、あなたがほっとした顔をしたら、意地でもしがみついてやろうと思っていた。でも、そのどちらでもない、あなたはいつも、何もかも見抜いていて、それでいて、ぼやっと笑っていて、……」

男女のいざこざであってみれば、既に何度か別れ話もあれば見苦しい痴話喧嘩を酒場やタクシーの中でまでしたこともあったが、どんな醜悪な関係であれ、いざ別離となれば悲哀はうまれる。高崎公江は繰りごとの半ばに声をつまらせ、その場所が勤務の場であるという配慮からではなく、時枝はただ一言、「泣かないでもらいたい」と言った。

第十章

不意に思い立って時枝正和は母校を訪れてみた。細い歩道のついたアスファルト道の両側を大学の本部と教養部の石垣が保塁のように挾んでいて、限られた視野の彼方に神社の鳥居と石灯籠の立っているのが見える。変らない古都のうちのさらに変らない部分、視線を足もとにおとした時枝は、石垣の隙間に枯死した苔のあとを発見した。不意に時間は停止し、次いで逆流して、いつだったか、その石垣の隙間にだけ積った雪を眺め入っていて、授業に出る気持をなくしてしまったことのあったのを思い起した。

彼は昔から、高山の雪や大海の波など壮大な自然の景観よりは、なんということはない微小な眺め、たとえば悪臭を発する溝の中で揺れ動いている赤い糸みみずや、厠のそばに茂っている雪の下や毒だみなどにふっと気を取られる資質があって、そして一たんそれに気を取られだすと、自分が何をしようとしていたのか、何をしなければならないのかを忘れてしまう癖があった。学生時代に授業をさぼる程度のことなら補いは何としてでもつけられるが、いつだったかある女性と観劇に行く約束をしていて、その約束の場所へ赴く途次土塀と溝との間のわずかの雑草の下を蟻の大群が移動しているのを発見し、彼はふと蹲ってそれを観察し出したことがある。蟻のほとんどは重荷を背負いながら一つの方向に向っているのだが、一割ほどが流れに逆らって反対の方向に動いていた。そして蟻同士が出会う瞬間、ひょいと停止し、互いに相手を見詰め合うような型になり、そして次の瞬間、巧妙に道を譲りあって擦れ違うのだった。その時、彼は蟻同士がなにか挨拶を交しているのに違いないという幻想にとらわれた。耳を近づけてすませば、意味は解らずとも、ある種の音声が伝わってくるのではないか、と。

土塀そのものは寺の一部で古びながらも清潔だったが、処々立小便のあとがなくはなく、溝は洗剤の泡や野菜屑を浮べて悪臭を発していた。元来はその溝をおおっていたはずの板が腐り崩れてしまっている。彼は苦心して道路わきに体を横たえ、その蟻の通り道に耳を近づけようとし、そして片方の肩から脇腹にかけて、ずぼっとその溝にはまり込んだのだった。ふと気付いてみると通りがかりの人が、二、三人、不思議そうに、また憐れむように彼を見おろしていて、やむなく彼は、「いや、溝の中に財布をおっことしたものだから……」と弁解しながら立ちあがった。蟻同士の会話を盗み聴こうとしたなどと言えば、狂人あつかいされるのがオチだったろう、辛じてその場を取りつくろったものの、ある女性とのはじめての逢瀬は服を汚してしまって駄目になり、そしてそのために彼は失恋した。いや誇張ではなく、その女子学生を彼は長い間片思いのように思いつめており、その日のデートはやっとの思いで漕ぎつけた交際の最初の機会だったのだ。他者はどうあれ、彼にとっては大事な約束だったのだ。にもかかわらず、蟻の行列に気をとられて約束の時間を忘れ、予期せぬ失敗で約束そのものも反古《ほご》にしてしまった。そしてのちに彼が正直に弁解すればするほど、相手には侮蔑と受取られ、友人たちはまた彼があまり現実性のない冗談を言っているものとしかみなさなかった。

いま、石垣のはざまの苔の残骸をつまみとって指先でくだきながら、時枝正和は愚かしい過去の断片をなつかしみ、そしてその事によって、時計台を正門前に厳《いか》つく配置し赤い煉瓦《れんが》建築や杉や公孫樹の植込みで閉鎖的に身を守っている大学のイメージを無意識的に〈括弧《エポケー》づけ〉してしまっていた。

休暇の早い大学は、まだ十一月の末とはいえ、すでにひっそりと静まっていた。それでも、小脇に二、三冊の書物をかかえ、眼鏡の奥に愁わしげな目を細めた学生たちが三々伍々行きかい、白い実験衣を羽織った工学部の院生か助手らしい者も、気軽なつっかけを履いて足ばやに行きすぎる。

おれは一体大学へ何をしに来たのだったろう。

時枝は暫く、同じ道路に少し食い違いながら扉をひらいている本部と教養部との二つの正門のあいだを行き戻りし、自分の腕時計と時計台の時刻とを較べあわせてみたりした。あとで気付いてみれば、東京の各校で学園闘争がもう一年余も続いておりながら、あたかも戦争中、敵軍の慈悲で奈良とともにこの都全体が最後まで空襲も受けずにすんだようになにか安閑として平穏無事の夢をむさぼっている大学の、それが時枝の触れた最後の姿だったのだが、その時に確実な予想があったわけではなくその静けさを永遠のもののように錯覚しながらも、同時にその睡ったような気配に多少苛々した。教養部側の校門のあたりにだけ、二、三の立看板があったが、それも講演会や映画会の招待にすぎなかった。

そう、おれは細川富夫のことを調べに来たのだった。

時枝は自分の用件を思い出し、教養部の校門をくぐった。歩きにくい砂利を敷いた前庭。左手にここが旧制の高等学校だった時代の武道館があり、いまは何に使われているのか、人の気配はなく、右手に旧《ふる》く孤立した大教室校舎が残っていた。その一部分は時枝正和の学生時代、ガリ版切りなどに使った小部屋になっていたが、不必要な思い出にからまれるのを恐れて彼はわざと目をそらせたまま正面の建物に入っていった。ただ嫌でも目に入った右手のグラウンドは、何の思い出もからまないゆえに、すがすがしく、あとで芝生を踏んで歩いてみようかと彼は思った。

空港わきの米軍軍用機修理工場襲撃のさい、死亡した細川富夫の生前のことを調べるとは言っても、特に時枝正和に目算があったわけではなかった。事務所でたずねてみることも、事件当初、数多くの新聞記者がすでにやってしまったことに相違なく、あらたに何かが事務的な調査であかるみに出ることなど期待はできない。

ただ新聞記事が伝えた一応の身許《みもと》調査や家族の思い出話いがいに、時枝に調べることがあるとすれば、この校舎の何処かにいるはずの彼の生前の友人たちに会ってみることだった。しかし、いったい何処にその友人たちがいるのか。細川富夫の手記には、彼の政治行動、いや叛逆行為には、特定の準拠集団はないとあったはずだから、学生自治会のボックスや様々のクラブや研究会を手蔓《てづる》にすることも期待出来ない。ただ、時枝の強みは、助教授や専任講師、あるいは助手の中に、彼の学生時代の友人が数人はいることでもあり、また教養課程では一応クラス制がとられていて、そのクラス担任の教官や生活補導委員が彼の友人と重なっているかもしれないという一縷《いちる》の望みだけだった。

事務所のドアを開けながら、時枝は「いやだな」と独語した。なにが厭なのか。はっきり指摘できる不愉快の種はなかったのだが、この校舎にいた二年間、およそろくな用件でこの事務室の窓口を覗いたことはなかった。単位不足で呼び出されるか、さもなくば一たん費い込んでしまった授業料を苦心惨憺アルバイトで補い、まるで溝に捨てるような気持で払いにくるか——。事務所はいつしか郵便局か銀行のように、ガラスの衝立で区切られる構造に変っていて、いっそうよそよそしかった。銀行すら客との間の金網や仕切りをはぶく方向にむかっているというのに、一体なにを警戒して、こんな障壁を作ったのか。事務員たちは、のんびりとのけぞって煙草を吸い、一隅ではなにかの書類を、囲碁でも覗き込むように数人が覗き込んでいた。ただ博物館とは違って、しょっちゅうどれかの電話が鳴っている。

「えーとですね」時枝は窓口から首をつっこみ、女事務員の方に言った。近寄ってきた女事務員は、それが係なのか機械的に、国鉄の学割証を二枚時枝の前に出し、「学生証は?」とたずねた。

「学生証がないと駄目なんですか」と時枝は笑った。

「ええ駄目ですよ」と可愛い女事務員が、そのつぶらな瞳には似ぬ冷たい声で言った。

「いや実は僕は学生ではないんですがね」と時枝は言った。

「じゃ、何ですか」

「こういう者ですけれど……」時枝は名刺を出した。「実は細川富夫君の担任の先生に会いたいと思いましてね」

「細川富夫って、誰《だ》あれ?」

「先日、もう二カ月になるかな。大阪空港のデモの際、死亡した学生」

「そんな人いたかしらん」

女事務員は名刺を持って、庶務課らしい数個の机の向いあった所へ行き、その末席の若い男としばらく耳うちした。

「なにか御用ですか」とその若い事務員が、まるで時枝に敵意でも持つように鋭い目で睨《ね》めつけながら尋ねた。

「あなたは御存知なんでしょうな」と時枝は言った。事務員は目をそらせ、手に持った名刺に視線をおとしてから、「そりゃ、新聞記者やら、警察やら、わんさとやって来ましたから」と吐き出すように言った。

「ともかく、彼がどのクラスの学生だったのか教えてもらえませんか」

「しかし、彼はもう死んだわけでしょう。もう大学には籍はないわけですよ、どのクラスにも。大学は葬儀屋じゃないんだから」

「そんな官僚的なことを言わんでですね。ちょっとどのクラスだったのか、担任の教授は誰だったのかぐらいは教えてくれてもいいじゃないですか」

人がこれと言った理由なく不機嫌になることのあるのを、時枝は知らないわけではない。また個人の感情のあり方いかんにかかわらず、役所の仏頂面というものが、むしろ人を不愉快にするために存在しているものであることも知っていた。だからはじめからそのつもりで気持を武装しておけばよかったのだが、そこが母校であるという感慨が、時枝を油断させていたのがいけなかったのだ。しかし、それにしても……時枝は手にしていた国鉄の学割証を破り、「おれたちの学生時代には、君みたいな事務員はいなかったぞ」と言おうとした。もっとも声には出さず、それは呟いただけだった。昨今、妙に感情を波立せることが多くなったようだが、その時は、なぜか急に自己をとりまく環境のあり方が激変したように思えることを訝《いぶか》る気持が先行したからだった。なぜだろうか。自分がそんなに変ったとも思えないのに、周囲の者がどいつもこいつも野獣のように獰猛《どうもう》な顔付をして迫ってくる。

「なにをされるんですか、そんなことを調べて」急に態度を和らげて相手は言った。

しばらく時枝は幻覚におそわれていた。一匹の雌河馬《めすかば》を争う二匹の雄河馬のように、全身泥まみれになりながら、幻想の中で彼は目の前にいる相手ととっくみ合いをした。雄の河馬同士には自分がなぜ争わねばならないのかは解っていないのだろうが、そのように彼にも争いの理由は解っておらず、しかも奇妙にも、幻想それ自体に、そうした自分を憐れむ悲哀感が漂っているのだった。

「細川富夫のことを、なんのために調べられるんですか」再度、相手は言った。

「遺稿集をまとめる案がありましてね、指導教官にも一筆、追悼文を書いてもらいたいわけですよ」

すらすら出てきた嘘に我ながら感嘆しながら、やはり人間とはあまり顔をつき合わせたくないのだという、退嬰《たいえい》的な思いにとらわれざるをえなかった。そして時枝は河馬のように不作法に大欠伸《おおあくび》をした。

事務員は暫く、あちこちと書類綴をくり、途中で係長らしい人がその事務員のそばに寄っていって何か立話をし、視線が会うと係長だけは愛想よく黙礼したりする幕間《まくあい》をおいて伝えられた教授の名前は、結局、時枝の知らない名前だった。時枝の学生時代にはまだ教授ではなかった人なのか、なまけ者の彼が知らなかっただけなのか、専門は英語学ということだった。

薄暗い、三流病院か監獄のような印象を与える研究室棟の廊下を、大学に残っていまは教官層に加わっているはずの友人の名前を求めて時枝は二階から三階へと歩いていった。扉のそばの名札は、多くは赤になっていて、大半の教授たちは不在だった。一、二、彼が教えを受けた先生の名札もまだ見られたが、その前は素通りした。世代の異なる先生に頼めるような用件ではなかった。

半ば諦めて、教官専用の手洗場に入り、体をねじってぼんやり窓外に目を注ぎながら放尿しているとき、「よ、時枝じゃないか」と声がかかった。

振りむくと、ドイツ語を担当しているはずの旧友の、意外に落着いた姿がすぐ隣りにあった。「どうしてるんだ」と相手はくだけた声をかけたが、時枝の方は、その人の額が鋭く禿《は》げあがり、彎型《わんがた》に後頭部にまで禿がひろがっているのに目を奪われて唖然としたままだった。学生時代から髪の薄い男だったが、それにしても毫《ふ》けすぎていた。

「いま僕は独りごとを言ってなかったかな」と時枝は言った。「久し振りに来た学校で不意に声をかけられて驚いた」

「なにも聴えなかったようだが」

「そりゃ、よかった。気楽な稼業ときたもんだ、と言ってたんだ」

「あい変らず皮肉な男だな。言ってしまっちゃ独りごとにはならんじゃないか」相手は笑った。

「ま、そういうこと」

「しかし君とは妙に便所で縁があるな」遠慮なく放尿の音を立てながら、葉山毅は言った。

「そうかな」

「いつだったか、そう、入学して間もなく、お互いにまだ名前も知りあわない頃だ。偶然君と便所で隣りあわせたことがあった。君はその時奇妙な議論をふっかけてきて、往生したことがある。学生便所はここのように綺麗じゃなし、アンモニアで目のいたくなるような所で、長い間言いあらそった。確かね、おれは覚えてるぞ。人類なんぞ、こう蛆虫《うじむし》みたいに互いに上に這いあがろうとして足蹴にしあって生きている必要はないんであって、むしろもっと自発的に自殺すべきだ。その場合、手段としては餓死がよい。持続的な意志力を試せるし、風化するよう消滅すれば業も消えよう。お前、死ね！　とおれに言ったぞ」

「ほんとかな」

言われてみれば朦《おぼろ》げにその情景は浮んではきたが、交わした会話の内容までは覚えていなかった。

「君は当時、一風変っていて、天才じゃないかと思ってたぐらいだ」

「よしてくれ」と時枝は言った。

「こちらも天才はごめんだが、まあ、お茶ぐらいは御馳走するよ、ちょっと寄らないか」


時枝には辛うじて背文字の意味の読みとれるにすぎない原書が書架の半ばを埋めていた。ただ、堆高くとまではいかず、学校書籍の印のあるものも含めて、壁全体を覆った書架の三分の一ばかりが空洞であるのが、かえってある親しみを持たせた。葉山の生活のつつましさが、その研究室にも反映していて、他に何の装飾品もなく殺風景なことが、いっそ見事だった。ひとしきりのよもやま話ののち、時枝は来校の目的を語り、また旧友の気安さに、先刻の事務所のあつかいを愚痴った。

「傲慢な若造だよ。便所の中でなくとも、舌でも噛んで死ねと言いたくなるさ」

「いや、ただ官僚的というだけのことではないんじゃないのかな」葉山は脚下の電熱器のニクロム線をいじくりながら言った。「この学校の中にも、いろんな政治のセクトがあってね。東京の方の大学で、すでに何度か内ゲバをやっているから、京都で特に何はなくとも憎悪はセクトの系路を通じて波及してくる。うちの事務員さんたちは、大体民青系ないしは民青支持者だろう。そして君が調べたがってる細川富夫君は、名にし負う反代々木系の活動家だったんだから。尋ねた相手が悪かったわけだろう」

葉山は電熱器を修理しようとするのだが、すでにニクロム線は何度か切れたものとみえて、陶器の渦状の溝につないだ個所がうまくはまらないのだった。

「東京に較べて、何ごとにせよ京都はワンラウンド遅れて走っていて、六〇年安保のころは、まだそれほど派閥憎悪せねばならぬほど反代々木系そのものが強くなかった。しかし、それでも、反代々木系のデモを、わざと警官隊に殴らせるように、後から包囲したりしたことがあったものね。おれみたいに政治にうとい者はなぜあんなことをせんならんのか解らんがね」

「いや、もう茶はいいから」と時枝は言った。なおったはずの電熱器に茶瓶を置いたとたん、またニクロム線が切れてしまったからだった。

「いや、楽しみでやってるんだから、御心配なく」と葉山は禿頭に似ぬ童顔で笑った。窓から射してくる光線の下でみると、肥満しているように見えた葉山の顔は、血色悪く、ややむくんでいるのだった。

「おれは幸いに補導委員の役は今年の三月で終った。今年担当してる人、来年担当する人は大変だろう。すでにこの大学でも寮の増設問題では相当紛糾していてね。大昔からのぼろぼろの寮しかなくて、増設は数年来の懸案なんだが、文部省が厳しい管理規定をおしつけよってね。それを飲まないと金は出さぬという。学生部委員は板ばさみにあってる。おれが補導委員だったころ、すでに学生たちと一緒に文部省にデモをかけようと主張する学生部委員もいたんだが、国家公務員というのはなかなかそこまで踏み切れなくってね」

「去年、補導委員をしていたのなら、細川富夫君とも接触はあったわけ?」

「いや、彼はまだ一回生だった。そして俺は今年の四月から補導委員は放免されたから」

「誰か、彼のことをよく知っている担任教授か今年の補導委員かを、紹介してくれまいか」

「そりゃ紹介はせんでもないが、それは多分無駄だろう。たにしろ大勢の学生だからね。補導委員も時おり談合する自治会のリーダーか、何年もわざと留年しているセクトの指導者のほかは、知らないよ。一人一人を把握するなんて人間業じゃ出来ない。クラス別の担当教授制も名目としてはあるけれども、その人にも実際に学生と接触があるわけじゃない。制度としてはおれたちの頃だって、教授担当制はあったんだぜ。どの教授がおれたちのクラス担当だったか、君、知っていたかね」

「いや知らんね」

「教授は一人、学生は四、五十人。多数の方すら知らぬものを、教授の方が知るわけないだろ」

そう言われてみれば二、三の週刊誌がものみ高い細川富夫の追悼特集を組んだ時も、近親者や友人、中学や高校時代の教師の回顧談は掲載されていたけれども、現に彼が籍をおいている大学の教官側の発言はどこにもみられなかった。もったい振って登場しないのかと思ったものだったが、そうではなかったらしい。考えてみれば、新聞記者やトップ屋が、インタビューを申し入れたはずだが、誰も、記事になるほどのことは語りも知りもしなかったのだ。

「専門課程に進めば、話は別だが、教養部というのは、まあ無責任なところさ」

やっと電熱器の修理が終り、葉山は茶瓶に水の入っているのを確めてから、それを、継ぎの部分が白熱している電熱器にのせた。

葉山の動作には、なぜか、学生時代の下宿生活を連想させるものがあり危うく時枝は過去に足をすくわれかけた。しかし一方、質素な部屋とはいえ、葉山は家庭とは別に、務め先に独立の研究室をもち、先日訪れた弁護士の笠原匡は、狭いながらも自分の法律事務所を運営している。そしてその二人とも、本当のことをいえば学生時代にはあまり冴えず、親しい友人でありながら、時枝は「あいつら、阿呆かァ」と思っていたのだ。時枝が才気走って、驕慢《きようまん》な兎のように無目的に跳びはねているうちに、彼らは着実な亀のように、自らの将来を設計していたとみえる。

いや、時枝はなんとなく不満だったのだが、不満は必ずしも他者と自己の境遇を比較する世俗的な嫉妬からくるのではなかった。僅か十数分の会話ながら、そして、母校が休火山的にはらんでいる問題や学生運動の一般的動向について、風評的な示唆は受けながらも、葉山の言葉には、なぜか、存在の深部に響いてくるものがなかったのだ。去年補導委員をしていたせいか、東京の学園闘争がやがてこちらに廻ってくるだろう予想についても、また、そう予想されるにも拘らず、まるで他事のように澄し込んでいて一向精神的な準備すらしていない同僚を皮肉る言葉にも、確かにある種の機敏さはあった。しかし、葉山の発想は、残念ながら一種の情報通のそれから抜け出せてはいなかった。一人の学生が街頭闘争で死亡し、一人の女子学生が学内抗争で負傷する。その負傷の事実に対する反応ではなく、負傷したり命をおとしたりするまでにいたる孤独な個々人の精神の暗幕に、どんなイメージが映り、どんな劇が演じられ、そして、彼らが何を賭けようとしたのかということに対する洞察というものが欠けていた。たとえ、その発言の語調が、教師という身分上、学生運動に同情的であっても、彼らの内面と集団という異質な二つの次元の間に、どんな激しい精神の振幅があり、あるいは断絶があるのかということをキャッチできていなければ、同情的擁護論は、〈暴力学生〉という現象面からの反撥や恐怖と結局、同じことでしかないのではないか。時枝に何が見抜けているというわけではないにせよ、また種々の政治団体の政治指針の区分が出来るわけではないにせよ、少くとも一人の青年がヘルメットをかぶり、手拭で顔を覆って棍棒をふりあげ、政治の有効性論や結果論から言えばほとんど無償の行為に近い行動につっ走ってゆくときに、この世の全体に流れる物理的時間とは異なった時間が、その青年の内部に流れ、いや凝固するのを、一種の肉の痛みのように感得できるような気がする。あるいはまた、一人の青年が機動隊に橋の上で追いつめられ、微妙に変色する油の浮いた溝に転落する瞬間、一切が逆様に映ったろう一瞬の彼の視覚と、そして漱石の『夢十夜』の船からの転落者の意識のように内部に映し出されたその生涯や果さざりし夢の犇《ひし》めきを感得できるようにも思う。それは、いわば文学的な接近の仕方にすぎないにせよ、彼にとっては何故か、精神のもはや忘れかけていた深い悲哀を憤怒につらなるものがあり——、どのセクトとどのセクトがどうなったという噂などでは代替できない、価値が含まれていると感じられる。

「問題は……」時枝は観念的な語りかけをしようとし、しかし、ごそごそと三角戸棚から茶器をとり出し、コーヒーカップの埃を吹いている葉山の振舞いに、はやくも話の腰をおられた。彼も善意な人間なのであり、そして多くの場合は、それで充分なのだ。

「そう」葉山は素晴しい思い付きをしたように目を輝かせて言った。「君の知りたがっていることを教師の方からたどっていってもナンセンスだけれども、おれのドイツ語を受講している学生の中に、細川富夫君と親しかった女子学生がいた。えーと、名前は……」

「浅岡という人かな」

「そう。いや、雑誌か何かに細川君の手紙が発表された時は名前を変えてあったのだが、その浅岡というのと同一人物なんだが、えーと……」

思わず、時枝は膝を乗り出した。この一事だけで今日の母校訪問も無意味ではなかった。

「是非その人を紹介してくれないかな」

「うーむ」

自分から言い出しておいて、葉山の態度はにえきらなかった。「あの学生だと指して教えることぐらいはするがね。なにを聴き出すつもりにせよ、あとの交渉は君自身がやってくれないかな」

「なぜ?」

「あまり学生間のパーソナルな関係や個人のプライバシーに割り込むのは嫌なんでね。最近は何でも相談事があれば生活補導委員の所に行きなさいということになっとるがね。おれは反対だな」

「その女学生は、なにか困った状態にあるのかな」

「親しかった者に急に死なれれば誰だって打撃は受けるだろうさ。しかしそれより、まあ、現代ロメオとジュリエットとでもいうかな。昔は男女の間をはばむものは、家の対立だったり、その館の間を流れる川だったりした。自己の内面にはかかわらないものだったから、事はある意味では簡単だった。だが現代では、個と個を隔離する壁は内部にあるわけだし、外にある場合も目に見える川ではなくて組織やイデオロギーという形態をとるわけであってね。ま、つまり、その浅岡、じゃない、深瀬幸子という女性は、親父から感化を受け兄貴からも教化された、しっかりものの、民青の女子活動家でね。彼女にとっては、細川君との交際には、いわば父親の庇護からの脱出か、組織や父親への忠誠かという問題もはらまれていたんだな。単なる華々しい季節の男女交際というのではなかったらしい。だから、細川君の不意の死は、いっそう彼女にこたえた。最近、あまり学校にも出てきていないようだが……」

「その下宿は、わかるだろうか」

「それは教務へ行けば解るがね。ただ、自分で言い出しておいてなんだが、傷口にやっと薄皮が再生したばかりの時に、あまりつつくのは可哀そうな気もするな。戦争でもそうだが、男の悲喜劇は目立つ。英雄の死であっても犬死であってもね。しかし、残された女の方は、割り切れない回想の断片と一ときの悲哀を抱いて、誰か別の人を求めねばならない。深く深く、生涯口には出せない不燃性の悔恨を胸に秘めてね。いや、二人の交際が何処まで進んでいたかは、それはおれは知らんよ」

「…………」沈黙しながらも、葉山の解説によって時枝は余計に会いたくなった。いや、会うことが使命のようにすら感じられはじめたのだ。

「男の方がその点は気楽だろうさ。女房にせよ、恋人にせよ、もし不意に亡くなれば、身も世もあらず歎きながら、一方『我れ解き放たれたり』と叫んだりする。カラマーゾフの兄弟の親父アレクセイ・フョードロヴィッチみたいにね」

「余計なことは言わんでいい」と時枝は言った。なにか話題が深刻めくと、衒学《げんがく》的な半畳を入れていたのは、これまで時枝の方だったのだが、それが、自分の恥部をみせつけられるようにいま恥かしいのは何故《なぜ》だろうか。

今度の日曜日、いっしょにデイトしないか、浅岡君。

かつて読んだ細川富夫の書簡の冒頭を時枝は思い出す。それを博物館の円型の噴水泉の横で読んだときは羨望すべき若い世代の素直さ、健康さと思えた文章にも、そういう背景があったのか。男女の考え方が違い、それが一つの葛藤因《かっとういん》となるということ自体、戦後の自立志向が、まがりなりにも女性にも及んだ慶賀すべき事実にもとづくものだろう。僅かの世代の相違ながら、時枝の頃には考ええなかったことであり、彼の目にはそれもまた一つの羨望の種と映る。けれども、当人たちは、それをどう処理しようとしていたのだろうか。

「彼女の下宿のありかを事務所に訊いてみてくれよ。君なら、悶着《もんちゃく》なしに教えてもらえるだろう？」

「うむ」葉山は立ちあがった。「それは簡単なことだが、それにしても、君は何故、細川君のことにこだわり、しかも本人に関してだけじゃなく、その生前のガールフレンドにまで会いたがるんだね。それをまだ聞いていなかった」

「むしろ君の話を聞いていて、心がきまったようなものだ。その浅岡君、いや深瀬幸子さんに会って、話も聞きたいが、こちらからも、彼女にだけはどうしても伝えておきたいことがあってね」

「なんだね、それは。そういうはっきりした用件があるんなら、日を決めてこの研究室に呼び出したっていいんだぜ」

「いや、こちらから行こう」と時枝は言った。

「なんだね、彼女に伝えたいってことの内容は」

いったん電話で事務所に深瀬幸子の住居を問いあわせようとし、しかし時計を見て、教科書と辞書を脇にかかえて葉山は、時枝とともに研究室を出た。ドアの鑰《かぎ》がいたみかけているらしく、ズボンのバンドから鎖でつるした鍵《かぎ》をさしこみながら、葉山は長い間、そこで手間取っていた。

「なんだ、言えよ。人にものを頼んどきやがって」鍵のことで苛々としながら葉山が言う。

「他の人にはたいしたことではないかもしれない。だが、僕にとっては重要な、そして彼女にも重大なことに違いないこと……」

「もったいぶるな」

「つまり、細川富夫君の死亡の真相だよ」

不意に振り向いた葉山の視線をふりきるように、時枝は先に立って、階下の事務所の方へ歩いていった。

第十一章

深瀬幸子の下宿のありかは難なく知れたのだが、若い女性の住いを不意にたずねることに気がひけて、翌日、時枝正和は矢野恵子に同行を依頼した。

鼻軟骨の負傷いらい、恵子は時として何か決意して外出しては意気消沈して帰ってくる無駄を何度か繰返し、結局、家でぶらぶらすることが多くなった。時枝の直観では恵子は女子大へ行って不当な処分の撤回要求をしているのではなく、卒業を諦めてひそかに職を探しているらしかった。特別な組織に属しているわけではない女性一人、いずれ学生運動が女子大でももりあがれば彼女の停学処分問題も大きくとりあげられる可能性はなくはないにせよ、いまはどうすることもできないのだ。自ら退くことは敗北することだが、時枝はなにも言わなかった。学校に嫌気がさして職をもち、自立しようという気持になっているその志向に水をさす権利は誰にもない。

夕食後、同行を依頼したのを、矢野駒は映画にでもさそったのかと錯覚して「あまり無駄遣いなさることはないいんですよ」と言った。

「いっしょに酔っぱらって帰ってくるかもしれません」と時枝は言った。

「その文法は間違ってるわよ。いっしょに酔っぱらうつもりなら、帰ってこないかもしれませんよと言うべきよ」徳子が夕食のあとかたづけをしながら台所から甲高く言った。

食卓の横に折り畳まれたまま誰にも読まれぬ夕刊新聞があり、その上に辻文磨宛にとどいた現金書留が置かれていた。しばらく見るともなくその書留に目を注いでいて、時枝はふと思い出し、小さな紙包みにつつんだまま渡し忘れていた先月の部屋代を「これ」と言って差し出した。矢野駒はだまっておし戴き、そして時枝は矢野恵子の負傷をめぐって一時気まずくなったものの、少くとももう一ヵ月はこの家に住むことになると、私《ひそ》かに感慨した。

部屋代はもともとは先払いだったのだが、もう半歳も以前給料日に時枝が自棄《やけ》をおこして一夜のうちにその半ばを蕩尽《とうじん》し、いらい部屋代はあと払いになったのだ。つまり金銭的には彼は一カ月分の人生を他者に負債しているかたちになっていた。

「その後お家の方からは、なにか連絡はあった?」矢野駒が言った。

「はあ、一度手紙は来てました。おやじは家に帰って、こちらの大学病院に入る心づもりになっているんですけれど、いま、大学の病院は無給医局員制度や、なにやかやでもめていましてね」手続をととのえるのが面倒な自分の怠慢を時局のせいにして時枝は頭をかいた。

「恵子も早くもう一度いい整形医についた方がいいんだろうけど、うちは保険もなくて」駒が肩をおとして目をしばたく。家の中の調度は骨董的に黒光りしていて、時枝の部屋の床間に飾ってくれてある掛軸や香炉一つにしても、上品なものだが、下宿料収入だけでは医療費にも手が廻らないのだろうか。この町の人は総体に外見に比して生活の内情はつつましいのだが、それにしても時枝の心は寒々とした。テレビや週刊誌にだけある痴呆的な消費文化……。

「就職されるまで放っとくのはよくありませんね」

「誰か月給取りの人と結婚すればいいわけよ、家族は半額なんだから」無責任なことを徳子が言った。

「そんな馬鹿な」

「なにも本当に結婚しなくたって籍を入れればいいわけじゃない？　恵子が学校に行けなくなった責任を痛感してる人もいるんだし」

「徳子さんの舌をひきぬく手術のためにならそうしてもいいですがね」

「ふん、覚えとくわよ」

今すぐ舌を抜いてみろとでもいうように徳子は駒には見えぬように舌をつき出した。

そして暫く、矢野恵子が仕度をととのえる間、時枝と徳子は無駄口をたたきあったが、矢野駒は誤解しながらも、家にとじこもり勝ちな恵子を外に誘ったこと自体は喜んでいたようだった。

外はオーバーの襟からも容赦なく寒気の吹きこむ寒さだった。そのオーバーは先日質屋から出してきたばかりだったから、顔を襟に埋めようとすると、妙に黴臭《かびくさ》かった。ポケットに手をつっこむと右側に樟脳《しょうのう》が二つ入っていた。ここしばらく空気は乾燥して、通りなれた道の、いつもは濡れている溝もかわいている。質屋土産の樟脳をその溝にすてて、時枝は恵子を振りかえった。寒い夕べだった。そしてその寒さゆえに、マフラーで顎を覆い、さらに大きなマスクをかけているのも不自然ではなかった。

「昼間だとよかったんですがね。小生、もう有給休暇の日数がきれてしまってましてね」市電の停留所にむけて歩きながら、時枝は言った。

「わたしはただついて行くだけでいいんですのね」

「ああ、あなたが付いていて下されば、警察や暴漢でないことだけはあきらかだから」

「帰りに、本当にお酒を奢って下さるつもり」甘えるように恵子が言った。

「あれ、さっきの冗談聞かれてたんですか」

「あんな大きな声で怒鳴りあってたら、お隣りにだって筒抜けだわ」

「それにしても、恵子さん、お酒を飲むんですか」

「今まではあまり飲んだことはありませんけれど……」

まだうら若い女性が酒を飲んでみたいなどというのは、いい傾向ではない。訓戒を垂れかけて時枝はやめ、野良犬が一匹、姿勢を低くして夕暮れの街を走るのを見た。街路樹はすっかり葉をおとし、電柱にとりつけられた薬屋の看板がことことと風に鳴っている。

「その深瀬って方は、おいくつだったかしら」

「あなたと同じ歳位でしょう、多分。いやあなたの方が歳うえかな」

「私、恋愛って、まだしたことないけど、恋人に不意に死なれるって、どんな気持かなァ」

停留所で電車を待つあいだ、恵子はことことと低いプラットホームを靴の先で踏みならし、幾分はしゃいだように言った。

「まだ、恋愛経験がない？　そりゃ片輪だな」軽口をたたき、片輪という言葉に時枝はしまったと思った。だが恵子は別段心配した反応はしめさず、「子供の時の恋愛は別だけど」と弁解するように言った。

いつぞや、偶然外出時が重なり、はじめて百貨店の喫茶室にさそった頃に較べれば、恵子との間は加速度的に親密になっていた。そして、その親密さは、とりかえしのつかない彼女の負傷によって購《あがな》われたものだった。思いがけない事件が、遠慮勝ちだった心の幕を搴《かか》げた。もし、あの不幸がなければ、同じ屋根の下に住み、朝夕に顔をあわせてはいても、相互にただ行きずりの人というにすぎなかったろう。

それはある心のざわめきをよぶ経緯ではあったが、ただ行きずりの者同士であった方が、少くとも恵子にとっては幸せだったろう。

「寒いですね」と時枝正和は声をかけ、恵子はうなずくかわりに、時枝の古風な裾長の外套を風の盾にするように、少し時枝に近よった。

市電がやってきて二人はのり、恵子が座席に坐り、時枝が吊革を把《と》ってその前に立ってからは、目的地につくまで二人は完全に無言のままだった。


深瀬幸子の住いは素人下宿ではなく、質素ながらも各室の扉の独立したアパートだった。ただ履物は玄関でぬぎ、ざらつく狭い廊下をスリッパなしで歩かねばならなかった。管理人が「お客さんですよ」と粗雑なノックと同時に外から声をかけてくれ、扉があけられたとき、最初に視野に入ったのは、縄をかけられた行李《こうり》やトランク、そしてダンボール箱に半ばつめられた書籍の山だった。電球がなぜか揺れており、その揺動につれて荷造り中の品物が複雑な影を茣蓙《ござ》の上におとす。

扉から半身をのり出したままの姿勢で、深瀬幸子は時枝たちの方をすかし見た。髪は日本手拭で覆われ、また光は部屋の内側からの揺れる逆光だから表情はよく読みとれなかったが、内斜視のように瞳が訝《いぶか》しげに内へ寄るのを時枝は見た。

「わたし××女子大の矢野恵子といいます。ちょっとお話ししたいことがあるんですけど」

別段打合わせていたわけではなく、矢野恵子が一歩前に出て言った。事前に連絡をとってあったわけでもない初対面だったから、扉を閉ざされてしまえば、それで終りだった。そして一瞬、そういう気配はあったのだ。

「なにか知ら」

深瀬幸子は扉のノッブから手をはなし、スラックスの腰のあたりを掌を拭うように撫でた。

「お元気ですか?」と時枝正和は間の抜けた声を出した。

「はあ?」警戒する姿勢をまだ少し残しながら、深瀬幸子は微笑した。

「独文の葉山毅助教授の紹介状をと思ったんですが、そんなに仰々しくすることもないと思いましてね」

「………」

「夜分、失礼は承知なんですが、私は勤め人だもんですから、おさしつかえなければ近所の喫茶店にでも……ちょっとお話ししたいことがありまして」

「そうですか」

しばらく相手は頬に手をあてうつ向いて考え、髪をおおっていた日本手拭をとると、恵子の方にむかって「どうぞ」と身振りした。「モーレッ散らかしてますけど」

同年輩の女性同士、恵子に同行を依頼したことは失敗ではなかった。

莫蓙の上の荷造りはまだ緒《しょ》についたばかりのようだった。茶碗類は、ほんの数箇、新聞紙でくるみかけたまま転がっており、はずされた額が裏向けて置いてあったりはするものの、机も電気炬燵もそのままになっていた。男の下宿住いしか知らぬ時枝の目は、転居準備の荷造り中とはいえ、部屋が整頓されているのが驚きだった。特になまめいた何があるわけではないのだが、カーテンの煉瓦色や机の隅の可愛い置鏡台など、まぎれもない女性の部屋だった。小型のラジオとプレーヤーが机のかげにあり、十数枚のレコードが慎ましく立てかけられてある。座蒲団を探そうとして深瀬幸子が空けた押入れには、きっちりと紙箱がつまれて日用品は露出せず、それと分るのはハンガーに吊した洋服だけだった。外套を着たまま莫蓙の上に胡坐をかいた時枝は、自分の靴下がいやに臭うのに閉口した。

結局、客用の座蒲団は一つしか見あたらず、深瀬幸子は矢野恵子にそれを薦め、矢野恵子は折り畳んだままのかたちで時枝の方にそれを押してよこした。あの黄昏の橋から顛落した細川富夫が時おりこの部屋をおとずれたことがあるとすれば、たぶん、この座蒲団に坐ったのだろう、と時枝は思った。本箱だけはすでに空っぽになっていて、現代の女子の学生活動家がどういう書物を読んでいるのかを確められないのが残念だった。

「もっと早くうかがうべきだったのかもしれないんですが……」時枝は、ポットのコードを、机の下にあるソケットに入れようと苦心している深瀬幸子に言った。

「私の故郷は四国にあるんですがね、おやじの病気で帰省しようとして、もう二カ月も前になるかな、偶然、空港わきの米軍軍用機修理工場へのデモ隊とぶっつかりましてね……」

「ちょっとお待ち下さい」

不意に居住いを正して深瀬幸子は、はじめて時枝を正視した。想像していたよりも皮膚は浅黒く、断髪にしているせいか円顔はほとんど下ぶくれに見えるのだが、表情は意志的に締っていて、むしろ男性的だった。高校時代からの学友でなくとも、デイトしないか深瀬君、と君づけで呼ぶ方がふさわしい。そして、表情の硬さや胸の薄さが、死亡した細川富夫との交際の礼儀正しさを暗示していた。特に美人というわけでもなく、女性の体臭をあたりにふり撒くというのでもなく、しかし、清楚《せいそ》な魅力があった。おそらくそんなにガリ勉というのでもなく学校の成績はいいのだろう。

「お話というのは、細川さんのことなんでしょうか」と深瀬幸子は言った。

「ええ、ご迷惑だったですか」と時枝は言った。

相手は黙って、せっかく新聞紙に包んだコップをとり出し、一つ、二つ、三つと机の上に並べた。

「どういうお知りあいだったんでしょうか」声は口から出るのではなく、どこか相手の背後の方から低い響きを伴って発せられたように思えた。

「いや、私は別に細川君を個人的に知っていたわけではありません。ただ偶然の機会で、その死の寸前、知りあった……いや、知りあったという言い方は正しくない。一方的に、ある関係性ができあがったわけです」

「死ぬまえ？」

「ええ、もっともこう言ったからと言って私は機動隊員じゃありませんよ」

「じゃ、なにかことづてでも」

「そういう事でもないんです。……いや考えてみれば、力の尽き果てたマラソン選手がバトン・タッチでもするように、私は偶然の女神に選ばれて伝言を受けとったのかもしれない」

「細川さんの肉親の方には会われまして？」

「いいや、細川君と生前なんらかの関係にあった人で、お会いするのはあなたがはじめてです」

「なぜ、わたしのところへ最初にこられたんですか」

「ただなんとなく。そして出来ればお尋ねしたい事もあった」

矢野恵子がそばで小さく咳こみはじめた。

深瀬幸子は先刻包みを解いてとり出したコップをとり、黙って立ちあがり、部屋の隅にある半間ばかりの炊事場から水をくんできた。矢野恵子は、そむけていた顔をあげ、小声で礼を言って水を受けとった。マスクをはずした矢野恵子の顔に、ちらっと同性の敏感な眼が注がれる。ここしばらくの間に、顔に傷あとのある学生が急速に増えたと葉山毅も言っていたが、女性にはまだ珍らしい。しかし、それがどういう傷かは、深瀬幸子にも解ったはずだった。

「死んでしまってから、かえって関係性がゆたかになったり複雑になったりする、奇妙なこともありますのね」時枝の方を透し見るように深瀬幸子は言った。「いえ、皮肉じゃないんです。生きていた間は細川君って、憂鬱な人じゃなかったけど、孤独な人だったのに」

「宿がえをなさるのね」咳こみが収まって矢野恵子が言った。

「男の児みたいに、気分転換に気楽に下宿をかわるんならいいんだけど、家に呼び戻されてしまって」深瀬幸子は恵子には身構えなしに微笑した。「親って本当に馬鹿だわ。自殺でもするんじゃないかと疑ってるのね」

「それでおとなしく帰られるわけですか」

「しばらくの間だけ。仕送りがなくちゃ、今のアルバイトだけでは駄目だし、それにちょっと疲れちゃったし」意外に素直に彼女は答えた。

「率直なところ、言って下さい。いま細川君のことを思い出されるのは不愉快ですか」時枝は単刀直入に言った。

「ええ、本当は少し。あまりそういう目で見られすぎましたから。無理矢理に鎧《よろい》みたいな喪服を頭からかぶせられて、しかも涙を流しても笑っても、鼻先で写真を撮られて証拠でも集められてるみたい。喪装は心の中だけで充分なのに。お葬式のときだってそうだった。細川君って何も英雄志願者じゃなかったんだし、陸続とお焼香につめかけた人のうち、何人の人が本当に悲しんでたかしら。お前たちはお焼香する権利がないなんて弔問者を差別する人まであらわれたりして。そんなことを言う人にこそそんな権利があるのかしら」

「あなたに弔問をことわるなんてことを言った人がいるんですか」

「いいえ、私のことじゃありません。でもいっしょに行った人で追い返された人もいるんですよ」

「いま、それで、あなたは、もう細川君のことは忘れてしまわれたい？」

「…………」

一瞬きらっと深瀬幸子の目が光り、つぎにそらされて虚空の一点を凝視したまま、動かなくなった。

「私もいわば細川君の死後の友人であり、あなたにとっては煩わしい招かれざる訪問者の一員にすぎないのかもしれませんね。ただあなたの中で細川君が完全に葬り去られてしまっているのではないのなら、あなたに伝えたいことがあるんです」

「いろんな人が来て、知りたくもないことも伝えてくれましたわ」と深瀬幸子は呟くように言った。

「私の知っていた細川さんは、高校時代、私と知りあってから、私に語りかけ、私に手紙を下さり、時には私を問いつめて困らせた細川君だけ。それでいいんです。それだけでも充分苦しんだり悩んだりしたんですから。そして時折りは体が宙に浮くほど楽しかったんだし」

いい言葉だ、と時枝は思った。発表された遺稿は細川富夫の日記と書簡に限られていたが、伏せられている彼女の返信もきっと魅力のあるものだろう。むろんそれも、彼女の論理に従えば細川富夫との関係性においてのみ意味があり、そしてそれで充分であり、他者が覗き込んだりすべきものではないのだろうが。

ふと、時枝は訪問の意図を伏せたまま、帰ろうかと思った。その感情の自然な動きを抑えて、敢て彼に言葉を継がせたのは、何だったろう。最初は親切のつもりのものが、その時はむしろ悪魔的なものに変ってはいなかっただろうか。

「今となっては余計なことかもしれないが、あなたは細川君の死亡時の状況についてどうお聞きになってますか。同じデモ隊にいた人から何かお聞きになりましたか」

「誰か後の方から投げた学生の投石が頭にあたったんでしょ。ブル新聞だけじゃなく、私どもの新聞にもそう報道されていました」

「そして、それをお信じになっている？」

「…………」

　再び最初ドアを開けた時のように深瀬幸子の両眼が内側に寄った。

「今日、うかがったのはその事なんですが、実は細川君は仲間の投じた石にあたったんじゃないんです」

「え?」と深瀬幸子が言った。「どうして御存知なの?」

「細川君は橋の一隅に追いつめられて、傷ついて溝川に顚落しましたが、その時、偶然、その橋からほんの少し離れた川堤に私は立っていたんです」

「なぜ?」

「さっきもお話ししましたように、四国の高松まで飛行機に乗るつもりで、空港わきまで行っていて、交通どめにあいましてね。私は実はぷりぷりしながら空港まで歩いていこうとしていた。そして、その時……」

「致命傷は投石じゃない?」

「そう、私はその瞬間のことを今でも覚えてます。石も飛び交ってはいましたから、あるいはその一つが当ったかもしれない。だけど、もしそれだけなら、細川君は欄干のそばに折れ崩れて尻もちをつくかたちになったでしょう。逃げ場を求めて、しかも油の浮く溝川を前にして立ちすくんだ彼の後頭部に頭蓋骨折するほどの強打が加えられ、しかも倒れる体を溝川の方へ押し出すようにする力が加わったために、細川君は重傷を負って川に顚落したんです。溝川の重油のような水を血で染めてしばらくもがき、そして製材所の浮木にもたれ、上半身だけ匍《は》いあがって、動かなくなってしまったんです。その時すでにこと切れていたのか、まだ気絶しただけだったのかは解りませんけれど」

喋りながら、しかし、自分の描写がどうも正確ではないような気がした。視覚的イメージとしては、周囲の色彩の配置が極端化されながらも、はっきりと浮んでいた。真黒な蛸入道《たこにゅうどう》のようになって浮かびあがり、そこだけ汚れていない口を大きくあけて喘ぎながら奇妙に緩慢な動作で彼は浮木の方へ泳いでいったのだ。いやそれは盲滅法にもがいていて偶然、浮木に行きあたっただけだったか。ともかく彼のもがきにつれて溝川に起る波立ち、いや波というよりは、糊《のり》状の流動物が隆起したり陥没したりする起伏もはっきりと記憶にあった。だが、その明瞭なイメージを表現する語彙《ごい》がてんでみつからないのだった。宿酔の朝の放心のように、脳の中枢神経がどこかで途切れており、思念の触手は言語をつかみそこねて空しく泡をつかむ。いや、そうしたもどかしさだけではない。実際に、見もしなかったことまで、彼は潤色して喋ってしまったような気がした。……おれは、あの学生の顚落を見、その血が溝川を染めるのをみたが、傍観の痛みのために、すぐ視線をそらせ、逃げるように後もどりしたのではなかったか。そうだ、悲鳴とも呻《うめ》き声とも知れず、なにかが、泥の中で苦しみもがく物音を聴きながら、お前は視線を夕陽に赤く染った空にそらせ、その空の下に錆びた骨組をさらしている彼方の起重機を美術品でも見るように注視したのだった。

「もう少し、前後の事情を話して下さい」声を震わせながら深瀬幸子が言った。

時枝正和は手帳を出し、×月×日、自分が帰省する必要があって……と喋り出し、「あら、時枝さんが家を出られたのは、飛行場わきの軍需工場デモの前日じゃなかったかしら」と矢野恵子に疑義を提出された。不意に彼は赤面し、しどろもどろになって、日時をごまかし、しかし、一応の前後の情景は語った。むろん、秘められた自分の心理はぬきにして……。

辻褄《つじつま》をあわすことに気をとられ、しばらくのあいだ時枝の意識から部屋の内の模様も、深瀬幸子の表情も消えていたのだが、ふと気付いてみると、真正面を向いたまま、手で顔をおおいもせず深瀬幸子は泣いていた。

ポットの湯が沸騰していて、そちらに視線を移した時枝は窓際に、ゴム毬《まり》状の可愛いサボテンが小さな鉢の中で枯れているのをみた。もとの色はどんなだったのだろう？　枯れたサボテンは褐色にしなびて莿《とげ》を毛のように垂らし、それでも濃紺の小鉢と対照して室内装飾の役割は果している。

可愛そうな富夫……

幻聴だろうか、深瀬幸子がそう呟いたように時枝は思った。そして、深瀬幸子は時枝の視線が窓際の観賞植物に向いているのを悟ると、突然立ちあがってそれを手にとり、そして小鉢を机の上にくつがえした。すぽっと意外に簡単にサボテンは抜けおち、そして砂が机一面に散らばった。

「細川君が亡くなってから」暫くして時枝は言った。「官憲やジャーナリズムは、学生が学生を殺したと凄まじいキャンペーンを展開しました。解剖は弁護士を拒絶して秘密に行われ、その結果は公表されず、過失致死容疑でつぎつぎと学生が逮捕されました。あんなにまでしなければ、率直に言って私は自分の目撃した事実を黙っていたかもしれません。どうせ、私なんぞは通りがかりの野次馬の一員にすぎなかったんだから。いや、今でも自分の見た情景の方が錯覚ではないのかなと思うこともあり、過失致死罪で逮捕された学生の裁判が、人定尋問だけにせよすでに一度開かれたことも聞いていて、しかも、まだ裁判所に名乗り出ているわけでもなく、担当の弁護士のところへ行っているわけでもない。首をつっ込めば面倒臭いことが一ぱい起るだろうことは目に見えていて躊躇していることは隠しません。ただなんというかな、細川富夫君の遺稿で、あなたにあてた彼の手紙を読みましてね。あなたにお会いしたくなった。私の直観では裁判も有耶無耶《うやむや》になりそうな気がするし、仮りにならなくても、人の記憶はそういつまでも一つのことにはとどまってはいません。偏見は一度できあがってしまえば、強固な砦を築いてしまうし、一人の人間がそうじゃないんだと言ってみたところで、誰も信じない。しかし、あなたには……」

「有難うございます」深瀬幸子は言った。「私は信じます。あなたのおっしゃることを。でもあなたが細川さんの死因にこだわられるのは、いえ、私に言って下さったのは、あなたの良心なんですか、それとも同情ですか、それとも、あなたの政治的な立場なのでしょうか」

「政治的立場?」時枝はわきみをしていて不意に電柱にでもぶつかったように驚愕した。

「細川さんがもう帰ってこないということははっきりしてるんです」先刻の嗚咽とはうって変って冷静な言い方を相手はした。「だからあなたの言って下さった真相は、過失致死で起訴されている人たちの名誉回復には役立つでしょうけれど、根こそぎに断ち切られてしまった富夫さんと私との関係には、なにももたらしません。そうでしょ。そうでしょ。それに私はもう……」深瀬幸子は首振り人形のように頭を横に振った。

「なんにもならない、とおっしゃる」

「いいえ」

「怒りを感じられませんか。私のように一通行人にすぎなくても……」

「私に、真相究明委員会のようなものでも組織せよとおっしゃるんですか」

「そんなことは言ってません。ただ……」

「後向きに怒るってことは楽なことですわ。でも、それはなんにもならないんだわ。そうよ、細川富夫さんはやはり、仲間の投石で傷ついて死んだんです」

時枝には訳がわからなかった。なにか目に見えない殻があって、相手の心が半透明ながらすけて見えているようで、手をのばせば核心にいたる前に、こつと障碍物《しょうがいぶつ》につきあたるのだ。それに考えてみれば、深瀬幸子のところをおとずれた時枝自身の動機も曖昧だった。戦争から帰った帰還兵が、戦友の消息を家族に伝えるように、伝えるだけでも感謝されるという種類のものではない。そう思いつつ、一方、彼は〈事実〉にこだわっていた。目撃した事実、それは政治的な立場や信条の差を超えて、変ることのない、尊重されねばならない事実であるという風に。だが、事実が事実と証明されることだけに何の意味があるのだろうか。迂濶にもこれまで、彼は考えおとしていたのだが、彼が目撃した事実をあくまで事実として世間に公表し主張すれば、それは事件が公安事件であった以上、あきらかに政治的な意味をもつ。だから、その事実の意味の共有を願うのであれば、そこに基本的な同士的連帯というものがなければならない。だが、時枝は、なお自分を一個の傍観者の位置においている。事実の内容は、ひととき相手の涙を誘ったにせよ、それ以上、対話が進展しないのは、時枝の側にも責任があるとも言えた。

「事実……」と彼は声には出さず呟いた。

「今日のところは、失礼しましょうよ」沈黙して二人のやりとりを聞いていた矢野恵子が言った。

「矢野さんとおっしゃいましたわね」深瀬幸子は矢野恵子に言った。「どこでお怪我をなさいましたの？」

「………」

矢野恵子は返事をせず、顔をしかめ、マスクをつけた。

「出しおくれましたが、これが私の住所です」時枝は名刺をさし出した。「こちらの矢野さん宅にごやっかいになってましてね。もし、もう一度会ってやろうという気持を起されたら、お電話下さい」

散らばったままの机の上の砂を時枝はぼんやりと見、そして立ちあがった。動いた拍子に外套の襟が質屋の倉庫くさい臭いがし、時枝は思わず嚔《くさめ》をした。


帰途、時枝は本当に矢野恵子を酒場に誘った。整理できない印象と感情を、生理的に融和する必要があったからだった。

「女の人ってのは、結局、ぼくにはどうしても解らないな」

恵子のためを思って、はじめて入ったスナックは、時間がまだ早いせいか客は少く、閑散としていることが、荒涼たる印象につらなった。絨毯は赤く豪華で、壁全体は革のような感じのする黒いナイロンにおおわれて温く、椅子の坐り心地も悪くないのだが、なにか店全体が荒廃している。

ジュークボックスが店の奥に据えられていて、おそろしくスカートの短い少女が二人向いあって踊っていた。

「しっかりしてられるからでしょ」と矢野恵子は深瀬幸子を批評した。「私のお友達に、学芸大学の学生運動のリーダーに夢中のひとがいるわ。その人が自分でいいふらすものだから二人の関係は有名なんですけど、その恋人は有名なわりに、あまり信用されてないの。なぜって、昔は民青だったんだけど、なにかの事件で三派の方に変って、それでまたいまは民青になってるんだもの。でもその男の人には何か変る理由があったんでしょうけど、その人が変るたびに、私のお友達の言うことがまたもののみごとに変るのね。別に気がとがめたり、陰気になるわけでもなくて変るのね」時枝は鼻から小刻みに煙草の煙を出した。

「そういえば僕たちの学生時代にも、そういう〈可愛い女〉はいたなァ。しかし、いまふと思ったけれど、相手の男性は一応括弧に入れるとして、その女性を男の節操とか信義という観念と同じ次元で裁くのは気の毒なのかもしれませんね。いま、ふとそんな気がした。少くともその女の人は相手の男にぞっこん惚れてるわけでしょうから。その女性は女性なりに愛と奉仕の原理を貫いているわけで、そしてその愛の根源が政治思想より低いものとも断言できないわけだから」

「女性に同情的な見方みたいで、それは女を馬鹿にした見方だわ」

「いや馬鹿になぞしてませんよ。徹底しとれば、それもまた一つの態度かもしれないんだから」

本当に言いたいことと、別なことを俺は言っているなと時枝は思った。

「そういう女性なら解って、なんとかして自立したがってる女性は解らないというわけ？」

「いや解りますよ。深瀬さんが、ともすれば無原則な悲哀に沈みこもうとするその悲哀をたち切ろうとしてることは解りますよ。悲哀を斬るなんて水の流れや月の光を刀で斬るようなもので、斬ってみたところでどうなるわけではない。だがそうしなければ自分も滅びてしまうということは直観していて、懸命になって自分を支えてることは解りますよ。しかし……」

「私には解るような気がするわ。あの人がどんな気持で家に帰ろうとしているのか。日本の家庭って、外で傷ついた人を温かくむかえてくれそうで、本当はそうじゃない。世間さまの目が、家の中まで射し通して、外で白眼視されたり、外で騒がれたりしたら、家の中でも白眼視されるのよ……」

どうも話が嚙みあわず、しかも二人ともが肝腎《かんじん》な点からずれている感じにいらいらしながら、時枝はテーブルの上に置いた彼の煙草にのびる恵子の手をみた。最初、百貨店の地下喫茶で恵子が煙草を吸うのを知ったとき、彼はおどろいたものだが、いまは、そのことに驚きはしなかった。ただ、吸わないで欲しいと祈るように思った時枝を無視して、恵子はジンフィーズに赭《あか》らんだ頰に微笑すら浮べていたのだが、恵子が煙草の煙をはき出したとき、半ば予期したように、薄く鼻から吐き出される煙は、片方にゆがんで流れたのだった。

第十二章

裁判の公開性というものは、法廷にはすべて傍聴席がもうけられていることによって保証されているものと、これまで、時枝正和は単純に思い込んでいた。特に凶器を持って闖入《ちんにゅう》するのでないかぎり、傍聴席は万人にむけて開かれているはずだから、と。

だが、一つの公安事件に偶然のきっかけながらかかわりを持ち、その事件の公判をともかく傍聴しようとして、時枝は裁判の公開性などというものはおよそ形式的なものにすぎないことに気付かねばならなかった。というのは裁判所も、普通の官公庁と同様、日曜日は休みである。公判は週日の午前九時から三時頃までのどの時間かに開廷される。ところが、選挙権を持ち最高裁判事の拒否権をもつ市民の大部分は、あらゆる裁判の行われるその時間帯には、それぞれの職場の職務に縛りつけられているはずなのである。よくよく親しい友人や血縁者が裁かれる裁判でもないかぎり、法廷に赴くということは一日、自分の職場を離脱することになる。日本の職場の有給休暇は、はなはだしく限られていて、概ねは医師の診断書を添えるほどのことはない、しかし体がだるくてたまらない病気や、父母の死を除く近親者や友人の慶弔、そして一年に一、二度のレジャーに消費されてしまう。有給休暇申請の理由に、「裁判傍聴のため」と書き込んだりすれば恐らく、職場の長は驚愕することだろう。つまり、実質上、自分で自分の食いしろをかせいでいる生活者は、裁判の傍聴からそもそも排除されているのだ。むろん国会や地方自治体の議会も同じことだが、ともかく国会に関する限りは、首相の施政方針演説や野党の代表質問、重大な委員会の論戦はテレビが報ずることがある。だが裁判所は、審議過程にテレビカメラを持ち込むことを、法廷の神聖の名において拒絶していて、結局、市民は裁判所記者が取捨選択し、さらに整理部が朱を入れた、ごく一部分の概要を偶然に与えられるにすぎないのである。

一人の人間が、ある事件を起したことは伝えられる。それが一風変った事件ならば何日かの捜査ののち、逮捕された時、その逮捕の模様が新聞種になることはある。しかし、おおむねはそれで終《しま》いであって、逮捕されたとしても犯人であるとは限らない容疑者は、一片の顔写真を残して、暗黒の闇に消えてゆく。野球の試合の予定は新聞を賑わし、テレビ番組の報知は、日ごとにあっても、どの裁判所でどんな事件が何時裁かれるかの告示はなされない。容疑者は無罪であっても、多くは名誉回復されないまま見棄てられ、有罪判決があったとしても、論告や弁護、証人尋問など裁判にとって最も肝要な審議過程は実質上、人々に知られずなぜそう判決されたのかは解らぬまま、被告は一つの刻印を生涯にわたって背負わねばならない。

日常生活というものは、日常性からはみ出す関心にとらわれたりしさえしなければ、割合気楽にいとなんでゆける。しかし、その日常性とは人を鋳型にはめこむ実は恐るべき制約の牢獄であって、ほんの一歩そこから踏み出そうとすると、あちこちで頭を目に見えぬ壁にぶちあて続けねばならない。身のほど知らぬ関心にとらわれたのが身の不運、時枝正和が友人の弁護士笠原匡から連絡を受けて大阪地裁まで赴いたときも、職場との関係から言えば、ほとんどやけくそだった。

風邪、歯痛、下痢、痔疾《じしつ》、そして父の発病と、これまでに欠勤理由は使いはたしていて、親不孝にも、書類の上では、父だけではなく、母までもう棺桶に片足をつっこんでいることになっているぐらいだった。

その日京都と大阪を結ぶ電鉄の始発駅から博物館にかけた電話口でも、相手が出る直前まで、時枝はどう弁解したものかと思い惑っていた。いっそのこと課長に、「デートの約束がありますので」と言ってみればどうだろうかと思ったりもしたが、コチコチ……と電話線がつながり交換台の女性が「はい、博物館ですが」と事務的な声をあげた時、時枝正和は、とっさに、学芸員詰所の受付の女性の名を言った。同じ課に、ちょっと課長に伝言しておいてくれと頼めるほど親しい同僚のいない孤独さを、そのとき時枝は実感した。あいつはいつやめやがるんだろうと、そういう期待しかかけられていない自分。かつては日本美術史のほんの一領域にすぎぬとはいえ、浮世絵に関する論文によって、自分が無能ではないことを証明してみせようともしたこともあったが、それも矢野恵子の負傷いらい、全然手つかずだった。書きつぐ時間がないというよりは、不意に時枝はその論文、そして考察対象である江戸市民の絢爛たる日常的美意識に興味を失ってしまったのだ。いや、版画や複製刷をとりだして眺めてみれば、春信《はるのぶ》にも歌麿《うたまろ》にもなおとろけるような魅力はあった。とりわけ近ごろは江戸末期、歌川豊国《とよくに》や豊広の頽廃的で幻想的な妖怪図や血みどろ絵に興味をそそられていたが、しかし、なぜかそれらの美女が性の恍惚に失神し、妖怪変化が踊り狂って舌を出し、妊婦が逆吊りにされて首をはねられる拷問の構図の背後に一体何があったのか、その粘液質な精神のありようを追究する気持にはなれないのだった。怪奇も残忍も卑猥も、秘蔵される版画や読本《よみほん》の挿画の中にあるよりも、現実の矮小な事件の中にあり、結局は俗物にすぎなかったからか、時枝正和はその不定形な現実の方にこだわった。いやこだわりたくないと思い、脱出し、逃亡したいと思いながら、現実の悪意が彼を一本釣の糸でつりあげたのかもしれなかった。

「今日は休みますから」と時枝は受付の女性に言った。

「今日もでしょう」と相手は笑った。「理由はなんと言っときましょう?」

「私用だけど、はずせない用件がありまして」相手が上司ででもあるかのように時枝の声は震えた。

「何の私用ですか」

「私用ということは、その内容をいちいちことわらなくてもいいということじゃないのかな」

「それじゃ、その言葉通りお伝えしていいんですね」

「いや、じゃ、ま、こう伝えといて下さい。大阪の富豪に、日本の刑罰史に興味をもっている人がいてですね、その人が蒐《あつ》めた資料の、絵画の方の時代考証をたのまれている、と。実際上、どの程度のものか見てみないとわからないけど、下検分してみて値打のあるものなら一度課長もおさそいするし、あとで研究出張の手続きもとる、とそう言っといて下さい」

「それなら初めから研究出張の手続きをとっておかれたらいいのに」

「相手が勝手気ままで、不意に来てくれと連絡があるんだから、仕様がないんですよ。頼んだよ」

美術館や博物館の学芸員には、地方の素封家《そほうか》や寺社、あるいは古美術商の集いなどからの、公用私用の区分のつけがたい鑑定依頼のあることは事実だったが、時枝にはまだどの分野においても、利害のからむ真偽判定の断を下すほどの自信はなかった。うかつに鑑定してそれが誤ると、学芸員はたちまちその信用を失う。——いやそもそも、美術鑑定など、口から出まかせの嘘だった。

「行く先をおっしゃって下されば、私が代りに手続きしといてあげますよ」

受付の女性は、なぜかぐうたらな時枝に好意をもっていてくれているようだったが、いまは却《かえ》って有難迷惑だった。

「いや、帰ってから自分で届け出ますから」と時枝は言った。

「じゃ、御機嫌よう」と咽喉の奥でくっくっと笑いながら、相手の方から電話を切った。

昔、北欧系の作家の『嘘の力』という小説を読んだことがあったのを、電話が切れたとたん時枝は思い出した。一つ嘘をついたために次々と嘘を重ねねばならなくなり、それが自動的に膨張していってにっちもさっちもいかなくなり、自ら一個の虚体と化して破滅する物語だったが、その時、受付の女の子を言いくるめた快感とともに、これまでにない不吉な予感を時枝は覚えた。あとで、課長にその富豪は誰か、と問いつめられて、窮するというよりは、もっと別な、自分が自分から意志して政治的な事件の中に捲きこまれ、気が付いてみると、逃げ道がなくなっているといった苦渋を舐めそうな予感だった。おれは、ひょっとすると、変な破目に陥るかもしれない……その予感と不安が、次に時枝に先刻「行ってきます」と出てきたばかりの下宿に電話をかけさせた。出来れば矢野恵子にでも同行してもらえば、その不安感から逃れられそうな気がしたからだった。もっともその不安や不吉な予感には、人を説得するに足る何の根拠もないのだった。

「もしもし」電話口には徳子が出た。

「えーと、時枝ですが」

「あなた何か変な趣味があるのね。いま、家を出たばかりでしょ。用事があるなら、顔を会わしてる時におっしゃいよ」

「おばさんいますか」と時枝は言った。恵子の在否を彼は尋ねるつもりだったのだ。

全く自分自身舌打ちしたくなる気の弱さだった。

「母になにか御用事?」

「いやいや、なんとなく退屈してですね」と時枝は言った。

「あなたは退屈しのぎに人に電話するんですか。いったい、あなた何処にいるの、いま」

その時、ホームのベルが高鳴り、受話器を押さえているうちに、時枝が乗るつもりだった特急は発車してしまった。

「なにか、ざわざわと音がしているわね」と徳子は敏感に言った。「あなた近頃、ほんとに博物館に通ってるの。パチンコ屋にでもいるんじゃないの」

「いや、ちょっと大阪まで用を命ぜられましてですね。まあ、半分は美術見物のようなものだし……」

「それで?」

「それでですね……」

「はっきりおっしゃいよ。要領を得ない人は嫌いだわ」

実はこれまでも数度、時枝は不得要領な電話を自分の下宿にしたことがあった。お金を持っているつもりで勤めの帰りに焼鳥屋の暖簾をくぐり、ほろ酔い機嫌になって御輿《みこし》をあげようとして、自分が無一文だったことを悟ったりした時、矢野駒に幾度か助けを求めたことがある。具合の悪いことには、そういう時に限って、いつも徳子がまず電話口に出るのだった。駒にかわりさえすれば事情を察して、「たまには河原を一緒に散歩でもせんですか、涼しいですよ」などとごまかす時枝のくだをおしとどめて、小学生の末っ子を酒場まで走らせてくれたものだった。徳子とても、一たびは他家に嫁いで、旧家の夫の放蕩《ほうとう》に苦労をした女性であってみれば勘も冴えていて、そうした時、時枝が何を言いたがっているのか充分察しはついているはずだったが、彼女はわざと解らないふりを押し通すのが常だった。もっとも、今は少し事情は違っていて、何のための電話か、徳子にも推察はつかなかったにちがいない。電話をかけている時枝自身にも、よく解っていなかったのだから。

「お母さんは二階を掃除してますけど、何の用事なの」と徳子が二階にまで響いているはずの大声で言った。がんがん響く受話器を耳から遠ざけ、時枝は「いや別段。なんとなく朝の挨拶を」と言った。

「あなた、ふざけてるのね」

「いや、そうじゃありません。誰しも、なんとなく声を聞きたくなるってことはあるわけでしょう」

「近頃、電話痴漢というのがあって、深夜人の家に電話して女の人が出るとみだらな言葉をならべたてて面白がるって話だけど、あれはあなたじゃないの」

「冗談言わんで下さい。いまは朝ですよ、まだ」

「一層悪質だわよ。切りますよ、電話」

切りますよと言っておきながら、時枝の方が諦めて受話器を置くまで、じっと息をつめて相手は受話器を耳にあてていたようだった。結局、理由のない不安は他者に理解してもらいようもなく、乗るべき特急を売店のかげから一台見送っただけだった。

そして一電車遅れたために、時枝は危うく法廷から閉め出しをくいかけた。裁判の形式的な公開性には、もう一つの陥し穴があって、傍聴席が満員になると、自動的に公開の扉はとざされてしまうことを時枝は計算していなかったのだ。運河沿いの、古風な裁判所に着き、いやに鄭重な受付の指示通り、二階に駈けあがって、二三一号法廷まで赴いた時、すでに、検事も弁護士も三名の裁判官も所定の位置についているのが見えた。すでに傍聴席は満席のようだったが、幸い(?)に、傍聴席の扉のところで二人の廷吏がヘルメットをかぶった学生を外に押し出そうとしていた。

「なんでヘルメットをかぶってちゃいけないんだよウ」薄い紺色の服をまとった廷吏ともみあいながら学生が叫ぶ。

「そんな異様な恰好をしてなくても裁判の傍聴は出来る」と廷吏は蒼ざめて言う。「ともかく一たん出て下さい。でないと……」

ヘルメット学生は三人ばかり、ヘルメットには黒地に白で大学の名を書いてあるだけで、おそらく特別なセクトではなく、今日裁かれる者の友人たちなのだろう。他の傍聴人も多くは学生らしかったが、戸口の諍《あらそ》いを振返っているだけで、特に助力をしようとはしなかった。

「ヘルメットが異様だというんなら、あの裁判官たちの服装だって異様じゃないか。閻魔王《えんまおう》みたいな恰好してさ。異様じゃないと言うんなら、その恰好で繁華街を歩いてみたまえ。歩けやせんだろ」

時枝はつまみ出された三人と入れ違いに、傍聴席にもぐり込むことができた。被告席と区切る腰までの高さの仕切りのそば、空席は傍聴席の最前列だった。何かのビラが一枚その椅子の上に落ちていた。

見あげると雛段《ひなだん》にいる三人の裁判官は一様になにかに耐えるように瞑目《めいもく》しており、すでに立ちあがっている左手の検事は、酒にでも酔ったように首のあたりを赤く染めていた。

二重扉になっている傍聴席の扉の外で、なおしばらく人のもみあう物音がし、そしてやがて物音は遠のいていった。

時枝の坐った席の隣には、でっぷりした年輩の新聞記者らしい男が坐っていて、膝の上に大学ノートを開き、ボールペンでこつこつノートの表面を打っている。ふうわりした背広の胸のポケットは鉛筆や万年筆でふくれあがっていた。

「しかし、今日はわりと静かじゃないか」

その人物が横の同業者らしい男にささやく声がした。

「今日の被告は分離裁判を受け入れたわけだから、セクトの学生じゃないんだろう。傍聴人も組織的に動員されてきてるんじゃないんだろ」

「なるほど」

時枝は隣席の私語に耳をすませながら、習性でポケットから煙草をとり出し、それを口にくわえようとして、あわててそれをポケットにしまった。戻ってきた廷吏が、目玉をむいて睨んでいたからだった。しばらく不自然な沈黙があり、音楽会の幕間《まくあい》のようなわざとらしいしわぶきの音があちこちにして、そして正面中央の裁判長が目をひらいた。

「被告は立ちなさい」と裁判長が言った。丁寧に梳《くしけず》られた髪は鬢《びん》のあたりに灰色がまざり、頬はふっくらとふくれて裁判長は上品だった。誰か俳優に似ているなと時枝は思ったが、誰だったかは思い出せなかった。被告はくたびれた黒いジャケツを着、その円首の襟に延びた髪が重なっていた。時枝が法廷に入った時から彼は被告席に坐っていたはずなのだが、腰を折って膝の間に頭をはさみ込むように俯《うつぶ》せていたからか、彼が蹌《よろめ》くように被告台に歩いてゆく時、はじめて時枝の注目をひいた。もう季節は冬であるのに、ズボンは薄手の合物のようであり、靴下もはいていなかった。そして服装の全体が薄よごれている。彼は演台にでも向うように被告台に両手をついて立ち、一方の足を後に引いて、踵《かかと》を浮かせた。履物は靴ではなく、スリッパだった。

人定尋問がはじまった。

「本名は？」

「…………」

「大場哲雄だね」

「そうです」

「年齢は？」

「二十歳」

「職業は」

「学生」

「住居は」

「大阪市西成区北津守《にしなりくきたつもり》八丁目××番地」

「本籍は？」

「忘れました」

「忘れた？」

「和歌山県じゃないのかね。書類にはそうある」

「和歌山県ですけど、警察ではあてっぽかを言ったんだ。覚えてないんだ、そんなこと。どうでもいいことだもんな」

「どうでもよくはない」裁判長は額に皺を寄せて、検事の方を見た。

「そこに書いてあるのが正しいんです。こちらで確認してあります」と検事が言った。

「和歌山県××郡××町×番地だね」

被告はしばらく腹の痛みでも耐えるように、体を前踞《まえかが》みにし、そして救いを求めるように一瞬傍聴席の方を振りかえった。裁判の分離を受け入れたという以上は、彼個人か家庭かに何かの事情があったのだろう。誰を振りかえろうとしたのか、精いっぱいの反抗的な態度にもかかわらず、振返った被告の横顔は、一種甘えたような不安に歪んでいた。時枝は見てはならぬものを見たように目を伏せた。そして、内心堂々たる応対を期待していた自分を叱りつけた。デモ隊に加わったもののすべてが何も英雄ではない。いやそもそもデモは英雄でない常人の意志表示なのであり、国家の戦争加担を糾弾し、平和を欲すること自体が、そもそも、卑小でもあれば偉大でもあり、崇高でもあれば臆病でもある人間の極くあたり前の祈願なのだ。

「じゃ、起訴状を朗読してもらいましょうか」と裁判官が言った。

すでに立っていた検事は、十センチばかり積みあげた書類から一番上の一、二枚をとり、少し甲高い声で起訴状を読みはじめた。

「被告人大場哲雄は昭和四十×年×月×日午後四時ごろ大阪国際空港わきの飛行機修理工場に対して、当工場がベトナムへ向う米軍機の修理を兼ねるとの名目をもって、その業務を阻害し、もって反戦の運動の実力行使とすべくデモを行ない、かつ工場に侵入して修理機具を破壊すべく棍棒を持って押しかけた者の一員であるが、機動隊に規制されてその意図をはばまれ、空港わきを流れる××川にかかる石橋附近まで押し戻されるや、四時三十分ごろより南側橋詰めに陣取って警備車の再三の警告を無視して機動隊に向けて激しく投石し、警察官の公務の執行を妨害し、また警察官数名に軽傷を負わせたのみならず、その投石によって、逃げおくれたデモ隊員K大学文学部学生細川富夫を傷害致死せしめたものである。K大学学生細川富夫は橋の中央部東側欄干に足をかけ、恐らく河中に逃れんとして一時躊躇したのであるが、それをみて逮捕におもむかんとした警察官のあるのをみるや、被告人大場哲雄は煉瓦の破片を投げつけ、それが細川富夫に命中、細川富夫は頭蓋骨折ならびに強度の脳震盪《のうしんとう》および脳内血腫《のうないけつしゅ》のまま溝川に転落、数分後流木にしがみついたまま失神、救いあげられて救急車で市内救急病院にはこび込まれて数分後絶命したものである。なお当時、被告とともに、同方向に投石した者が十数名いるのでありますが、同人たちは統一公判を要求して出庭を拒否しておりますので、分離を受け入れました被告をまず起訴・公判に付する次第です。

罪状、凶器準備集合罪、公務執行妨害罪、建造物侵入罪、ならびに傷害致死罪。刑法第……」

すざまじい罪状の羅列に時枝は一瞬唖然《あぜん》とし、もしその罪科が全部加算されれば、被告のこれから生きるべき年月をはるかに上廻るのではないかと想像した。もっとも一連の事件の罪科はその重大刑において裁かれるはずであって、そんなことはありえないのだが、現実のあまりの苛酷さは却って時枝を幻想の世界に誘い、かつてアメリカの小説で、九十五年の懲役に処せられた囚人の物語を読んだことのあるのを思い出したりした。隣の新聞記者は無表情にボールペンをすべらせて、要点をノートしている。時枝も思いついて、そのときあわてて胸のポケットから手帳をとり出した。

だが、手帳についている鉛筆は芯がおれており、しかも手帳には、書き込みが多く、かと思えば酒場で走り書きした流行歌の歌詞が我がもの顔にのさばったりしていて、ノートをとる空白もほとんどないのだった。

あなたが耳もとで囁《ささや》いた夜明けは
昨日の私の消えてゆく夜明けよ

……………

大きな字で書いてある流行歌の歌詞を、時枝はなんということなく読んでしまい、そして自分の愚かさにうんざりした。

「これからの裁判の過程で、被告人は自分や肉親にとって不利をもたらすこと、あるいは言いたくないことに関しては、言わなくてもよい権利はあります。知ってますね」裁判長はその人の癖らしく拇指《おやゆび》と人さし指をこすりあわせながら注意した。「それで、いまの起訴状に対して、最初にのべておきたいことがありますか」

被告は震える手で髪をかきあげ、弁護士の方を見た。弁護士がなんということなしに立ちあがった。

この弁護士が笠原の言っていた、警察と検察側だけが立ちあった解剖所見に抗議したという人なのだろうか。時枝のイメージではもっと若く俊敏そうな人物のはずだったが、いま弁護人席から立ちあがった猫背の人物は皮膚が荒れ、老眼鏡が瞳を妙に歪んで見せていて、みるからに無能そうであり、ただ義務的に法廷に立ちあっているにすぎない感じだった。

どういう理由あってにせよ、この被告は分離公判を受け入れたのであってみれば被告の行動に対する思想的共感にもとづく弁護活動から、はずされた可能性は大きい。そうだとすれば、この弁護士は別人なのだろう。一方最近、弁護士は、学生運動にからまる公安事件の弁護をひき受けるのを嫌うときく。一体どういう人なのか。

弁護士は立ちあがったものの、被告と視線をあわせるのを避けるようにそっぽを向いたままだった。会社ならば、もう停年退職していてしかるべき年齢のようだった。

「いまの起訴状はですね。恐ろしく不正確ですよ」被告が嗄れた声で言った。

「そうだよ。めちゃくちゃじゃないか」はじめて傍聴席から弥次が飛んだ。時枝も全く同感であり、その弥次の方を振返ろうとしたのだが、間髪を入れず、「黙りなさい！」と声がした。

裁判官が鋭く目を光らせて睨んでおり、廷丁《ていてい》が立ちあがって、傍聴席の方に歩みよった。

「静粛にしなさい、でないと退廷を命じます」裁判官が再度言った。

明瞭な言葉にはならない憤懣《ふんまん》の声が、ぶつぶつと傍聴席の各所におこり、しかし、それは一つにまとまることなく、やがて消えていった。

「そりゃ自分はデモに参加してましたよ。その点は認めますよ。しかし、あの時××産業の工場で機動隊はおれたちを待ち伏せていて、学友をめった打ちにうちのめして、ひっくりかえった女の子の股座《またぐら》まで蹴りあげて重傷を負わしてるじゃないか。そんなことは全部なかったことになってるんですか。その女の子はな、硬いドタ靴で思うさま蹴りあげられて、尻の穴と前が一つらなりに裂けてしまったというじゃないか。冗談じゃないんだよ、これは。特別公務員なら大衆の面前で人を凌辱したって暴行を加えたって許されるのかよ。その暴行から身をまもるために、おれたちは何もしちゃいかんのですか。人が、女の子がわざと胸や下腹部を突かれるのを黙ってみてるのが道徳なんですか。起訴状には投石によって数人の警官を負傷させたなんてあったけど、デモ隊の方は警棒でめったうちされて何人病院にかつぎ込まれたか知ってるんですか。皆血を流して片輪になったり、頭がぼけてしまったりしている。そういう傷害は全然罪に問われないですむんですか。おかしいじゃないですか。そりゃね。デモには参加してたんだから、道路交通法違反か、建造物侵入罪かなんか知らんけど、それにはあてはまるかもしれませんよ、……」

「道路交通法違反ではない」

「ああ、公務執行妨害ですか。なにが公務か明確にしてもらいたいけど、それは、どうしてもそうと認定するというんなら、そりゃ仕方がないですよ。しかし、傷害致死罪なんて関係ないですよ。あの時、機動隊の放水車は向うの橋づめからものすごい勢いで放水してたんですよ。しかもあの水には、なにか劇薬が入ってたんでしょ。目は痛くてたまらないし、皮膚はひりひりした。一ぺんまともにあの放水をかぶってみなさいよ。石どころじゃない。こけし人形みたいに転って地面にたたきつけられてしまう。そりゃ石は投げましたよ。証拠写真にするために、ちゃんと写真をとってたんでしょ。ぼくが写ってるんならそれも認めますよ、放水で目がしみてよく見えなかったけど、ぼくはそんな大きな石なんか投げてやしないんだ」

「つまり凶器準備集合、建造物侵入、公務執行妨害は認めるが、傷害致死は認めないというわけだね」

裁判官が言った。

「そんなことじゃないですよ。第一、ぼくたちが××産業の伊丹工場にデモをかけたのは、修理機具を破壊する目的なんてものじゃなかった。機械なんか問題じゃない。問題はそれを動かしてる人間なんだから。社長に一体、どういうつもりでベトナム戦争に加担してるのか、工員たちになぜ作業拒否をしないのか、団交をし、追及をしにいったんですよ。起訴状は、全然、動機もなにもわかってないじゃないですか」

「いや、事件全体の連関や動機については、被告にはまた後に発言の機会をあたえます。いまは、起訴状の罪状を認めるか認めないか、を答えなさい」

「…………」

「さきほどの凶器準備集合罪、建造物侵入罪、公務執行妨害罪にかかわる起訴状の記述は一応認めるんだね」

「…………」

弁護士がそのときのろのろと立ちあがった。

「弁護人の意見は、検事の冒頭陳述のあとにして下さい」と裁判長が言った。

「いや、意見を述べるんではなくてですね。質問形式で、被告人の陳述の補助をしたいんですが」

裁判官が許可した。

「凶器準備集合罪の容疑に関してですがね」弁護士が被告に向って言った。

「あの日、デモにおもむく前に、何処に凶器つまり棍棒ですね、それが用意をしてあったんですか」

「ナンセンス！」と傍聴席の一画が怒号した。

「あんた、それでも弁護士かよ、いったい何をいっとるんだよ。それは検事の言うことじゃないか」

「弥次を飛ばしてはいけない。二度と警告を無視すると、ただちに退廷を命じます」と裁判官が言った。

「おかしいじゃないか、検事も裁判官も、弁護士もみんなグルじゃないか！」

「黙りなさい！」

廷吏が仕切りの一隅にある開閉扉をあけて、傍聴席に入っていった。

「騒ぐんなら、出ていって下さい」

「何の権利があって、そんな偉そうに言うんだ、おまえは隅っこにひっこんでろ！」

もう一人の廷吏が、検事席の後の扉をあけ、そこに備えつけられた受話器をとった。何処に何を連絡するのか、半びらきの扉からその姿がみえることで、傍聴席は静かになった。

「それではこう尋ねましょう」と弁護士は勿体振った口調で言った。「あなたはそのデモに加わった時、棍棒を持っていましたか」

「持ってません」

「確かに持ってなかったんですね」

「四列にならんでさ。互いにはぐれないように、棒を握ってはいましたよ。しかし、あれは……」

「わかりました。それから、あなたが××飛行機修理工場の正門まえまでデモって行った時、そのとき門はあいていましたか、どうですか」

「あいてました。開いてたから構内デモが出来たわけですよ。しかし正門と工場のあいだに頑丈な金網の壁があって、そしてその前まで行ったとき、不意に機動隊が襲いかかってきたんですよ。欺《だま》し撃ちですよ」

「それから、その際あなたは石をポケットに入れていましたか」

「はじめから入れていたわけではありません」

「いつ入れたんですか」

「軍用機修理工場から機動隊におしもどされて逃げるとき、道傍《みちばた》で拾っただけです」

「その時の服装は？」

「このジャケツですよ。ズボンのポケットにほんの二、三箇、石を入れただけですよ」

「あ、結構です」弁護士は大仰にうなずき、老眼鏡を光らせながら上目使いに裁判官を見あげた。

「おききの通り、起訴状にかかげられている凶器準備集合、建造物侵入の容疑にはその根拠はないわけです」

裁判官はうなずくとも考え込むとも区別のつかぬ首の振りようをし、そして、検事に冒頭の陳述をうながした。

重大な事件であるのに、恐ろしく裁判の進行は駆け足だった。そしてその迅速さは、単純な時間の節約というよりは、あたかも何かに触れるのを恐れているという印象を時枝にあたえた。審議がスムーズにはこぶこと自体に、誰も文句をつけるいわれはないとはいえ、傍聴人の弥次以外は、すべてが仕組まれた演技、筋書通りの舞台のようにみえる。そして、その仕組は決して被告には幸《さいわい》せず、どうでもいい点に関しては物解りよくスピーディにすませ、そしてあっと言う間に、被告は細川富夫の傷害致死犯人に仕立てあげられるのではないだろうか。弁護士には、傷害致死を過失致死にもち込み情状の酌量を願う能力はあっても、裁判をその本質において争おうとする覚悟があるとは思えなかった。

第十三章

裁判長が休憩を宣し、廷丁が傍聴人に起立をうながしたが誰も立ちあがらなかった。裁判官と検事と弁護士、法廷をその職場とする人々だけが軽く頭をさげあった。そしてまず裁判長から、ついで陪席判事、見習判事の順に壇をおり、黒に銀色の絹糸の繡《ぬい》とりのある襟なしの法衣をひるがえして、上座の扉から立ち去った。その自動人形のようにみえる規律正しさが、傍聴人席に不満の鬱積した雰囲気にそぐわず滑稽でありながら、文字通りの傍聴人である時枝正和の目には、まったく好ましく映らなかったわけではなかった。偶然だろうが、扉までのほんの数歩を歩む三人の判事の歩調までがととのい、申しあわせたように左脇に書類をかかえた伏し目がちな姿勢の一致が、シュール・リアリズムの絵画、イヴ・タンギーやポール・デルヴォーの描く夢のなかの韻律のように時枝の感覚をくすぐった。

裁判というものが、人の行為の法文との抵触如何《いかん》や事の善悪を見定める努力であるよりも、一種の儀式であることの、それは時枝なりの直観だったかもしれない。儀式というものは信仰よりも、むしろ形式が崩れれば成り立たなくなるものだ。検事がなお法廷に残っているうちに、傍聴人の一人がわざとらしい大欠伸をした。「あーあ」という、うんざりしたような歓声がそれに呼応して随所におこり、制服の廷吏が怨みがましくその方を流し目にした。しかし何も言わなかった。形式上、裁判は休憩時間に入ったのであり、儀式の幕あいに欠伸をしようが放屁《ほうひ》をしようが、とがめる権利は式部官にも会場整理係にもないからだ。三人の新聞記者が場なれた足どりで退場し、傍聴人たちも、ぞろぞろと一たん廊下に出た。

喫煙場所は、廊下のつきあたり、階段の踊り場にもうけられていた。病院の待合室にあるような簡単な木の長椅子が三脚、壁にそって据えられ、その間に、燭台風の黒い灰皿が置かれていた。

傍聴人たちが一かたまりになって、なにごとかを相談している。背広を着たものもあれば、ジャンパー姿もあり、中には下駄《げた》穿《ば》きのものもいたが、その服装の千差万別にもかかわらず、ほとんどが学生のようだった。

「あいつ、私服じゃねえのか」

聴えよがしに一人の学生が呟き、数人の視線が、灰皿の前に立った時枝の方にそそがれた。傍聴人がなにを相談しあっているのか、盗み聴きしてみたい気のあったのは事実だが、私服かと疑われるような目付きをしていた覚えはなかった。時枝は苦笑して手洗場の方に身を避けた。

彼に注がれている学生たちの瞳が、なにか野性的に底光りして感じられ、一種とげとげしい気配が、若者特有の体臭とともに漂い出ているようだったからだった。その学生たちの頭蓋《ずがい》の中に秘められている理想のいかんにかかわらず、そういう熱気に圧倒される自分の年齢を時枝は意識した。

幼年期ならともかく、二度と青春は繰返したくないという感覚が、時枝の厭世《えんせい》の基礎だったが、心中、思っていながら自分にはできなかった反抗を、公然と行動として表現している世代への一種羨望のまじった感歎の念とともに、やはり青春はやりきれぬと時枝は呟かねばならなかった。

廊下にも三々五々傍聴人たちが屯ろしていて、三、四人の若い女性の姿もみえた。女子学生なのか、被告の知人なのか、その女性たちは華やかな服装をしていて、そして例外なく、のびのびと成長した脚を短いスカートから惜しみなく露出していた。青春をやりきれぬものと意識する時枝の身勝手な感覚が、女性たちの健康そうな容姿にたわいもなく動揺し、そして、彼は相手に怪まれるのもかまわず、念入りに顔を覗き込んで通りすぎた。頬が林檎色に輝いている顔、長い髪のかげから熱っぽく光っている黒い瞳、白い歯を出し遠慮なく唇を開いて笑っている顔……

もしやと期待していた深瀬幸子の姿は、しかしどこにもなかった。

尿意もなくタイル張りの手洗場に入った時枝は、小型の鏡の前に立ってネクタイの歪みをなおし、開けられた窓から忍び込む風に、冬を意識した。早いものだ。うかうかしているうちに、また一年が過ぎてゆく。

年末の休暇のまえには、父を京都の病院に入れるつもりだったが、郷里からの催促もないままに、一日のばしに放置したままだった。彼の日常の歯車は、ここしばらく狂い放しであり、肉親とのつながりまでが、離れている地理的な距離以上に離れてしまっている。帰ればすぐ入院が可能かどうかを連絡すると、郷里で父母に約束してからもう二カ月余りたっている。おそらく、父は苛々していることだろう。もっとも「ああ、解った解った」と安請合しておいて、一向に約束を果さず恬淡《てんたん》としているのは、彼の度し難い天賦の資質であり、誰よりもそれをよく知っている母は、苦笑しておりこそすれ、別段腹も立ててはいないだろう。第一、こういう愛相よく且つ図太い人間を生んでしまったのは母なのだから。それに考えてみれば、父の病巣が外科手術に適さないのなら、なにもあわてて家を離れる必要はないわけだった。父自身もすでに癌だと気付いており、しかも手術がすでに手遅れなのなら、せめて名残の命を住みなれた家で過すのがいい。

この季節には、郷里の家の裏庭に咲いているはずの、白い富士錦の花を彼は思い浮べた。その灌木のわきには、山から父がとってきた虎の尾が黄色く色を添えているかもしれない。いや、虎の尾の長い茎が揺れる季節は、もうおわっただろうか。少年のころ、官吏の父がなぜ、母をさしおいてまで庭の手入れにこるのか全然理解できず、鉄灯籠《かなどうろう》を買ってきたり、その灯籠に障子紙を貼ったりしているのを、むしろ憐れんだものだった。だが、時枝にも、最近はなんとなく、それが解るような気がし、そして解るようになったとき、その灯籠も叔父の手にゆずりわたさねばならなかった。

不意に手洗場の扉があき、人が入ってきて、時枝はあわてて鏡の前を離れた。彼のもの思いは、郷里へ飛んでいたのだが、姿勢としては自分が鏡の前に立って、自分の顔をしげしげと覗きこむかたちになっていた。それが羞恥をかきたて、一瞬どうしようかとまよった揚句、彼はアキになっていた洋式の便所にもぐり込んでしまったのだった。

全然、そんなつもりはなかった。仕方なく、時枝は便器の蓋をおろしてそれに腰かけ、そして独り目をむいてくっくっと笑った。自分が何故、この時間に勤め場所である博物館におらず、裁判所におり、しかも用もないのに自ら雪隠詰《せっちんづ》めになっているのか、訳がわからなくなったからだった。

しかし一方、試験を受ける直前の臆病な受験生のように、胸が窮屈になり、生理の変調をきたしていることも事実だった。休憩前の法廷の審議は、人定尋問と検事の起訴状朗読、そして被告人の罪状に関する冒頭の異議申し立てにすぎなかった。しかし休憩後は当然、検事側、弁護人側双方の証人が喚問されるはずだった。そして、そうなれば、時枝にとって自分を平然たる傍聴人にしておくこと自体が、一つの欺瞞《ぎまん》を形成することになるはずだった。

彼の脳裡を一瞬、先日退屈しのぎにみたテレビの画像が走る。それは、郊外の駅から団地に向う最終バスの内で、若いアベックに与太者がからみはじめ、遂に車外にひきずりおろされ、当然ある犯罪が予想される事態になったのにも拘らず、何ひとつ助力することなくそ知らぬ振りを装った数人の市民たちが、その事件を忘れたころに次々と復讐される物語だった。劇そのものは別段上出来のものとは言えなかったが、日本における括弧つきの〈市民意識〉というものの実体を、ある程度射あてていた。互いに守りあうべき社会の約定《やくじょう》があって、個人が自立しているのではなく、要するに他人のことなどはどうでもいいわけなのだ。そして、偶然ながらまるで人目を恐れるように自分自身を雪隠詰めにしてしまい、しかもテレビのサスペンス劇のことなど思い浮べているのは、時枝自身が、この期におよんで、まだ自分の態度をはっきり決めていない証拠だった。かつて高等学校の歴史の教諭であり、いまも美術品相手の仕事とはいえ、作品の製作年代や真贋《しんがん》、その作品の作られたことの意義付けや評価に、最低限実証主義的な操作をすることを職務としておりながら、現実の場では、彼は自分の知っている事実を、公的に提示するのを、まだためらっていた。驚くべき優柔不断――というよりは決定的な精神の二重性を意味する。そして、そうした二重性のゆえにこそ、この国のインテリは、遂に民衆に信頼されることなく、遂にまともな自らの思想一つ築きあげえなかったのだ。そのことを知っていて、しかもおれは一体、なにを怖れているのだろうか。手洗場の中に、無駄に煙草の煙をこもらせながら彼は思う。なにを逡巡することがあるのかと。

いいや、要するに面倒なのだ、と彼は独り呟く。自ら証人台に立つために、弁護士に面会したり、書類を書いたり判子《はんこ》をおしたりするそういう手続の一切が面倒であり、そして証言をすれば、必然的に新聞記者にとりかこまれ、職業から思想傾向から、あの〈事実〉を目撃するに到る偶然の経過にいたるまでを説明せねばならなくなるだろう、それが面倒なのだ。それに、おれはもはやおよそ人に注目されるような位置に自分を置きたくはないのだ。どうせ特別な誉れも毀《そしり》もない月日をすごすにすぎぬ生活者には、誉れも毀りをも欲せぬゆえに、降罰もなければ救済もない、無目的な生をまもる権利がある。それが大義名分なき生であるからには、そこに支配する原理は快楽の法則であり、最少限居心地のよいことが、最大の目標であるだろう。その居心地のよさを、おれは失いたくない。いま自分が何か価値創造にたずさわる仕事をしており、これからなにかの正義を声あらだてて世人に訴えるべき使命でもあるのなら別だ。また、人になにかの考えを押しつけることで報酬を得ているのなら、その理念に対する自己責任というものがあるだろう。しかし、自分は、少くともここ三、四年、人さまに正義を押しつけたこともなければ、誰かを架空の目標に向けて指導したこともない。自分は要するに、やとわれ〈骨董屋〉にすぎない。誰の生活にも干渉せぬかわり、誰からも干渉をうけない独立自営が理想なのだが、みずから開業する資金も暖簾もなく、新たに業界にわりこむ才覚も競争心もないゆえに、たまたま空席のあった機関にやとわれているディレッタントにすぎない。勤めが国立の博物館であり、修得すべき単位を必要とする学芸員であるがゆえに、インテリの一員に数えられるにせよ、基本的には、ちょっとその商品の質や類の識別能力をもつ宝石店の店員、古本屋の番頭、いや、水商売の雇女《やとな》と同じことなのだ。時代の流れに、時には涙して流され、対岸の火事だと弥次馬根性をまる出しにして、見物にゆき、自分の生活には何の影も落さないことを確認したうえで、ちょっと勿体振った批評など試みてみるにすぎない。

なにか決断を迫られる場に遭遇すると、急に生活者面をする、それこそ最も欺瞞的なインテリの習性で、彼は自分を独り貶《おと》しめ、しかし、おとしめつくすことができずに彼はなお思い惑う。本当のインテリでも、本当の生活者でも、そうは無責任ではありえないはずだ。第一、お前が本当の無辜《むこ》の民、真性の生活者なら、自分の勤めを放り出して、のこのこと他人の裁判を傍聴しにきたりするはずがあるか。生活人の根性は、政治という自分の生活圏を超える領域では、たしかに無責任である場合はあっても、自分の仕事にとことんまで打ち込んでいるなら、ちょっとした事件などで揺がない自信をもっているはずだ。長い生活の労苦から得た折角の認識を無言のまま、奥歯に噛みしめて死んでいかねばならないとしても、その運命を甘受して、決して誰も怨まない、そういう男らしい覚悟があるはずだ。弱い犬ほど、きゃんきゃんと吠え立て、ただ吠えたということで自己満足する。どうにもならず腹が立ち、その一線をまもらねば自分が瓦解すると感ずるのなら、黙って出ていって相手をぶん殴ったっていいんだ。殴ったあとでどうなるか、自分の行動が人の視線にどう映るかまで、先取りして憂慮する必要がどこにあるか。そしてまた生活言語いがいに普遍言語を身につけ、その言語を身につけてしまったことの不退転の運命を甘受するつもりなら、その普遍を志向する言語と思惟《しい》のおもむくところへ、何処へなりとも出むいてゆくより外に方法があるか。日常性に何らかの犠牲を要求することこそ、その思想が何らかの普遍性を志向する証拠なのだから。

滑稽にも、時枝は本当に便意をもよおし、あらためて、便器の蓋をあげて独り力んだ。

再開された審議は検事の冒頭陳述からはじまった。検事は少し首を傾けて書類に目をそそぎ、おそろしく事務的な口調で、用意してきた陳述書を読みあげはじめた。

「近時、学生の街頭デモが暴力化の一途をたどっていることは、多くの報道によって世間周知のことであり、また識者の深く憂うる所でありますが、今次の事件におきましても、被告および共犯者たちが、同じ学生を傷害致死せしめるまでにいたりました根本の原因は、府公安委員会が許可したデモ通路および集会場を大きく逸脱し、法的に許されたる本来の集団示威行為とはまったく関係なき、交通の妨害や人心の擾乱《じょうらん》そして一私企業の構内の暴力的乱入をはかったことにあるのでありまして……」

「なにを言っているんだよ」と弥次が飛んだ。

「静かにしなさい」と裁判長が言った。

「デモ隊のくるのを機動隊を物かげにかくして待伏せし、放水車まで準備しときやがって、デモ通路の逸脱とはなんだよ」

「……暴力的乱入を計ったことにあるのでありまして、しかもそれは偶然の逸脱ではなく、少数の謀議と多数の同意による計画的乱入であり、かかる社会秩序の無視自体が、起訴状にのべました被告の罪状の大前提をなしているのであります。すなわち、起訴状にあげました、結果された犯罪、そのうち最も重罪である傷害致死が、たとえ直接的な殺害意志から出たものではないと主張されようとも、たとえば強盗というそれ自体が犯罪である目的の遂行に際して、往々にして併発する殺害行為が、決して偶然性ないし過失性には還元はされず、併合罪としてのむしろ重い刑の加算をなすべきであるごとく、本事件における被告に科せられるべき、公務執行妨害、建造物侵入、傷害致死等はすべて、明白なる法秩序無視の意図と共謀の上に成立しているものであることを、まず最初に強調しておきたいと考えます。

被告人大場哲雄は、百余人の学生とともに昭和四十×年×月×日午後四時ごろ伊丹空港わきの××産業伊丹工場の正門に殺到しましたが、その際、学生たちは急ぎ門を杜《とざ》そうとした守衛を押したおし、守衛室の窓ガラスと扉を棍棒で破り、机上の受話器ならびに壁にかけられていた電池時計をすでに破壊しているのであり、工場側の予防措置である構内の金網および警備警察官の抑止がなければ、傷害および器物破損は全工場におよんだに相違なく、私企業構内における暴行を阻止しようとする警察官および工場側警備員の抑止行動に際して、学生側に一、二出たかもしれません負傷を過大にとりあげて難詰するごときは、本来の犯罪意図を隠蔽《いんぺい》しようとする卑劣な奸策《かんさく》いがいのなにものでもないといわねばなりません。犯罪の現行犯は、その犯罪の現場において組み伏せられて当然だからであります。しかも被告らは、多勢の勢いをかりて現行犯を、しかも再度にわたる警告のうえ逮捕し、あるいはその罪証を採取せんとする大阪府警第二機動隊長警視服部金吾指揮下の警察官の公務を妨害し、あまつさえ石やコンクリート破片を投げつけ、角棒、竹竿、棍棒等で殴りかかり、隙をみて互いに連繫して逃亡をはかったのであります。この行為だけでもすでに、公然たる法秩序に対する暴力を以ってする挑戦であり、なにびとも法のもとに平等であるその平等性を毀傷《きしょう》するものであると言わねばなりません。学生は法の前において何らかの特権者ではありませんし、何らかの特権を想定されるが如き処置をもし司法当局がとるならば、それはとりもなおさず法の平等性の毀損をもたらすでありましょう。さらに被告人らは、逃走の途次、通称××橋なる石橋のたもとで、他のデモ隊の規制にあたっておりました、府警第一機動隊および公安部所属の警察官に、同様に投石、角材による殴打をくりかえし、警察官の前面において阻止車輛《しやりよう》として配置されてありました給水警備車、および輸送警備車に対して、ハンマー等でたたきかかり、あるいはそれを揺さぶり、さらには約四メートルの丸太棒《まるたんぼう》を激突させるなど、第一機動隊所属の乗務員に脅迫暴行を加えたのであります。しかもその際、警察広報車および機動隊指揮の所持せるラウドスピーカーによる再三の警告制止のよびかけを無視し、かえって、××橋上においてスクラムを組み、『機動隊は帰れ、警棒を捨てろ』とシュプレヒコールを行い、また時に散発的に『機動隊を殺せ』と叫びあるいは使嗾《しそう》し、その叫びもろとも機動隊の隊列に向って襲いかかっているのであります……」

時に散発的にはさまれる弥次を無視して、声は低く抑揚も乏しい棒読みながら、目に見えない黒い戦車のように検事の論理は驀進《ばくしん》してゆく。時枝はあらためて恐怖を感じた。

彼がもと高等学校の組合の執行部にいたころ、地方公務員の争議行為に関する処罰に関して、法廷にまで持ち込まれた事件があり、その法廷闘争を傍聴したことはあった。詳細は記憶しないが、その際の法廷の弁論は、被告側の憲法および労働法を盾にとった集団的表現の自由についてであり、検察は、被告側の心情や動機はどうあれ、実定法に抵触する事実は事実であり、その実証のうえに裁判官の適切な量刑裁可を期待するというものだった。

時枝はもともと法律家や法律的思考というものを軽蔑していたが、その軽侮は、人間界に生起する血の通った事象を既定の死文字になんとかあてはめようとする、矮小《わいしよう》な精神作業に対する一種の憐れみであって、「この世界には、法によってとらえ得ざる事象の山々あるを知らざるか」と言った感情にもとづいていた。だが、そういう感情は、法廷が、適用すべき法の条文の模索や、その量刑の勘案に限られるという安心感のうえに成り立っていた。しょせん、法律家は法の枠を出られない、と。被告側にもそういう安心感があり、裁判の中立性の幻想の上に、機会をつかんでは言いたいことを言い、しかし結局のところ、執行猶予つきの僅かの刑は覚悟しておくというのが、これまでの法廷闘争だった。

だがいつから、裁判のあり方が全く変貌したのか。検事の冒頭陳述は、被告の行為の、事実確認と法文適用よりも、真向から相手を叛逆者ときめつけ、相手をその存在においても粉砕しようとする居丈高な敵意に満ちていた。要するに、一方に正義があれば、他方は決定的に不正義であり、それ以外にありようはないと宣言しているようなものだった。

時枝は、この事件の直後、ある映画評論家が、現場に立ちあったわけでもなく、独占資本と政府による虐殺と断定していたのを思い出した。確かその論理はこうだった。二つの、利益においても世界観においても相い容れない力が衝突する遭遇戦で、味方の陣営の誰かが死傷した場合、その直接の凶器が何であり、直接の下手人が誰だったなどと詮索すること自体が、おかしい。雑兵《ぞうひょう》の乱戦によってしか革命運動は前進しない以上はその乱戦は避けるべきではなく、かつその乱戦のさなかの犠牲者はすべて敵に殺されたものとみなすべきだ。細部にこだわる客観主義や実証主義は、中立的立場の幻想と同じく悪質な幻想であり、その役割はしょせんブルジョアの御用学としての役割しかないであろう。

前身はなんだったのか、ラジカルな映画評論家の、その専門の枠――いやもともと映画批評などその人の一時の隠れ簑《みの》にすぎないのかもしれないが、ともかくその肩書きの枠をはみだした言論を、この法廷の検事が参照したわけではないだろう。しかし、全く逆の立場からながら、同じ論理が検事の口から語られていた。現存の秩序に叛く以上は、一切の行動は犯罪の地平にあり、そこには過失傷害や過失致死の概念は存在の余地がない。個人的になにをしようと、たとえ何もしていなくても、〈参加〉したこと自体が罰せらるべきであると。

事態は、もうここまで来てしまっているのだ。いや、和気藹々と紛糾を処理しうるよき情況が先にあって、急転直下、死臭漂う奈落に転落したのではなく、元々そうだったものに、人々が気付いていなかっただけかもしれない。いや、まだ気付いていない人々は数多いはずだった。時枝にしても、論理の極限形としてはそうなることは知ってはいても、自分の住んでいる現実がただちに地獄だとは、まだ信じたくはなかったのだから。

法廷は弥次と怒号に騒然とし、検事の発言が時枝のところにまでとどかなくなった時、突然、検事が、陳述書をまるめて机をうち、「黙れ!」と傍聴席に向って叫んだ。

一瞬、時間が停止し、何事が起ったのか、了解に苦しむように、全法廷が沈黙した。

時枝正和としても、いつ裁判長が、傍聴席に向って退廷を命じ、悪くすると法廷内にも機動隊が呼びこまれることになるかもしれないと予想はしていたが、検事が仁王立ちして「黙れ!」と怒号するとは予想していなかった。

雑音に気をとられまいとし、額に皺《しわ》を寄せて、検事の陳述に注意していた裁判長までが、一瞬ぽかんとして、検事の方を見おろした。

「検事が傍聴人に向って命令するとはなにごとだよ」嗄れた声が時枝の背後からした。振りかえると、ネクタイなしの背広姿の青年が立ちあがり、腕を伸ばし指を検事の方につき立てていた。

「おれたちは、弥次はとばしても検事に黙れ! などと言ったおぼえはないぞ。謝れ」その嗄れた声は、これまでも、何度か痛快な弥次をとばしていたその声と同じだった。おそらくは被告とその運動を伴にした連帯感があるからだろう。しかしそれにしても時枝にはできないことだった。

だが、その青年が立ちあがったのはまずく、目標を見定めた廷吏は法廷の側からと後の扉からと、さっと移動して、その傍聴人の腕をとった。

「裁判長、いったい誰が法廷の指揮をしてるんだよ。検事ですか、裁判長ですか」彼は通路にひき出され、前後左右から廷吏にとりかこまれながら叫んだ。傍聴人のうちの数人が中腰になったが、前の椅子と人の膝の間の隙間がせまく、援助にでることもなく見送った。

裁判官は三人とも胃袋の痛みでも耐えるようにうつむいている。荘重なるべき儀式の司祭者は、大声を出して怒り狂ったり、顔色を変えて懼《おそ》れおののいたりしてはならない。それは単なる儀式次第の混乱ではなく、儀式の理念それ自体の自壊を意味するからだ。たとえ蚊がとんできて目尻をつき刺そうと、痔疾が膿《う》んでじくじく痛んでいようと、司祭者は姿勢を正し、何ごともないかのように端然としていなければならない。司祭者も、普通の人間同様の喜怒哀楽の感情をもち、普通の人間同様、食欲や性欲、そして排泄などの用をはたさねばならぬことを、礼拝者たちに思い浮べさせてしまったとき、彼は神秘の権威を失って地上に転落するのだ。

時枝は、裁判官に視線を奪われ、彼のすぐ近くに背中を向けて立っている被告に注意を向けるのを怠っていた。いや、その被告は、休憩前の起訴状に対する部分否認のさいの元気も失って、いま一匹の生贄のようにうなだれているだけだった。なにかの事情あって、分離裁判を望んだ彼は、おそらく傍聴席からの弥次を自分に対する激励としては、もう受けとれないのだ。

混乱のあいだにも、検事は、事実上だれにも聴きとれない陳述書の棒読みをつづけ、そして、不貞腐《ふてくさ》れたように、どすっと椅子に腰をおろした。

しばらくあって、裁判官は、「弁護人、ただいまの冒頭陳述について、なにか異議はありますか」とたずねた。

法廷の注目をあびて、老いぼれた猫背の弁護人は立ちあがり、老眼鏡をはずして上目使いに被告の横顔をのぞき込んでから、「全部同意します」と言った。

一瞬、傍聴席はあっけにとられた。ナンセンスと叫び足で床を踏みならすことすら忘れて茫然としたのだ。

常識では考えられないことだった。そもそも弁護士というものは、被告の疑われている罪科がなんであれ、その被告の弁護のために存在するもののはずだった。

それがなんと、一言の異議申し立てすらせず、検事の見解にすべて同意する。それでは左右に検事が二人いることであって、被告には浮ぶ瀬はない。

「それでは証拠物件の提示を」と裁判官は言い、検事は、机上に積みあげたアルバム様のものや書類綴、テープ、それにレントゲン写真のようなものまでを、担ぎあげようとし、中途で、思いなおしたように証拠物件一覧表らしいものを裁判官に提示した。そして、驚いたことに、ざっとそれに視線をさらす数十秒ほどの間隔をおいて、裁判長は、「これらの証拠書類、および証拠物をすべて採用し、押収します」と言ったのだ。

時枝は啞然としてしまった。時枝も別段、裁判の順序について、そう詳しいわけではない。しかし、事のなりゆきは、時間の節約のためにもせよ、異様すぎた。

「それでは、書証について、内容の説明を簡単に行ないましょう」と検事は言った。

裁判官がうなずく。

「書証第一号は」と検事は言った。「昭和四十×年×月×日、××産業伊丹工場、正門および守衛室の、公安課員による現認報告書ならびに写真であります。その現認報告内容のあらましは……」

検事が、なにか写真を貼りつけた書類をちらつかせて、内容要約をしようとしたとき、間髪を入れず弁護士が立ちあがった。

「一般的な状況に関する現認報告書の内容の詳しい紹介は不必要と考えます。なぜなら被告は、起訴状の傷害致死の件をのぞき、そのデモに参加したことも、機動隊との実力衝突および投石の事実も認めているのでありますから」

ほとんど、どよめきのような憤懣《ふんまん》の声が傍聴席にあふれ、そして被告は前こごみになり、被告席にうつぶせた。

いったい、これはどういう仕組みなのか。時枝の心に、疑惑の影がかすめすぎ、そしてそれが徐々に怒りに高まっていった。

「いいですか」と検事は、裁判長を仰ぎみ、裁判長は「いいでしょう。弁護人側の申し出ですから。書証の表題だけを読みあげて下さい」と言った。

「それでは、書証第二号、これは××産業伊丹工場敷地の見取図、および××橋を中心とする地図であります」

「書証第三号は、×月×日、すなわち総評、べ平連等よりデモ申請のありました日の翌日、××産業伊丹工場長の府警に要請せる警備依頼書」

「ついで書証第四号は、同工場長による機動隊出動要請書。デモの当日のものであります」

「書証第五号、これは当日××産業伊丹工場の門前に貼り出されました、従業員以外の者の出入を禁ずる旨の貼紙。工場側より警察に任意提出されたものであります」

「ついで書証第六号は、××工場門番、仲井平助の警察への任意出頭による供述調書」

「書証第七号は警察官のパトカー内部よりの現認報告書および写真。××工場前および××橋附近のものであります」

「つぎは同日午後四時五十分、被告人逮捕のさいの警察官による現認報告書」

「第九号は、別の警察官による同内容のもの」

「第十号は、被告人の手帳の、任意提出書および領置書」

「第十一号は登山用小型ナイフの差押《さしおさえ》調書」

「第十二号は、××橋における投石時の警察官による写真撮影報告書、第十三号、第十四号、第十五号も同様であります」

「書証第十六号は、××橋の手前、材木商林五郎の検察官に対する目撃供述調書。以下二十号までは同様の市民による検察官に対する供述調書であります」

「第二十一号は、××警察署における被告人の警察官に対する供述調書」

「第二十二号は、被告人の拘留所における心情紹介書」

「第二十三号……」

見事なスピードで、堆高《うずたか》い書証の表題だけの読みあげがあり、どういう写真がとられているのか、誰が何を見たと供述したのか、その内容の知らされぬまま、書類の厚みは、検事の机から裁判官の机へと位置を変えていった。傍聴人は内容のわからぬまま退屈し、注意が散漫になった時間に、後頭部に打撃を受け橋上より川に転落して死亡した細川富夫に関する、医師による解剖所見、立合い検察官による確認書までが、まぎれこむようにして判事に採用されていった。


時枝は、ふと疑惑した。この被告人は、家庭の事情か本人の〈転向〉かによって分離裁判を受けることを望んだ。彼は傷害致死の件に関しては自分が犯していない自信があり、――それは当り前のはずだが――公務執行妨害罪に対する処分ぐらいは覚悟して、裁判沙汰をはやく切りあげることを望んだ。それは個人的にはわからぬことではない。だらだらと裁判をひきのばされることは、卒業期をまぢかにひかえた学生にとっては、実刑の行使よりも苦痛である。しかし、この被告が、検察官がよみあげる起訴状を認め、陳述を認めることは、分離裁判に反対してまだ未決監中にいるはずの、学友たち全体の裁判にあきらかに響いてくる。信念あって選んだ行為であるから、自分のやったことを、やったと認めることは、ある意味では男らしい。しかし……。もし、検事の主張を全面的に認め、しかし、細川富夫の傷害致死について、自分ではないと主張し、それが認められれば、他の者に当然その罪がかぶさってゆくはずだった。なにか、裁判の進行全体が、おかしい。

時枝は無意識に傍聴席から立ちあがり、そして、おどおどした臆病な震え声で、しかし自分でも意外な大声で叫んだ。いや、意志的に叫んだというよりは、気がついたときすでに叫んでしまっていたのだった。

「おかしいじゃないか、この裁判は」と。

第十四章

時枝正和は、質屋から出してきたばかりの、黴臭い冬の背広の上にレインコートを羽織り、指定された場所にまで赴いた。郊外電車の始発駅は、街の中心部の川べりにあり、ホームを支える鉄骨がすぐそばの橋の方にはみ出している。時間はずれで、駅前のタクシーの数も少なかった。

御所の方を遙拝《ようはい》する義士の彫像が、伝統を重んずる古都の律義さで、元のまま残っている。人の崇敬の念が去り、物語やテレビに明治維新の志士たちが復活してもこの石像の人物はなお取り残されたまま、薬品や電気器具の広告のかげに、ただ逝く川の水音にのみ耳を傾けているようにみえる。石像は土下座の姿勢に作られてあったから、人を見下すような不愉快さはなかった。それもまた、この石像が、時代の風雪に耐えた理由かも知れない。その場所を指定した相手の姿はまだ見えなかった。ある雑誌をわきにかかえているということだったが、数人はいる待ちあわせの人の中に、それらしい影はなかった。

時枝はふと、戦前、獄中に五年間幽閉され、出所後にも基本的にその思惟《しい》のあり方を変えることのなかったマルクス主義学者のことを思った。学生時代にはその人の著述に親しみはしたが、卒業後は——とりわけ博物館に勤務するようになってからは、まったく念頭に浮べることもしなかった人物だった。どうしてだろう、不意に、大変だったろうなと時枝は思った。その主義のことよりも、その人間関係の錯綜《さくそう》において。時枝もいつしかそういうことの解る年代に達していた。

その人の日記の一節に教壇を追われてのち、その世間知らずの学者が参議院議員に立候補することを慫慂《しょうよう》される場面があり、その事務所のおかれたのが、たしかこの石像の近く、川に面した旅館の一室だとしるされてあったのを思い出した。二十余年前の戦争の災禍からもこの街は免かれ、強制疎開の爪跡も、川に面したこのあたりには及ばなかったようだから、その選挙対策本部となった旅館も、探せば残っているはずだった。著書の印税も蓄えた私財も投げ出して、頼りにならぬ下級党員にめぐみ、あるいは騙《だま》し盗られ、しかも子供のように無心に、その標榜《ひょうぼう》する主義が正しければ、その党派もその成員も誤ることはありえないと、その人は信じつづけているようだった。

描写の細部まではさすがに憶えてはいなかったが、古い家並みも川堤の柳の配置も、その人が見たものとそう変ってはいないはずだった。下宿に帰ってから、あの書物を再度ひらいて確かめてみようと、時枝は思った。いや、あの書物はもう売りとばしてしまったのだったろうか。

よくは覚えていないが、売りとばしたものとすれば、芳《かぐわ》しく愁わしい液体として彼の胃に流れこみ、ひとときの無目的な昂奮の糧として消え去ったわけだ。いや、まだ売りもらして書架の奥に残っていたとしても、帰ったころには、この思いも消え、もう書物をくってみるのも面倒になっているに違いない。

この前の裁判の傍聴で時枝が、不明瞭な裁判の進行に苛立って立ちあがり細川富夫の死因について目撃したことの一端を洩らしたことの最初の反応は、裁判所からの帰途、ものものしい防潮堤のある運河べりで一人の学生らしい人物に呼びとめられたことだった。

「さっき、弥次を飛ばされた方ですね」すっと風のようにその青年は近寄ってきた。

「なにか?」と時枝は、立ち止った。ちょうどすぐそばに連れ込み宿らしいホテルがあり、その壁面のネオンが青年の影を点滅させ、その同じ電光が悪臭を発する暗い運河にも落ちていた。

「あの時の事情について、何かご存知なのなら、ちょっとお話を聞きたいんですが」と相手は言った。ハンチングを目深にかぶっていて、その人物の表情は読みとれなかった。

少し腹もへっており、裁判全体の印象がいかにも腹立たしかったために誰か相手がおれば酒をあおりたい気分にもなっていたところだった。偶然の機会ながら独りで夕食をとる独身生活のうそ寒さから逃れようとして時枝は、「どこかで一緒に晩飯でも食わんですか」と誘ったのだった。「いや、お話は聞きたいんですが、僕の方は実はこれから他に用事もありまして」

時枝の不当な慣れ慣れしさを、話しかけた方が却って警戒するような様子をみせ、時枝も相手が尻ごみしたのを感じて、開かれたがっていた自分の心を閉ざした。考えてみれば、風采や物腰が学生らしいというだけで、相手が何者なのかも解ってはいなかったのだ。そして、そうした時枝の内心の思惑を相手もまた敏感に見抜いて、手に持っていた雑誌を時枝に渡した。それはタイプ印刷の映画関係の雑誌だったが、発行主体は小さなグループらしく、書店などにはみかけたことのないものだった。

「八ミリの撮影機で、自主的に記録映画を作っているグループの者なんですけど、僕の方の連絡はその奥付にある研究会宛にしていただけたらと思います。あの事件のことを、何か御存知のようだし、是非話はききたいんです。御連絡を待つつもりですけれど、さしつかえなければ、こちらから連絡する方法も教えていただけると有難いんですが」

「君は細川富夫君を知ってたんですか」

「ええ、まあ」と相手は曖昧に言った。

「じゃ、私はものぐさだから、そちらから適当な時に連絡を取って下さい。京都の博物館に勤めてますから」

時枝は勤めの電話番号を内線番号を加えて教え、そして姓だけを名のった。

相手の青年はもぞもぞとポケットから紙切れを出して電話番号を書き込むと、ハンチングをとって、ペコッと頭を下げ、そして立ち去った。運河沿いのやや高くなった歩道にも運河に架った橋にも、ほとんど人通りなく、むしろ車道を馳《か》けすぎる車のライトが急がしく薄闇をひっかくように照し出しては排気ガスを残してかけすぎていたのだが、ちょっと傍見《わきみ》をしていて、今度青年のあとを追うと彼の姿は、もう橋の街灯の下にも交錯する自動車のライトの中にもなかったのだった。その現われ方、そしてその立ち去り方もともに素早く、テレビ呆けしている時枝の感覚には、まるで忍者の出没のようだった。忍者のような、という通俗的感慨に苦笑した時枝は、結局、相手の青年の名前も聞かずじまいだったことに、その時気付いた。映画雑誌の奥付には、研究会の所在こそしるされてはあったが、代表者の名前もなかったのだった。そしてそういう事があったことも忘れかけた数日後、博物館に電話があり、相手の方から場所と時間を指定した。その電話ぶりは現代の青年らしく、いかにも無愛想で性急なものだった。

背中を軽くたたかれ、振返ると、期待した相手ではなく、矢野徳子が白い毛糸の首巻きに半ば顔を埋めて時枝の後に立っていた。

「誰かとお待ちあわせ?」

驚いている時枝に、矢野徳子はことさらに瞳をくるくるまわしてみせながら言った。同じ屋根のもとに住んでいて、食事や掃除の際、顔さえ会わせればふざけた冗談や皮肉をあびせあっているのだが、薄暗い旧家の内ではなく、外光の下で顔をつきあわせると、奇妙に面はゆい。動揺して視線を伏せ、意味もなく彼は二、三歩後退した。

「お買いものですか」と、やっと時枝は声をかけた。

「いいえ、家は貧乏だし、母は出戻り娘に小遣なぞくれやしませんから」と妙に怨みがましい言い方を矢野徳子はした。

二の句が継げずに時枝は放心した。

「あなたの方はたのしそうね。誰とお待ちあわせか知らないけど、にやにやして」

語調から察するに、偶然、時枝の姿をみかけた彼女は、彼に声をかけるまえ、しばらく彼の挙動を観察していたらしかった。

おれは所在なさに鼻糞などほじくりはしなかったろうか。

「映画でも見に行かれるんですか」と時枝は言ってみた。

「そんなのんきなことじゃないと言ってるでしょ」と相手はつんとして言った。

しかし、そう言いながら、特別急いでいる様子はなく、戸外での偶然の出会いを、幾分たのしんでいる様子もみてとれた。常に受動的な時枝の感覚にそれがそのまま作用し、相手の名前も知らぬ危ふやな約束など、すっぽかして消えてしまおうかと彼は思った。すでに約束の時間は十五分もすぎていた。

「お茶でも飲みませんか。お急ぎじゃないんなら。奢りますよ」

待ちあわせ場所を見おろせる喫茶店はないものかと彼は、駅前の広場を見まわした。大衆食堂や駄菓子屋、土産物売場はあるのだが、二階にあって、しかもくつろげそうな喫茶店など見あたらなかった。修学旅行らしい女学生を乗せた観光バスが三台、つっ立っている彼のそばを走りすぎた。

約束は依然として気懸りだった。彼の方に事件の関係者にとっては貴重なはずの認識があっても、今のところ彼にはそれを公表するとっかかりがない。事件直後ならば、第三者としての目撃談にも意味はあっただろうし、新聞も巨大な第三者機関として小さな第三者たる時枝の立場にもある理解を示したかもしれない。しかし、それが可能な時期に、彼は理由のない優柔不断と、報道機関一般に対する不信感のゆえにやりすごし、投書も馳け込み訴えもしなかった。心の動きは、目まぐるしい現実の進行から落伍し、彼はすでに機会を逸していた。個人の立場から、個人に訴えようとして、彼なりの手は尽し、死亡した細川富夫のガール・フレンド深瀬幸子の住居をつきとめるまでの努力はした。しかし、開かれかけた個人の心情の磁場は、イデオロギーの幕に無残にさえぎられ、時枝の意向は空振りのままだった。

裁判の傍聴に行ってみても、それが分離裁判だったからか、弁護士もおよそ相談するに価しないような人物であり、傍聴に来ている学生たちも、なにかばらばらで、誰に頼めば学友の傷害致死の容疑で投獄されている者とつながりを持てるのかも見当がつかない。

向うから語りかけてきた、身のこなしの素早い、あの青年が、謂《い》わば今のところ唯一のつながりの糸だったのだが、相手は電話で呼び出しておきながら、姿をあらわさないのだった。「いま君は何処にいるの？」と電話口でもきいてみたのだが、「いえ、それは」と奇妙に秘密めかして相手は答えなかった。なにか、いつもちぐはぐで、情けない気分だった。ことさらに日常性のうちに埋もれて過してきた時枝の回路と、この社会の矛盾の先端に散っている火花とは、もはやつながらないのだった。

なにか不意に急用ができたにせよ、約束を破ったのは相手なのだから、もっと腹を立ててもよかったのだ。しかし、腹を立てようにも焦点が定まらず、万事あやふやのまま、「ともかく歩きましょう」と彼は徳子に言った。変な処で会ってしまったな、と最初は幾分迷惑だったのだが、結局、彼には日常的な次元で、欲求不満にいつも目許をふくらませている出戻り娘と冗談をとばしあっているのが分相応なのかもしれなかった。

「どうせ行くなら、紅茶なんかより、お酒の方がいいでしょ」強引に時枝は誘った。

「用事に行くところじゃなくて、これから帰るところだったから」意外に、まるで弁解でもするように徳子は呟いた。そして暫く風に吹かれながら無言で橋を渡る時間の経過があって、繁華街の入口まできたとき、矢野徳子は時枝を制して煙草屋まで小走りに駆けよると、煙草を買って時枝に手渡した。その動作が意外で、唖然としながら、一度結婚して失敗した女性の所作に、時枝は胸をつかれた。彼のポケットの中のハイライトは、手でさぐってみると確かに包装だけで、一本も残ってはいなかったのだ。

繁華街は、この国の雑誌の発刊日がそうであるように、暦のめくりよりも先走って、すでに年末の装いをととのえ、きらびやかながら、しかも何処かみじめだった。ただ訳もなく人が集っており、落ち目になった映画館は性と暴力の度ぎつい看板で自虐し、そして物悲しい音楽が何処からともなく流れていた。

「私が一軒知ってるところがあるから、そこへ行きましょうよ」途中で、矢野徳子が主導権を奪い、横道にそれた。店々のショーウインドウは、女性の衣裳や装身具だけではなく男ものに関しても、派手な色彩の饗宴《きょうえん》であり、時枝の外套はあまりにも時代おくれだった。そして、そういう目で矢野徳子をみると、彼女の大縞の着物も、痛ましくくたびれており、縫目の荒い白い肩掛けも、たしか一時代前の流行物だった。

狭い階段をあがって、お茶づけ屋をかねた瀟洒な酒場に彼は案内された。徳子と同年輩らしいおかみがいて、顔見知らしい挨拶をかわし、時枝は白木のスタンドの向うに湯気を立てているおでんの匂いをかいだ。

「いいところを知ってるんですね」

小綺麗な店の造りとはいいえ、あまり自分にぴったりの場所に案内されて、ほとんど腹を立てかけたぐらいだった。思い悩むことは数限りなくあっても、結局行為としては、酒に溺れることしかできず、それが最も似合う自分に対する憐憫のためだった。

「家にばかり燻ってると、時おり気が狂いそうになるでしょ。そうしたら繁華街に出てくるの。いい齢をして惨めな話ね」徳子が言った。

「月給取りは皆そうですよ」妙なことになりそうだなと思いながら時枝は言った。「僕はどちらかといえば独りで飲むたちだし、同僚に心許した人などいないんだが、それでも結局はよく一緒に飲むことになるんだから、皆よっぽど絶望してるんでしょうね。女房子供が家にいるんだから、早く帰りゃいいのにね」

「別段、話をあわして下さらなくったっていいのよ」

それから一体、何を語りあったのだったろうか。暫く掛けあい漫才のような会話のやりとりがあり、最初のうちは店の女主人も割り込んで半畳を入れていたが、途中から共通の気懸りである恵子の負傷と退学に話題は及んだ。そしてその頃から、会話は内に険を含んだやりとりになり、女主人は料理にかまけて圏外に去り、時枝は思い出したくない徒労感にまつわられ、さらに急速にまわりつつある酔いを意識した。

「なんだってそうなのよ」徳子は抑制のない大声で言った。

「中途半端なおせっかいをするぐらいなら、はじめから何もしない方が有難いのよ。最後まで責任をもてもしないくせして、一人前に正論だけは吐く。恵子に対してだって、残酷なんだわ。解るでしょ、それぐらいのこと」

「人間には、出来ることと出来ないことがありますよ。出来る範囲のことをしたことが、何故非難されなきゃならんのですか。そりゃ、畜生、敗けたかと自認せざるをえないことだって一ぱいありますよ。しかし何もやらないよりは、やった方がいいはずですよ。少くとも傷ついた分だけの認識はえられるんだから」

「あなたは、いつもそうでしょ。自分にとって意味があるかないか。何か意味があったと思いこめたらいい。そんなの、自慰じゃないの。あなたが手をかすことによって何か事態が好転したかしら。もし、解決も好転もしそうにないと解ってるのなら、はじめから手を出さなきゃ、いいのよ。最初からどうにもならないことを予知していて、問題を一層こんぐらかせているだけじゃない。恵子が一時の感情に激してあなたに見舞金をつき返してきてくれと頼んだって、あなたは子供じゃないんだから、そんなことはしない方がいいとおさえて下さったら、恵子も学校をやめたりしなくってすんだのよ。私だって、みっともない、就職の世話をしてもらいに、こんなにあちこち頭を下げまわって恥をかくことなぞなかったんだわ」

「なんですか、それは一体」一面、すまないという気持がある故に、かえって時枝は激昂《げっこう》した。

「家でごろごろしてたあなたが、就職口を探そうとするのはいいことだし、そのことの良し悪しは別としても、あなたの就職と恵子さんの負傷は何の関係もないじゃないですか。それとも、あなたは、無事卒業されるはずだった恵子さんの働きに負ぶさって、一生遊んでくらすつもりだったんですか。あなたはお姉さんでしょうが。何の罪もないのに怪我をさせられ、当然の抗議も無視され、臭いものに蓋でもするように学校そのものから排除される。そんなことを許せるんですか。小さなことにもせよ、そういう非道を許してるから、いつまでたっても、この日本は……」

「大きなことを言えるのね、毎日毎日飲んだくれていて。世の中が矛盾だらけだってことぐらい私だって知ってるわよ。あなたは恵まれていて大学まで出られたから、矛盾だあ、矛盾だあってわめきながらも結構ほどほどの生活もできる。おれは駄目だ、おれは駄目だと世の中に甘えながら、結構、自負もあれば、その自惚《うぬぼ》れを傷つけずにすむ仕事にもつける。でも、私たちはどうなるのよ。女に生れついて、特別才能もない。家は骨董屋だし、しかも父は家を出てしまう。矛盾があったって、不正があったって、せめて裂け目をあまり大きくしないように、我慢に我慢を重ねて生きてるんじゃないの。同じ就職運動をするのだって、骨董屋の父が知りあってたみみっちい手蔓《てづる》をたどって、織物の織子でも、人形造りの下請けでもいいから、なにか仕事を与えて下さいって頼みにまわるのがどんなに惨めか、あんたになんか解りゃしないわ。自己否定ぶって、いかにも特権をもってないように振舞ってみせたって、それだって恵まれてるからこそ出来るのよ」

怜悧《れいり》なようでも、自制心を失うと、女性のくりごとは焦点もなく、くどかった。そしてそれにも増して時枝の応待は曖昧で、しかも無責任にも、途中から記憶がとだえて、自分が何を言ったのかも覚えていないのだった。よろよろと立ちあがったときに、袖にひっかけて店の皿をこわしてしまったこと、酒の追加注文をする自分の声が我ながら驚くような怒気を含んだ声になったこと、そして、深く相手を傷つける言葉を吐いてしまったらしく、不意に気がついて一瞬、思い掛けなく矢野徳子がすすり泣いており、店の女主人が、彼をつよくたしなめていることなどが断片的に頭に残っているだけだった。いや最後に狭い手洗場で、みじめに嘔吐していた自分の姿が、それが彼のゆきつく運命ででもあるかのように鮮明だった。

酒の上の失敗は、これまでの時枝の人生において、数えたてればきりがなかった。宴会の席上、上司の禿頭《はげあたま》を見ているうちにどうしてもそこで生卵を割りたくなり、ああ誰かとめてくれ、助けてくれと祈りながら遂に実行してしまったり、交番と公衆便所を間違えて、危うく大珍事を演じかけたり、狂暴性のある酒乱ではなかったが、常軌を逸した失策はしばしばだった。しかし、最終的な自意識だけは冷たく醒めていて、愚かなことを演じている自分の愚かしさに対する意識はあり、奇矯な行動も、いってみれば、日頃ひそかに思っていたことの延長にすぎなかった。だが、よくよく体の調子が悪かったのか、相手が親しい人とはいえ、女性なのだから当然気を遣っているべきときに、彼は正体もなく泥酔し、そして、どうして下宿にまで帰りついたのかをすら覚えていないのだった。夜も更けて店がこみだしてから「おれには約束があったのだ」と怒鳴りだし、「あんたのために約束をフイにしたんだぞ」と罪を徳子に押しつけまでして、郊外電車の始発駅まで行くのだと歩きはじめたのを辛うじて覚えている。そして何処か川の流れに面してまた嘔吐していたような気もするが、それは確かではない。時間の流れはぶっつりと途絶え、朝、目を醒ますと、服とズボンだけがぬがされて、自分の寝床に倒れており、時刻はすでに朝食をとっていては、勤めに遅刻する刻限に達していたのだ。

待ちあわせの人物との連絡は、結局その宿酔の日についた。年末近く、商家は慌しいだろうが国立の博物館の業務は閑で、偏頭痛のする頭をもてあましながら、博物館が寺社や富豪から借りていた今年の展示物の返済書を整理していたとき、面会人の知らせがあった。とりついだ女事務員は名刺も何も持っておらず、「記録映画の会の人ということですけれど」と言った。課長がいぶかしそうな視線を時枝に注いだが、尋ねてきた人の記録映画という仕事は席をはずす時枝にとっては幸いだった。美術や工芸品の普及や宣揚と一見、関係がありそうだったからだ。

「応接室にお通しして」と珍しく時枝は格式ばったことを言った。一つはうさん臭そうにしている課長への対策、もう一つは、なにか形式的なことで自分を縛らねば、酒臭い息をはきかけながら、わけもなく訪問客にからみそうな不安があったからだった。

応接室には二人の人物が、幾分緊張した面持ちで待っていた。時枝に対する敬意というよりは、応接室全体の豪壮さの効果だろう。紫檀《したん》の飾棚には、そう高価なものではないながら博物館所有の明《みん》代の磁器が目の醒めるような紺と柿色の配色で並び、壁にはグレコのデッサンが吊されている。ソファーは黒い革でおおわれ、訪問者の記名帳が、重々しいテーブルの上に開かれていた。

一人は、ハンチングはかぶってはいないけれども先日裁判所からの帰り、時枝に声をかけた青年にちがいなかった。肝臓でも悪いのか、昼間みると、黄色っぽい不健康な顔色にみえる。もう一人は、時枝と同年輩の人物で、着ている背広は少しくたびれてはいたが、知性的で落ちついた態度だった。風貌の全体から漂いだす行動的な迫力があった。「時枝です」と彼の方は名刺を出したが、その人はしかし名刺を用意していないようだった。

「昨日はどうも」と若者の方が言った。「あの電鉄の駅に電話をして、マイクで連絡をとろうとしたんですが、あの駅の駅員は不親切でしてね」

「いや。それはいいですが」と時枝は言った。どうしておれはこう無原則に寛大なのだろうと思いながら。

「あ、それから、こちらは統一救対の塩尻さんです。実は統一公判弁護団の方が、昨日京都に来られるはずになってたんですが、急用で予定が狂ってしまいましてですね……」青年が言った。

「ああ、それは、ま、いいですよ。皆それぞれお忙しいでしょうから」と時枝は言った。「で、御用件は……」

「筒井君から伝え聞きましたんですが、伊丹空港わきの飛行機修理工場のデモ事件に関してですね」塩尻という人物が、時枝の名刺に視線をおとしながら言った。「この前、分離公判の傍聴に来ておられて、あなた……時枝さんは、大へん重大なことを目撃されたらしい、でなければ言えない弥次をとばされていたと聞きました」

「ええ、まあ偶然、あの場所に行きあわせましてね」時枝はのろのろと言った。「めったに裁判の傍聴になど行かないんですが、ちょっと気にかかってたもんだから」

「統一公判組は、些細な手続上のことで今ももめておりましてですね。一カ月ほどまえに、形式的な人定尋問があっただけで、ずるずる公判がひきのばされてるんですが、時枝さんがなにか御存知なのなら、それを文章に書いていただけないかと思いましてですね」

「文章ですか」

「現場を知っている者と、操作された報道でしか事件をしらない人との印象はものすごく違うわけで、――ま、そういう一般論はともかくとして、事の真相を筒井君なども映画で記録しようとしているわけですが、特に細川富夫君の虐殺に関してですね、残念ながら放水車に追いまわされて、あの橋からの転落現場はフィルムにとられてないわけなんですね。実を言うと、こちら側も機動隊の動きを撮影しておく必要を、むしろあの事件の以後に気付いたような次第で、統一公判準備に関しても、いろんな点でああしておけばよかったと思う手落ちがあるわけです。特に細川君の死因に関しては、学生が学生を殺したという警察や検察庁の悪質な宣伝を、嘘だとわかっておりながら、はっきりと反証をあげて反論する資料も乏しかったわけです。第一、敵は解剖にも弁護士を立ちあわせず、解剖結果も一方的に報道するという悪辣な手段に出てましてね。敵の狙いは、宣伝にあって、その宣伝は一応効果をあげたという認定のもとに裁判は有耶無耶《うやむや》にすませそうな気配もあるんで、今となってはむしろ進んで公判をかちとるとともに、法廷の内外で、権力や大新聞の悪質なデマをあばいてゆく闘争を組まねばならないわけです」

相手は、時枝がどういう立場の人間なのかを計りかねているようだった。〈敵〉という言葉を使いながら、それを口にする時、一瞬の逡巡があり、そしてその度に鋭い眼で時枝を観察した。

「そりゃ、裁判所からの要請があれば、出向いて行って知っている事実は述べようとは思っていました。公民としての、それは義務でしょうから」あえて市民主義的な言い方を時枝はした。

自分自身の臆病さや優柔不断、ちゃらんぽらんさや負け犬根性を棚にあげて言えば、時枝は市民的な民主主義というものにそれほど期待しているわけではなかった。裁判にせよ、選挙にせよ、それへの参加にそれほど価値があるとは思っておらず、〈まっとうな人々〉とつきあいたいと思っているわけでもなかった。たとえば食物は布施で獲て一日中目を半眼にして坐禅を組んでいたり、堕落し、つまはじきにされた揚句を、乞食から行路者病院へと堕落していく方が、彼の本性にはふさわしいはずなのだ。しかし、初対面の人に、自分は要するにすね者であり、凡そ有効性とは無縁な浮世絵の研究に時間をつぶし、一杯の酒にありつくためなら、その研究に必要な資料すら売りとばすなどとは言えなかった。

「統一公判の弁護団の方には、救対の方から連絡をとりますが、そのまえに、われわれ救対の方で出しているパンフレットがあるんで、その方に文章を書いていただけると有難いんですが」塩尻なる人物が言った。

「裁判問題で、今度、われわれの大学で集会をひらくんですが、その時にも、話していただけると有難いですね」筒井青年が塩尻の方を見ながら言った。

「いや、そこまでお願いするのは虫がよすぎるよ。時枝さんには時枝さんの都合があるだろうし」

集会での話、それは要するに講演ということだろう。時枝は内心、たちまち逃げ腰になった。

第一、彼には、ある信念をもって運動を組織し展開している人々に訴えるに足るほどの思想があるわけではない。彼はただ、ある事実を見たにすぎないのだ。それは、丁度ある書物を読んだということが、ただちに何かの価値を作り出したということにはならないのにあい等しい。要するに、インテリというのは、そういう存在にすぎない。人が知らなかった事実を知っており、庶民が読むひまのない書物を読んでいるというだけのことなのだ。

女事務員が、何を勘違いしたのか、盆に茶をのせてあらわれた。公的な外賓を接待する時のように茶菓子こそついてはいなかったが、従来、時枝の面会人などに、お茶をもってきてくれることなどなかったのだ。

「時枝さんは、何年のご卒業でした」と塩尻が、急に話題を変えた。「実は、私はあなたを知ってるんですよ」

「あなたもK大学ですか」時枝は驚いた。

「経済学部だったんですがね。文学部の方では誰がいたかな、……」

それから彼は、彼にとっての旧知の名前を二、三人あげた。おぼろげな時枝の記憶の中に、それらの人々の名前は、時枝に劣等感と軽侮を呼びおこすアンビバレンツな感情を伴って浮んだ。趣味の豊かさや精緻な思考によってよりも、人の欠点を激しく指弾し、人々を揺り動かす才能に秀でた人物たちだったからだ。

「どうしてるのかな、みな」時枝は言った。

「みな、散りぢりになってしまったから」相手もまた幾分抒情的に言った。

女事務員が退場してから、塩尻は立ちあがって、ガラスで閉された飾棚の磁器の前に立ち、

「あなたは、いい処に勤めたもんだな」と言った。

「いい仕事だとは思わないけど、世の中にはいろんな仕事があって、そして皆なんとか食ってるわけですよ」

「こんな静かな隠退場所にいると、われわれのようながさつな人物と関係をもつのは小煩《こうるさ》いでしょうな」時枝の気持の一部を見抜き、塩尻は笑いながら言った。「これから、筒井君に連絡してもらいますから、ともかく宜しく頼みますよ」

「…………」

「文章は一週間以内に書いていただけますね。なにも我われの観点に立たれなくてもいいんです。正直なところを自由に書いて下さい。枚数は自由ですけど、出来れば十七、八枚」そして連れの方を振返り、「これまでの統一救対のニュースは持ってきたかな」と塩尻は言った。

「いや、忘れちゃった」と筒井青年は甘えるように答え、頭を掻いた。

「それじゃ、是非、二、三日中にお送りするように。それから、我われの方の記録映画の試写会にも御招待するといい」

昨日、待ちあわせの場所では、自分が動こうにも繋《つなが》りのないことを淋しがっていたはずの時枝は、今日は逆に、あまりにも素早く、一つの渦の中に引き込まれそうなのを危惧していた。

「どうしても、文章を書くお暇がないなら、そう言って下されば、筒井君にテープを持ってこさせますから。——それから、本来なら弁護士さんをこちらへひっぱってくるべきなんですが、弁護士も恐ろしく忙しくて、実際上、無理なんで、救対の方で、保釈されている者との相談会が近々ありますので、御案内しますから是非、きて下さい」

「………」

黙っている時枝は、結局は相手の依頼を全部了承したことになった。

繋がりが出来たときに起るはずの昂奮もなく、乗りかかった船だと内心につぶやき、そしてこの人たちに奉仕する見返りに、折があれば、矢野恵子のことを相談してみるか、と時枝は思った。


（未完）

P+D BOOKS ラインアップ

人間滅亡の唄　深沢七郎　●　〝異彩〟の作家が「独自の生」を語るエッセイ集

アニの夢 私のイノチ　津島佑子　●　中上健次の盟友が模索し続けた〝文学の可能性〟

冥府山水図・箱庭　三浦朱門　●　〝第三の新人〟三浦朱門の代表的2篇を収録

虚構の家　曽野綾子　●　〝家族の断絶〟を鮮やかに描いた筆者の問題作

幼児狩り・蟹　河野多恵子　●　芥川賞受賞作「蟹」など初期短篇6作収録

ウホッホ探険隊　干刈あがた　●　離婚を機に始まる家族の優しく切ない物語

P+D BOOKS ラインアップ

海市	福永武彦	● 親友の妻に溺れる画家の退廃と絶望を描く
風土	福永武彦	● 芸術家の苦悩を描いた著者の処女長編作
夜の三部作	福永武彦	● 人間の〝暗黒意識〟を主題に描く三部作
黄昏の橋	高橋和巳	● 全共闘世代を牽引した作家〝最期〟の作品
生々流転	岡本かの子	● 波乱万丈な女性の生涯を描く耽美妖艶な長篇
長い道	柏原兵三	● 映画「少年時代」の原作〝疎開文学〟の傑作

P+D BOOKS ラインアップ

居酒屋兆治	山口 瞳	●高倉健主演映画原作。居酒屋に集う人間愛憎劇
血族	山口 瞳	●亡き母が隠し続けた私の「出生秘密」
家族	山口 瞳	●父の実像を凝視する『血族』の続編的長編
江分利満氏の優雅で華麗な生活 《江分利満氏》ベストセレクション	山口 瞳	●〝昭和サラリーマン〟を描いた名作アンソロジー
血涙十番勝負	山口 瞳	●将棋真剣勝負十番。将棋ファン必読の名著
続 血涙十番勝負	山口 瞳	●将棋真剣勝負十番の続編は何と〝角落ち〟

P+D BOOKS ラインアップ

夢の浮橋	倉橋由美子	●両親たちの夫婦交換遊戯を知った二人は…
城の中の城	倉橋由美子	●シリーズ第2弾は家庭内"宗教戦争"がテーマ
ソクラテスの妻	佐藤愛子	●若き妻と夫の哀歓を描く筆者初期作3篇収録
山中鹿之助	松本清張	●松本清張、幻の作品が初単行本化!
白と黒の革命	松本清張	●ホメイニ革命直後 緊迫のテヘランを描く
花筐	檀一雄	●大林監督が映画化、青春の記念碑作「花筺」

P+D BOOKS ラインアップ

眞晝の海への旅
辻 邦生
●暴風の中、帆船内で起こる恐るべき事件とは

鞍馬天狗 1
角兵衛獅子
鶴見俊輔セレクション
大佛次郎
●〝絶体絶命〟新選組に取り囲まれた鞍馬天狗

鞍馬天狗 2
地獄の門・宗十郎頭巾
鶴見俊輔セレクション
大佛次郎
●鞍馬天狗に同志斬りの嫌疑！ 裏切り者は誰だ！

鞍馬天狗 3
新東京絵図
鶴見俊輔セレクション
大佛次郎
●江戸から東京へ時代に翻弄される人々を描く

鞍馬天狗 4
雁のたより
鶴見俊輔セレクション
大佛次郎
●〝鉄砲鍛冶失踪〟の裏に潜む陰謀を探る天狗

鞍馬天狗 5
地獄太平記
鶴見俊輔セレクション
大佛次郎
●天狗が追う脱獄囚は横浜から神戸へ上海へ

P+D BOOKS ラインアップ

罪喰い	赤江 瀑	〝夢幻が彷徨い時空を超える〟初期代表短編集
春喪祭	赤江 瀑	長谷寺に咲く牡丹の香りと〝妖かしの世界〟
おバカさん	遠藤周作	純なナポレオンの末裔が珍事を巻き起こす
宿敵 上巻	遠藤周作	加藤清正と小西行長 相容れぬ同士の死闘
宿敵 下巻	遠藤周作	無益な戦。秀吉に面従腹背で臨む行長
銃と十字架	遠藤周作	初めて司祭となった日本人の生涯を描く

P+D BOOKS ラインアップ

ヘチマくん	遠藤周作	●	太閤秀吉の末裔が巻き込まれた事件とは?
フランスの大学生	遠藤周作	●	仏留学生活を若々しい感受性で描いた処女作品
春の道標	黒井千次	●	筆者が自身になぞって描く傑作〝青春小説〟
裏ヴァージョン	松浦理英子	●	奇抜な形で入り交じる現実世界と小説世界
快楽(上)	武田泰淳	●	若き仏教僧の懊悩を描いた筆者の自伝的巨編
快楽(下)	武田泰淳	●	教団活動と左翼運動の境界に身をおく主人公

（お断り）

本書は１９７５年に新潮社より発刊された文庫を底本としております。
あきらかに間違いと思われるものについては訂正いたしましたが、
基本的には底本にしたがっております。
また、底本にある人種・身分・職業・身体等に関する表現で、現在からみれば、
不当、不適切と思われる箇所がありますが、著者に差別的意図のないこと、
時代背景と作品価値とを鑑み、著者が故人でもあるため、原文のままにしております。

高橋和巳（たかはし かずみ）
1931年（昭和６年）８月31日—1971年（昭和46年）５月３日、享年39。大阪府出身。1962年『悲の器』で第１回文藝賞を受賞。代表作に『我が心は石にあらず』『邪宗門』など。

黄昏の橋

2018年5月14日　初版第1刷発行

著者　高橋和巳
発行人　清水芳郎
発行所　株式会社　小学館
〒101-8001
東京都千代田区一ツ橋2-3-1
電話　編集　03-3230-9355
販売　03-5281-3555
印刷所　昭和図書株式会社
製本所　昭和図書株式会社
装丁　おおうちおさむ（ナノナノグラフィックス）

ISBN978-4-09-352335-6

P+D BOOKS